太陽依舊升起

The Sun Also Rises

海明威——著
宋瑛堂——譯

目次

導讀

站著寫出一個世代的太陽

關於海明威的《太陽依舊升起》

※本文含部分小說情節，請斟酌閱讀

文／國立東華大學華文文學系教授　吳明益

1

初讀海明威（Ernest Miller Hemingway, 1899-1961）並不是當時中學生必讀的《老人與海》，而是在我書架上仍然存在的，書華版宋碧雲翻譯的《戰地春夢》（*A Farewell to Arms*, 1929）與《戰地鐘聲》（*For Whom the Bell Tolls*, 1940）。何明憲先生在老師賴慈芸的指導下，曾對這兩本書的流傳譯本做了非常詳細的調查，宋碧雲的版本除了部分誤譯以外（但比其他版本少），也常出現過度跟隨原文，因此產生了句子與句子間讀起來缺乏關聯性，以至於讓讀者不能理解的狀況。比方說下面這段：

> 我躺在平底車廂的地板上，與帆布下的槍械為伍，全身又冷又濕，飢腸轆轆。最後我翻個身，改為俯臥，腦袋趴在手臂上。膝蓋僵麻，但是它的功能始終叫人滿意。（宋碧雲，1978:259）

「它的功能始終叫人滿意」顯然不是中文裡會描述膝蓋的句子，何明憲認為這樣的譯法流失了海明威質樸簡練文字的特色，因為英語使用者一讀就知道是形容膝蓋，中文譯本的讀者卻要轉個彎才能明白。不過當時我當然不懂這些，反而被這種難以名狀的敘述吸引，並且以為這就是「海明威風格」。

而後我當然讀了海明威的所有中文譯書，其中一本最讓我迷惘的就是《太陽依舊升起》（*The Sun Also Rises*, 1926）。我能在圖書館找到的幾個版本中，有的譯為《日出》或《旭日初升》，還有一個版本甚至譯為《妾似朝陽又照君》（這就像《羅莉塔》翻譯為《一樹梨花壓海棠》一樣）。這些譯本讀起來就好像不同的作者，寫出的不同書。不過即使英語能力不好的我也能看出來，這幾個名都沒有譯出原書名「also」的慨歎，而裡頭關於鬥牛的段落讀起來都沒有讓人心頭一緊的感覺。這本海明威最早的長篇小說，就此被我漸漸遺忘。

2

一九二六年七月二十一日，據海明威自述他就是在生日的這一天開始在瓦倫西亞（Valencia）

動筆寫《太陽依舊升起》。這時的海明威因為短篇小說集《我們的時代》（*In Our Time*, 1925）的出版而有了一定的名氣，但被認為受到舍伍德・安德森（Sherwood Anderson, 1876-1941）的影響。傲氣仍在的海明威隨即寫了《春潮》（*The Torrents of Spring*, 1925），這本書戲仿了安德森的作品《黑色的笑聲》（*Dark Laughter*, 1925），一開始沒有人願意出版這本快手寫出的有爭議的作品，稿子到了傳奇編輯麥可斯威爾・柏金斯（Maxwell Evarts Perkins）手裡才得以出版。書出版後，海明威並沒有獲得好評，安德森也漸漸和海明威疏遠。

《太陽依舊升起》動筆時，正如小說裡所安排的情節，他和新婚的太太哈德莉正要去搶七月二十四日開展的節慶鬥牛表演的好座位。我認為海明威此刻的心是浮動的，因為「每個和我同輩的作家都已經寫出了第一本小說，我卻連一個段落都生不出來」。興許是節慶的氣息激發了他的感受，他利用早上在床上寫，整個節慶期間都沒停，然後出發去馬德里繼續寫。「那裡沒有節慶，所以我們弄到一個有桌子的房間，用大錢換來舒服的寫作環境。飯店不遠處，街角就是阿瓦雷茲巷（Pasaje Alvarez），有一間挺涼爽的啤酒屋，我也去那裡寫。最後實在是熱到寫不下去了，我們就去了昂代。在那片又長又寬又美的沙灘旁，有一家便宜的小旅館，入住後我寫得非常順利。接著我們北返巴黎，回到我們那間位於鋸木廠樓上的公寓，地址是原野聖母院街一一三號，在家裡完成了初稿，距離動筆當天已經六週。」（《海明威・最後的訪談》2022: 44-45）也就是說，這本小說是在四十二天內寫就的，而其中的幾個主人公，也不斷地來往於巴黎、西班牙或紐約，最後聚集在西班牙聖費爾明節（San Fermin）慶典上。

海明威把初稿拿給小說家內森・艾許（Nathan Asch）看，艾許用帶有濃濃波蘭口音的英語回答：「你說你寫了一本小說？這是小說嗎？這根本是遊記。」於是海明威到奧地利的施倫斯（Schruns）改稿，最終仍把小說裡的「旅行」刪除了部分，留下了西班牙溪流的釣鱒魚之旅和到潘普洛納（Pamplona）看鬥牛這兩件事。

出版後《太陽依舊升起》成為當年度最暢銷的小說，小說扉頁上寫著這本書送給妻子哈德莉和兒子約翰（他的小名正是書裡主角的暱稱Jack），然後他就離婚了。不但離婚，這本書也進一步造成他與家族更深的決裂。海明威出生於芝加哥市郊一個叫做橡樹園的小鎮，這個小鎮是清教徒聚集的地方，因此，小時候的海明威除了母親的藝術才能、父親狩獵釣魚的嗜好外，還有清教徒式的教育。但叛逆的海明威終究無法接受，他離鄉背井擔任記者、投入戰場，走上寫作之路。早在他第一本短篇小說《三個故事和十首詩》（*Three Stories and Ten Poems*）傳回家鄉時就飽受批評，因為海明威的小說常常把自己親朋故友的名字寫進小說裡。《太陽依舊升起》出版後，母親寫了信說：「這是當年度最汙穢的小說之一。」父親也說：「海明威又寫了一本齷齪的小說。」海明威則像一個拳擊手說自己不會被擊倒。

「汙穢」與「齷齪」指的應該是小說裡一眾角色在性上面的觀念，以及他們不怕冒犯上帝的言論。他的朋友作家哈洛・羅伯（Harold Loeb）則因為小說裡的猶太裔美國人羅伯特・寇恩（Robert Cohn）感到憤怒。兩人原本友情深厚，甚至一起參加了潘普洛納鬥牛節——這本小說開始寫的地方。哈洛的女友後來真的也就跟海明威的另一個朋友混在一起，兩人為此幾乎拳腳相向。哈洛認為羅伯特寫的就是他，把他寫得更懦弱卑下。這本書出版後，兩人當然就決裂了。

海明威似乎全不在意得罪同行。在巴黎熱烈招待海明威的美國作家葛楚・史坦（Gertrude Stein, 1874-1946）曾對海明威說了一個汽車修理廠工人的故事，提到雇主指著他說：「你們全屬失落的一代（lost generation）。」她認為這句話可以代表海明威這個世代。海明威並不以為然，他說：「她的說法完全是危言聳聽。我認為我們這一代人也許在許多方面受了傷害，但是除了那些死者、殘者和已經證實的瘋子外，如果說我們都迷失了方向或者受到了損害，那我無論如何都不相信。」「我們是失落的一代？不對。我們是堅強的一代。」不過，等到出版《太陽依舊升起》時，他卻把這句話放到了扉頁上，寫了「你們全屬於失落的一代」。

歷經戰爭的這個世代當然一定失落了什麼，但lost也可以說是迷失、迷惘、不清楚，畢竟這個世界在短短的時間後，大戰又隨之而來。這世間有什麼是可以掌握、如星辰或太陽依舊升起那樣明朗、明確的呢？

3

根據統計，海明威作品中和戰爭有關的高達二十六部（長短篇），而和鬥牛或釣魚、打獵相關的必然也相當，甚至更多吧？戰爭是人類的群體鬥爭，鬥牛、釣魚或狩獵則常常是孤獨或小組與自然生命的戰鬥。它遠比戰爭更容易掌控一些，但危險並無二致。與這兩者相比，更不能掌控的，同時也危險的，或許就是海明威筆下的愛情吧？

《太陽依舊升起》一開始出場的是富家子弟兼小說家羅伯特，他被傳說是普林斯頓大學的中量級拳王，曾離過婚，現在和掌控欲強的情人法蘭西絲在一起。而敘事者「我」雅各・巴恩斯（朋友們暱稱他杰克）是因打仗脊椎受傷失去性能力的記者，在他身邊的則是充滿魅力的布蕾特。

故事圍繞著這幾個人物，引出一批戰後被激流衝擊，四處尋找生命方向的年輕人，他們聚在咖啡廳高談闊論、飲酒、調情、跳舞，或者隨興到遠方釣魚、看鬥牛、旅行。有人靠貴族贊助生活才能進行自己的藝術創作，也有人揮霍無度到要和人伸手借一頓飯錢。

其中我認為真正驅動故事的人物，是因為無法在巴恩斯身上獲得滿足，坦白自己「見人就勾搭」的艾敘理夫人布蕾特。她和羅伯特單獨去度假，又跟追求者麥可・坎貝爾保持親密，隨後又愛上鬥牛士羅美洛……。

海明威並沒有花太多筆墨描寫巴恩斯的心理狀態，只在第四章布蕾特搭著禮車離開時寫到：「在白天，凡事全以硬心腸對應，這是再簡單不過的措施，但夜深了又是另外一回事。」

和《戰地春夢》和《戰地鐘聲》不同，《太陽依舊升起》並沒有實際描寫戰爭場面，更多的是描寫釣魚和鬥牛。事實上，光是描寫到釣場的路程風景就花了好幾千字。我在想，如果光把小說裡海明威描寫風景、釣魚、鬥牛的字句抽出來，應該足以和人與人之間的互動、對話旗鼓相當。甚至不該說是旗鼓相當，小說最後那場羅美洛被羅伯特揍以後上場的鬥牛描寫得如此精采，如果拿掉或譯得不好，整本小說幾乎就會喪失精神：

> 他在牛的前方站對位置，從鬥牛布抽取寶劍，順著刀鋒瞄準牛。牛看著他。羅美洛對

牛喊話，一腳踏一踏。牛衝過來，羅美洛等候牠，紅布低垂，舉劍對準牠，穩住立足點。接著，他無需向前邁一步，紅布向下一揮，牛頭跟著來，轉瞬間紅布消失了，羅美洛向左抽身閃避，人牛就此合一，刀鋒高高刺進兩肩中間，結束了。牛想再往前走，腿卻不聽使喚，身體左搖右晃，游疑不決，隨即腿軟下跪，羅美洛的兄長從他身後俯身上前，手持小刀，想刺進牛頸近牛角的部位。第一次，他失手。他再戳，這次牛倒地了，抽搐著，不再動作。羅美洛的兄長一手握牛角，另一手持刀，仰望總統包廂，滿場是舞動中的手帕。」

羅美洛把象徵鬥牛士榮譽的，割下來的牛耳送給布蕾特，他們倆相視一笑。最後巴恩斯卻目睹布蕾特「把牛耳裹進我的手帕，連同幾根穆拉蒂菸屁股，全塞進潘普洛納的蒙托亞飯店房間床頭櫃抽屜的最深處。」

4

成名後的海明威愈來愈少接受訪談，特別是在他獲得諾貝爾文學獎後。他身上兩百多處迫擊砲彈舊傷，加上飛機失事的腦震盪、內臟破裂，森林大火中的灼傷，讓他暫時失明、失聰，感受或許已非鬥牛士，而是傷痕累累的牛。

但他在我的印象裡，始終是那個在《巴黎評論》訪談中，說自己總是站著寫作，只有極少數時用打字機，狀況好的時候一天能用掉七支削好的二號鉛筆，但那些文字多數被他修改作品時刪掉了的作者。

當然還有他在文學圈子裡的壞人緣，他跟福克納，費茲傑羅都不太好，葛楚・史坦、舍伍德・安德森、T. S.艾略特、福特・馬多克斯・福特（Ford Madox Ford）或多或少都被他消遣過，其中有曾經的好友、啟發的前輩。不過我們現在是用超級望遠鏡來看這些逝去的作者了，這些或許都不再重要，何況如海明威自己說的：「偉大的詩人不一定有資格當女童軍或童子軍幹部，抑或是青年的典範。」（《海明威・最後的訪談》2022: 63）

我曾經以為閱讀這些經典作家的作品，是引領我度過寫作難關的重要途徑，但漸漸我發現，理解他們在什麼樣的情況下，寫出那樣的作品更是迷人。畢竟曾經讀者鍾愛的表現可能已成標本，曾經動人的風采終究也是上一個世代的明媚陽光。

在《太陽依舊升起》裡，這些夾雜在戰火和現代性萌生的年輕人，一開始壓根不為什麼高尚的文學或藝術目標創作，在未婚妻眼中，羅伯特寫作就是為了紅回紐約而已。他們唯一擔心的是沒有人讀他們的作品，或者同輩比自身更受關注。他們徘徊在菁英咖啡館（Le Select）、穹頂咖啡館（Dome）、達摩瓦咖啡館（Damoy）、丁香園咖啡館（Closerie des Lilas）和拉維尼舞廳，千里迢迢到另一個國家只為了看一場慶典、一次鬥牛或者釣鱒魚⋯⋯。換到我們這一代、下一代也是一樣。社群媒體的活動，那些新興的各種文學藝術集會與個性化的咖啡館，那些網路的辯論與或明或暗的勾心鬥角，都是為了展示人類創造出的華麗的繁殖羽。

但當然也不僅僅如此。那樣猛烈的青春裡除了激情還有其他。海明威在接受喬治・普林普頓（George Plimpton）訪問時說：「小說家要是沒有正義感，無法感覺不公不義的存在，那就乾脆別寫小說了，還不如去幫特殊學校編畢業紀念冊。」盲目的激情、嫉妒、野心，或者再加上「我們不知道的其他理由」與「某種方向的正義感」，才是一代又一代創作者投身期間的推進器吧。

所以在出版將近百年後，我能重讀手上這本宋瑛堂先生的新譯本，特別感覺以現在來重看《太陽依舊升起》的意義是：它寫的可能不是「失落的一代」，而是追求「活著」感覺的「每一代」。這是因為我們以「新的一生」去讀海明威當時面對的「唯一的一生」。《大西洋月刊》總編輯勞勃．曼寧（Robert Manning）說，某次他們在紐約安靜吃晚餐時，海明威突然抬起頭來語帶驚訝地說：「你知道嗎？我認識的所有美女都變得愈來愈老了。」自己也老了的海明威發現，太陽依舊升起，但一代逝去，另一代會前來。只是新的一代已經不是他曾經認識的了。

聽聞麥田將陸續出版《太陽依舊升起》、《戰地春夢》和《戰地鐘聲》，我不禁想起自己迷戀後兩本書的高中時代。那時在沒有人的房間裡，我偶爾從書頁的世界裡抬起頭的雙眼，也許如夢初醒，看著窗外剛升起來的太陽。那些在鬥牛場上驚呼、戰場上受苦、在咖啡廳裡追求情人與藝術的一代，終歸寫出了一本一本的書、畫出一幅一幅的畫、做了一個一個的夢，活過一個又一個的青春，然後在其間老去，新的一代繼續造夢，繼續老去。夢境當然不會永遠是甜美的，夢境最可貴的地方在於迷惘、不可理解，以及不會完全重複。

而海明威站著寫出了一個世代的太陽，那旭日初升的陽光只屬於他們，迷惘、迷失或失落也屬於他們的。不，或許透過這樣歷久彌新的小說，我們會發現，那也同時屬於我們的。

本書謹獻給哈德莉
以及約翰·哈德利·尼卡諾[1]

1 哈德莉是海明威元配。約翰·哈德利·尼卡諾為海明威長子，小名Jack。

「你們全屬於失落的一代。」

——葛楚・史坦[2]隨語

「一代逝去，另一代前來，唯大地永在……日升日亦落，速返起始點……風南風亦北，連綿急轉，輪迴週而復始……江河皆入海，惟海不盈滿；眾川何方來，終將歸故里。」

——舊約《聖經》傳道書

2 葛楚・史坦（Gertrude Stein, 1874-1946），美國作家、詩人、收藏家、評論家，遷居巴黎後成為藝文圈重要領頭人物，啟發海明威、畢卡索等眾多藝術家。

第一部

第一章

羅伯特・寇恩曾是普林斯頓大學的中量級拳王。我倒不認為這拳擊頭銜有什麼了不起，但對寇恩而言，這頭銜意義重大。他對拳擊興趣缺缺，甚至討厭拳擊，但由於身為猶太裔的他在普大飽受歧視，為抵銷自卑感和羞怯心，他奮而潛心苦練拳擊。他得意而心安的是，誰敢鄙視他，他能兩三下揍扁對方，但由於他動輒害臊，為人也老實，因此在體育場外絕不鬥毆。他是蜘蛛凱利的得意門徒。蜘蛛凱利把所有弟子當成同一量級選手，無論是一百〇五磅或兩百〇五磅，一律視同羽量級調教。但這方式似乎很適合寇恩。他是真的敏捷過人，身手好到蜘蛛馬上找高手和他對打，他鼻子被揍得再也挺不起來，從此更加鄙夷拳擊運動，但他也因而莫名其妙地志得意滿，這對他的鼻子更是有益無害。在普大最後一年，他嗜書如命，演變成眼鏡不離鼻梁。後來，我遇見幾個他的老同窗，沒有一個記得他。他們甚至不記得他是中量級拳王。

我一概信不過率直樸實的人，尤其在他們的說詞無懈可擊時，更無法信任他們。我總懷疑，也許羅伯特・寇恩沒當過中量級拳王，也許他的鼻子是被馬踩扁的，也許母親懷他時曾嚇破膽或見鬼了，也許他幼年一臉撞上過什麼東西，但我最後請人向蜘蛛凱利證實了他的說法。蜘蛛凱利不僅記得寇恩。蜘蛛凱利常納悶他後來有什麼樣的發展。

託父親之福，羅伯特・寇恩躋身紐約鉅富家族，拜母親之賜隸屬紐約歷史最久的世家之一。為了進普大，他進軍校研讀預科，也在美式足球隊擔任邊鋒，表現出色，族裔問題不曾害他在師生面前抬不起頭。沒有人拿他是猶太人一事小題大作，因此他不曾自覺有異於常人，進普大後才有所轉變。他是個善良的男孩，是個合群的男孩，非常害羞，這個性令他心頭總有一股怨氣，藉打拳擊發洩。帶著扁塌鼻離開普大、深怕給人不良觀感的他，遇見第一個對他示好的女孩就論及婚嫁，結婚五年，生育三個孩子。父親將遺產泰半留給羅伯特的母親，羅伯特分到五萬美元，婚後所剩無幾。妻子是有錢人，他婚姻生活不美滿，整個人退化成一具討人厭的臭皮囊。正當他下定決心休妻之際，妻子竟跟著一位毫芒彩繪師跑了。在那之前，他為了是否向妻子提離婚曾苦思數月，唯恐妻子捨不得割捨他，因此妻子下堂求去反而是有益他身心的一記大震撼。

羅伯特．寇恩辦妥離婚手續，前往西岸，在加州和文人交好。由於遺產仍剩些許，不久後他籌辦藝文評論雜誌，在加州卡梅爾鎮正式創刊，在麻州普羅溫斯敦收攤。寇恩最初的定位是出錢不管事的東家，只在社論版以諮詢委員掛名，但移師麻州後，他成了唯一編輯。錢是他的，編輯大權在手，他做出了興味。後來，雜誌成本不勝負荷，他不得不憾然停刊。

然而，到那階段，他另外也為幾件事憂慮。一名女子以為雜誌後勢看漲，想和雜誌一同崛起，和他穩定交往後限制他和異性往來。她的態度非常強勢，寇恩始終逃不出她的掌握。另一個因素是，他確定自己愛她。後來，女子明白雜誌沒有水漲船高的一天，變得有點嫌棄寇恩，決定乾脆趁還有機可趁時多少撈一些油水，於是力勸寇恩帶她赴歐，屆時他能專心寫作。她曾在歐洲受過教育。兩人搬來歐洲住了三年。這時期的頭一年，兩人先是四處旅遊，後兩年在巴黎落腳。寇恩在巴黎交了兩個朋友，一個是布萊德克斯，另一個是我。布萊德克斯是他的文人朋友。我是他的網球伴。

他的女友名叫法蘭西絲，來歐洲第二年底自覺姿色漸衰，原本視寇恩為可有可無、供她差遣剝削的角色，後來竟對他下達結婚令。在這段期間，寇恩的寡母每月給他約三百美元的生活費。有兩年半的光景，我不認為寇恩瞄過別的女人。他日子過得還算愜意，問題是他和多數旅歐的美僑一樣，巴不得搬回美國住。另一個問題是，他發現自己是搖筆桿能手。他創作了一部長篇小說，後來被痛批為爛作，我倒不認為爛到那種程度，只覺得他寫得非常蹩腳。他飽讀叢書，常打橋牌和網球，也在附近一家健身房練拳擊。

有一晚，他和女友約我一同用餐，我這才首度見識到女友管得他多緊。我們在「市街」餐廳吃完晚餐，前往凡爾賽咖啡館喝咖啡。黑湯下肚後，我們接著喝白蘭地，然後我說我該走了。席間，寇恩屢次談及週末他想找我去外地旅遊。他說他想遠離塵囂，想登山散散心。我提議搭機前往法國東北的斯特拉斯堡，就近爬爬聖奧迪爾山或阿爾薩斯地區任何一座都行。我說：「我認識一個住斯特拉斯堡的女孩子，她可以帶我們遊市區。」

我的腳在桌底下挨人一踹。我以為是無意間蹭到的，繼續說：「她在斯特拉斯堡住兩年了，對那裡是瞭若指掌。她是個挺好的女孩。」

我又挨一腳，定睛一看，發現寇恩的女友法蘭西絲下巴抬得老高，板起面孔。

「算了，」我說：「幹嘛去斯特拉斯堡呢？我們可以北上比利時，去布魯日或阿登高原[3]的森林。」

寇恩的表情鬆懈下來。這次我不再挨踹。我向他倆告別，離開咖啡館，寇恩說他想買份報紙，可以陪我走到轉角。他說：「搞什麼鬼？你幹嘛提那個住斯特拉斯堡的女孩？你沒看見法蘭西絲的臉色嗎？」

「沒有。我為什麼要看她？我認識一個住斯特拉斯堡的美國女孩，干法蘭西絲屁事？」

「都一樣。只要是女的都不行。總之我不能去。」

「別講傻話了。」

「你不懂法蘭西絲。只要是女的都一樣。她的臉那麼臭，你瞎了眼嗎？」

「唉，算了，」我說：「我們去桑利斯[4]就好了。」

「別生氣。」

「我不是在生氣。桑利斯是個好地方，我們可以住巨鹿大飯店，進樹林裡健行一圈，然後回家。」

「好，這樣可以。」

「那麼，我們明天網球場上見。」我說。

「晚安，杰克。」寇恩說，開始調頭走回咖啡館。

「你忘了買報紙。」我說。

---

3 阿登高原（Ardennes），第一次世界大戰戰場。

4 桑利斯（Senlis），巴黎近郊。

「對哦。」他陪我走到街角的書報亭。「你沒生氣吧，杰克？」他拿起報紙轉身問。

「沒有啊，我何必生氣？」

「網球場見。」他說。我目送他帶著報紙走回咖啡館。我認為他挺好相處的，也看得出他被法蘭西絲牽著鼻子過日子。

第二章

同年冬，羅伯特．寇恩帶著他的書稿赴美尋覓買主，獲一家等級中上的出版社青睞。聽說他啟程之前鬧得很凶，法蘭西絲大概從此再也握不緊他，因為在紐約，曾有數名女子對他表現好感，他回巴黎後態度變了一個樣，對美國的嚮往比先前更強，心性也不如以往那麼淳樸，待人接物也不再憨厚。在美國，多家出版社對他的小說盛讚有加，沖昏了他的頭。隨後，接連有女人獻身對他示好，他的人生觀隨之劇變。結婚四年，他的人生被妻子綁死。和法蘭西絲交往三年或將近三年期間，他的視野不曾超出兩人世界。我相信他一生從未真正談過戀愛。

大學不如意的他藉結婚療舊傷，發現自己在妻子眼中不盡完美後，傷痛之餘，他讓法蘭西絲握緊他不放。回美期間，他仍未陷入愛河，但他領悟到，自己在女人國裡有特定的吸引力，也明瞭到，有女人想呵護他、和他同居，這絕非神蹟兩字能解釋。如此一來，他態度丕變，與人相處不再隨和隨性。此外，他在紐約和友人打橋牌，不顧羞澀的阮囊斥資豪賭，叱咤牌桌，賺進數百美元，因此在橋牌方面自視甚高，屢屢侈言一個人縱使山窮水盡，總能靠打橋牌維生。

另外，他更有一項轉變。那陣子他在讀赫德遜[5]，沒什麼大不了的，問題在於，寇恩一讀

5 威廉．亨利．赫德遜（W.H. Hudson, 1841-1922），阿根廷英語作家與鳥類學家。

再讀《紫色大地》。超齡讀《紫色大地》者難保不中邪。《紫色大地》是一部奇情冒險小說，主角是完美的英國紳士，場景設在天花亂墜的奇情國度，對自然風光的刻畫詳盡，敘事精湛。年高三十四的男人奉這種書為人生指南，危險性直逼同齡法國僧侶直搗華爾街，身上卻只帶比《紫色大地》實用的阿爾傑[6]全集。我相信，寇恩對紫書的說法是照單全收，把虛構故事視為敦恩公司提供的財經資訊。我的意思是，他未必盡信故事的情節，但整體而言，他認為紫書寫得很有道理。書一翻，他就心動了。直到有天他進我辦公室，我才發現他心動得多厲害。

「哈囉，羅伯特，」我說：「你是來幫我打氣的嗎？」

「你想不想去南美洲，杰克？」他問。

「不想。」

「為什麼不想？」

「不知道。我沒考慮過。太傷荷包了。而且南美人在巴黎滿街跑，不怕看不到。」

「他們不是道地南美人。」

「我倒覺得他們挺道地的。」

每週定期發的稿件我只寫完半數，正急著趕完稿子，全送上火車運上船。

「你有沒有什麼醜聞能告訴我？」我問。

「沒有。」

「你的達官貴人朋友們，沒有一個鬧離婚嗎？」

「沒有。聽著，杰克。假如我幫你出旅費，你肯不肯陪我去南美洲？」

「為什麼找我？」

「你會講西班牙文。而且，你我一起去，比較好玩。」

「不了，」我說：「我喜歡巴黎這裡，夏天固定會去西班牙玩。」

「我從小就想去那裡跑一趟，」寇恩說。他坐下。「再拖下去，我怕老了跑不動。」

「別傻了，」我說：「你想去哪裡都行。你錢多多。」

「我知道。可是我就是動不了身。」

「看開一點，」我說：「所有國家不全像影片裡演的那樣嗎？」話雖這麼說，我為他難過。他的人生不順遂。

「我的人生流失得這麼快，日子過得不太轟轟烈烈，一想就受不了。」

「沒有誰的日子能真正轟轟烈烈，除非是鬥牛士。」

「我沒興趣鬥牛。那種生活不正常。我想去南美洲，去鄉下。我們能好好玩個盡興。」

「你有沒有想去英屬東非[7]打獵？」

「沒有。不想打獵。」

「去那裡的話，我願意陪你去。」

「不要，我沒興趣。」

---

6 阿爾傑（Horatio Alger Jr., 1832-1899），著有上百本以白手致富為主題的青少年勵志小說。

7 現今的肯亞。

「那是因為你沒讀過那方面的書。建議你去找一本黑珍珠公主談情說愛的小說讀一讀。」

「我想去南美。」

他有猶太人的固執本性，不能屈不能伸。

「我們下樓去喝一杯吧。」

「你不上班嗎？」

「對，」我說。我們去一樓的咖啡館。我發現這是打發朋友的絕招。一杯下肚之後，你只消說：「好了，有幾封電報等我發，我該回去了，」就能甩掉對方。從事新聞業，一定要像這樣編造幾個脫身法，以不傷和氣的方式告退，因為身為記者的要務之一是絕不能顯得你正在挖新聞。總之，我們下樓去吧檯，點一份威士忌蘇打。寇恩看著牆邊成箱的酒瓶。「這地方不賴。」他說。

「酒多的是。」我附和。

「聽著，杰克，」他趴向吧檯說：「你有沒有過這種感覺，總覺得人生快溜走了，你卻沒能好好把握？你都快過完半輩子了，你知道嗎？」

「知道，偶爾想過。」

「再過大概三十五年，我們就沒命了，你知道嗎？」

「鬼扯淡，羅伯特，」我說：「別鬼扯淡。」

「我是在講正經話。」

「我才不為這種事煩惱。」我說。

「你應該煩惱才對。」

「該我煩惱的事夠多了，煩到現在已經不再煩惱了。」

「哼，我想去南美洲。」

「聽著，羅伯特，出國也不是辦法。我試過好多次了。人不能藉著換地方來自我逃避。沒有用的。」

「你又沒去過南美洲。」

「南美洲去死啦！照你現在的心情，就算去南美洲，也換不了心情。巴黎是個好城市。你為什麼不乾脆在這裡重新出發呢？」

「我厭倦巴黎了，我也厭倦這裡的拉丁區。」

「那就避開拉丁區吧。自個兒去蹓躂蹓躂，看能遇到什麼鮮事。」

「什麼鮮事也遇不到。有個晚上，我一個人出去散步，只遇到一個騎單車的警察，被他攔住，要求看我證件。」

「巴黎的夜色不是很美嗎？」

「巴黎提不起我興致。」

節骨眼就在這裡。我為他難過，但我又拿得出什麼辦法呢？因為腦筋一動，立刻撞上兩座頑固山：一座是南美能解決問題，另一座是他不喜歡巴黎。前者是某書帶給他的靈感，後者想必也出自於一本書。

「好了，」我說：「幾封電報正等我發，我不上樓不行了。」

「你真的非走不可嗎？」

「對，我急著發幾封電報。」

「介意我也上樓進你辦公室坐嗎？」

「可以，上來吧。」

他在接待室坐下，看報紙，主編和社長和我賣命兩小時。然後，我整理稿件複本，打上記者姓名，全放進兩、三個大牛皮紙袋，搖鈴請小弟送去聖拉札爾火車站。我進接待室，見羅伯特・寇恩在大椅子上睡著了，雙臂抱頭睡。我不樂意叫醒他，但我趕著鎖辦公室走人。我伸一手放在他肩膀上。他甩甩頭。「我辦不到，」他說著，頭抱得更緊。「我辦不到。天塌下來也逼不了我。」

「羅伯特。」我邊說邊搖他肩膀。他看我。他微笑起來，眨眨眼。

「我剛是不是在講夢話？」

「有。不過聽不清楚。」

「天啊，大爛夢一場。」

「被打字機的聲音催眠了嗎？」

「大概吧。我昨晚整夜沒睡。」

「怎麼了？」

「話講個沒完。」他說。

不難想像。我有個壞習慣，喜歡揣測朋友床笫之間的情境。我和他去那不勒斯咖啡館喝開胃酒，觀看向晚聖日爾曼大道上的人群。

第三章

春夜溫煦，羅伯特・寇恩走後，我獨坐那不勒斯咖啡館露天台座的一桌，望著天色漸暗、華燈初上、交通號誌時紅時綠、行人來來去去，看著馬車叩叩答答靠邊走、讓路給川流不息的計程車通行。我也見到隻身或成雙的「野雞」路過，看她們尋覓著晚餐。我看著一名姿色不錯的女孩走過我這桌，望著她的背影在街頭遠去，見不到她後，再望另一個女孩，隨即又見剛才那位繞回來，再度經過我這桌，我和她四目交接，她走過來坐下。侍應來了。

「嗯，妳想喝什麼？」我問。

「佩諾茴香酒。」

「小女孩喝這個，不好吧。」

「你才小女孩。」她改講法語：「小弟，給我一杯佩諾。」

「我也來一杯佩諾。」

「你怎麼了？」她問：「想找人聚一聚嗎？」

「是啊。妳不想嗎？」

「那可不一定了。在巴黎，誰都說不準。」

「妳不喜歡巴黎嗎？」

「不喜歡。」

「那妳怎麼不換個環境？」

「沒環境可換。」

「妳挺快樂的嘛。」

「快樂個大頭鬼！」

青綠色的佩諾近似苦艾酒，遇水變乳白色，滋味如甘草，提神效果佳，但事後的反效果也同樣厲害。我和她坐著喝酒，她神情落寞。

「喂，」我說：「妳不請我吃晚餐嗎？」

她呲牙奸笑一陣，我才明白她為何刻意不開口笑。嘴巴閉著的她，外型相當美豔。我付了酒錢，帶她上街，招呼一輛馬車，馬伕靠邊停下。我倆坐進後座，隨平穩的馬車徐徐駛上歌劇院街，途經櫥窗通明但深鎖的店面，馬路寬敞耀目，近乎冷清。馬車經過窗戶掛滿時鐘的紐約《前鋒報》分社。

「時鐘幹嘛掛一大堆？」她問。

「能顯示美國各地的現在時間。」

「少開我玩笑了。」

馬車轉進金字塔路，通過里沃利路的人車，穿越一道幽暗的大門，進入杜伊勒利公園。她依偎著我，我一手攬著她。她抬頭索吻。她一手愛撫我，被我推開。

「不用了。」

「怎麼啦？你有病嗎？」

「對。」

「大家都有病。我也有病。」

馬車駛離公園，燈火重現，我們橫渡塞納河後轉彎進入聖父路。

「你有病不該喝佩諾的。」

「妳也是。」

「我沒差。女人喝，完全沒差。」

「妳叫什麼名字？」

「嬌婕。你叫什麼？」

「雅各[8]。」

「那是法蘭德斯人的名字。」

「美國人也有。」

「你不是法蘭德斯佬？」

「對，美國人。」

「那就好，我討厭法蘭德斯佬。」

說著，馬車已來到餐廳門前，我向馬伕喊停。下車後，嬌婕對這家餐廳看不上眼。「這間

8 Jacob，《聖經》名，常簡稱杰克。

餐廳不大好。」

「對，」我說：「妳會不會比較想去孚悠餐廳？要不要搭這輛馬車自己去？」

我勾搭她是礙於一種若有似無的情懷，以為找人用餐是件美事。我許久不曾找「野雞」一同進餐了，早已忘記這是件多麼沉悶的事。我們進入餐廳，通過櫃檯的拉維尼夫人，進一個小隔間。在餐飲助益下，嬌婕情緒稍微開朗起來。

「這裡還不賴嘛，」她說：「不算時髦，但菜色還可以。」

「比妳在列日吃的還好。」

「你指的是布魯塞爾吧。」

我們再喝一瓶葡萄酒，嬌婕講個笑話，微笑時滿口爛牙畢露。我和她舉杯互碰。

「你不是壞人，」她說：「可惜你有病。我們相處得不錯。你到底是哪裡有毛病？」

「打仗受過傷。」我說。

「唉，那一場可惡的大戰。」

我們大可順勢論及那場大戰，異口同聲說大戰真的是文明史上的浩劫，戰爭也許最好能免則免。我是悶得發慌了。正值此時，另一間有食客高喊：「巴恩斯！是你啊，巴恩斯！雅各・巴恩斯！」

「有朋友在喊我。」我解釋後出去。

喚我的人是亨利・布萊德克斯，和一大桌人同坐，有羅伯特・寇恩、法蘭西絲・克萊恩、布萊德克斯夫人，另有我不認識的幾位。

「你會一起去舞會吧？」布萊德克斯問。

「什麼舞會？」

「不就是跳舞嘛。舞會被我們救回來了，你不知道嗎？」布萊德克斯夫人插嘴。

「你一定要去，杰克。我們全都去。」桌尾的法蘭西絲說。高䠷的她面帶微笑。

「他當然會去，」布萊德克斯說：「進來吧，巴恩斯，陪我們喝咖啡。」

「好。」

「帶你朋友一起過來嘛。」布萊德克斯夫人笑呵呵說。她是加拿大人，具有加國慣有的社交風範。

「謝謝，我們待會兒過來。」我說。我回小隔間去。

「你那些朋友是誰啊？」嬌婕問。

「藝文圈的人。」

「塞納河的這邊，那種人多的很。」

「太多了。」

「我想也是。不過啊，他們有些人很會賺錢。」

「那還用說。」

我們吃完餐點，喝盡紅酒。「走吧，」我說：「我們去跟他們喝咖啡。」

嬌婕打開包包，取出小鏡子照臉，左看右看幾次，補上唇膏，把帽子戴正。

「好的。」她說。

我們走進坐滿人的那間，布萊德克斯和同桌男士全起立。

「在此向各位介紹，這位是我的未婚妻嬌婕．勒布朗克小姐。」我說。嬌婕展露招牌的甜美笑容，一同和我輪流和所有人握手。

「歌星嬌婕．勒布朗克是妳親戚嗎？」布萊德克斯夫人問。

「不知道。」嬌婕以法語回答。

「可是，妳怎麼和她同名同姓？」布萊德克斯夫人追問，語氣誠摯。

「不是，」嬌婕說：「完全不是。我姓霍賓。」

「可是，巴恩斯先生怎麼介紹妳是嬌婕．勒布朗克小姐？他真的是這樣介紹的啊。」布萊德克斯夫人堅稱。法文講得起勁的她往往言不及義。

「他是個傻子。」嬌婕說。

「喔，原來是鬧著玩的啊。」布萊德克斯夫人說。

「是的，」嬌婕說：「給大家笑一笑。」

「聽見沒，亨利？」布萊德克斯夫人對著坐另一頭的丈夫大聲說：「巴恩斯先生介紹未婚妻是勒布朗克小姐，而她其實姓霍賓。」

「那當然囉，親愛的。霍賓小姐。我認識她好久了。」

「喔，霍賓小姐，」法蘭西絲．克萊恩喊著，法語連珠炮，不像布萊德克斯夫人那樣以法文講得溜而自豪，語氣也少一份詫異。「妳在巴黎住很久了嗎？喜不喜歡住這裡？妳愛巴黎吧，對不對？」

「她是誰啊？」嬙婕轉向我。「我非跟她講話不可嗎？」

她面對法蘭西絲，笑吟吟坐著，雙手交疊，頸項修長的她把頭穩住，噘嘴準備再開口。

「我不愛巴黎。這裡好貴好髒。」

「真的嗎？我倒覺得特別乾淨。比巴黎乾淨的城市在全歐洲找不到幾個。」

「我覺得好髒。」

「好奇怪喔！大概是妳才住不久吧。」

「我在這裡住夠久了。」

「可是，這裡的確有不少好人。這一點妳不能不承認吧。」

嬙婕轉向我。「你交的朋友挺不錯的嘛。」

微醺的法蘭西絲本想再灌酒，但咖啡上桌了，老闆也奉上利口酒。之後，一夥人全離開，前往布萊德克斯介紹的舞廳。

位於聖女日南斐法山路上的這間是手風琴舞廳，每週有五晚供先賢祠附近的勞動階級熱舞，每星期有一晚供舞蹈社使用，週一不營業。我們一行人抵達時，裡面氣氛相當寂寥，只見一名警察坐門邊、老闆娘在鍍鋅吧檯裡、以及老闆本人。我們進門之際，老闆女兒下樓來。舞廳裡有長椅，有橫跨全廳的餐桌，盡頭有一座舞池。

「要是舞客能早一點來就好了，」布萊德克斯說。老闆千金上前來，問我們想喝什麼。老闆坐上舞池邊的高腳凳，開始彈奏手風琴，一腳踝纏著一串鈴鐺，以這腳打節拍伴奏。人人都舞了起來。熱呼呼的，離開舞池時，我們無不揮汗如雨。

「我的天啊，」嬌婕說：「簡直是進烤箱催汗嘛！」

「很熱。」

「熱，我的天啊！」

「妳帽子脫了吧。」

「好主意。」

有人邀嬌婕共舞，我走向吧檯。這裡面的確熱，手風琴音符在熱夜裡分外動聽。我喝啤酒，站在門口吹著街頭襲來的清風。街上有兩輛計程車，從陡坡下來，一同在舞廳門前停車，下車的是一群年輕男子，有些穿運動衫，有些穿襯衫。藉門內向外投射的光線，我看得見他們的手和剛洗過的浪鬈髮。站門邊的警察對著我會心一笑。年輕人走進來之際，我在燈光下看見玉手、鬈髮、白臉，見他們扮鬼臉、比手畫腳、嘰嘰喳喳[9]。布蕾特[10]也在其中。她的外形楚楚動人，看起來和這群青年混得非常熟。

其中一青年見嬌婕就說：「且看，這裡居然有個如假包換的娼妓啊。勒特，我打算找她跳舞。你等著瞧。」

名叫勒特的黑皮膚大個子說：「可別太莽撞啊。」

金鬈髮的男子回應：「別操心，親愛的。」布蕾特和這群人在一起。

我氣壞了。不知何故，這種人總引我動怒。我知道他們的生性喜歡找樂子，也知道大家應該包容他們，我卻照樣想揍人，隨便揍哪一個都行，只想搗碎那份高高在上、傻笑不停的氣定神閒。我出門，去同一條街下一間舞廳的吧檯點啤酒消消火氣。這啤酒難喝，我為了洗掉嘴裡的餘味，再點一杯干邑白蘭地，更難喝。我回到剛才的舞廳，見舞池聚了一大群人，嬌婕正陪伴高個子的金髮青年跳舞，他舞得臀翹、頭歪、翻白眼。音樂一止息，另一青年立刻接手邀她。她被他們收走了。我當下明瞭，他們全會一個個邀她跳舞。他們全是這調調。

我找一張桌子坐下。寇恩也坐這桌。法蘭西絲在跳舞。布萊德克斯夫人帶來一個人，介紹他是勞勃・普倫提斯，曾住過芝加哥，現居紐約，是逐漸展露頭角的小說界新星。他帶有某種英國腔。我邀他共飲。

「多謝了，」他說：「我剛喝完一杯。」

「再來一杯嘛。」

「謝謝，那我恭敬不如從命。」

我們召喚老闆女兒過來，各點一份白蘭地蘇打。

「聽他們說，你是堪薩斯城人。」他說。

「是的。」

「你覺得巴黎很有意思嗎？」

「是的。」

「真的嗎？」

---

9 同性戀族群的刻板印象。

10 布蕾特（Brett），原意是「不列顛人」，取名者以男性居多。

我有點醉。不是醉得神清氣爽，而是只醉到能大意閃神。

「你耳聾嗎？」我說：「是的。你不覺得嗎？」

「哇，你生氣時挺迷人的，」他說：「我也有你這種才華該多好。」

我站起來，步向舞池，布萊德克斯夫人跟進。「別生勞勃的氣嘛，」她說。「他不過是個小毛頭，你知道的。」

「我又沒生氣，」我說：「我剛只是醉到想吐而已。」

「你未婚妻滿轟動的嘛。」布萊德克斯夫人朝舞池望一眼，見嬌婕在高個子黑人勒特懷裡跳舞。

「可不是嘛。」我說。

「是啊。」布萊德克斯夫人說。

寇恩走過來。「杰克，去喝一杯吧，」他說。我們走向吧檯。「你是怎麼搞的？好像為了什麼事氣呼呼。」

「沒事。只是這整個場面讓我倒胃口。」

布蕾特來到吧檯邊。

「哈囉，兩位。」

「哈囉，布蕾特，」我說：「妳怎麼沒醉？」

「再也不想醉醺醺了。喂，怎麼不請俺[11]喝一杯白蘭地蘇打？」

不坐下的她端著酒杯，我看見寇恩正在打量她，神態像極了遠古的那位猶太同胞[12]看見上帝應許之樂土。寇恩當然比他年輕多了，但他顯現同樣的切望，同樣當仁不讓的表情。

布蕾特美得不像話。她穿羊毛背心搭配粗呢裙，頭髮向後梳成男童頭。這種髮型是她帶動的。她的身材曲線玲瓏如賽艇，在羊毛衫下暴露無遺。

「跟妳打混的那群人很不賴嘛，布蕾特。」我說。

「很漂亮，不是嗎？你呢？心愛的。你那群人是打哪兒來的？」

「在那不勒斯咖啡館遇到的。」

「今晚玩得愉快嗎？」

「喔，樂透了。」我說。

布蕾特笑了。「怎麼能這樣講，杰克？侮辱到我們所有人了。看看那邊的法蘭西絲，看看喬。」

這話是針對寇恩說的。

「撈過界了嘛。」布蕾特說著又笑了。

「妳腦筋挺清醒的嘛。」我說。

「對。可不是嗎？和我帶來的那群人相處，喝再多也安全。」

音樂再起，羅伯特・寇恩說：「願不願意與我共舞這一曲，布蕾特閣下？」

---

11 布蕾特常以男人（chap）自稱。

12 指摩西。

布蕾特對他淺笑。「我已經答應陪雅各跳這一首了，」她呵呵笑說：「你名字的聖經味濃死了，杰克。」

「下一曲可以嗎？」寇恩問。

「我們就快走了，」布蕾特說：「我們在蒙馬特區有約。」

起舞時，我朝布蕾特背後望，看見寇恩佇立吧檯邊，仍在觀察她。

「妳又勾上一個了。」我對她說。

「甭提了。他好可憐。你不提，我還沒注意到呢。」

「嗯，」我說：「我還以為妳是愈多愈好。」

「快別學傻子講傻話了。」

「妳確實是。」

「唉，是又怎樣？」

「不怎樣。」我說。我和她隨手風琴音符起舞，有人彈著斑鳩琴。舞池熱呼呼，我舞得心情好酣暢。舞著舞著，我們接近嬌婕。她正和那群人之一共舞。

「你是中了什麼邪，怎麼帶她來？」

「不知道，想帶就帶她來了。」

「你浪漫過頭了。」

「錯，是悶慌了。」

「現在嗎？」

「錯，我指的不是現在。」

「我們一起溜走吧。反正她有人陪。」

「妳想走嗎？」

「不想，我幹嘛問你？」

我們離開舞池。我從牆上掛鈎取下外套穿上。布蕾特站在吧檯邊。寇恩正和她交談。我走向吧檯，向老闆娘索取一只信封。老闆娘找出信封，交給我，我從口袋掏出一張五十法郎鈔票，塞進信封，封妥，遞給老闆娘。

「如果陪我來的那女孩找我，能麻煩妳把這轉交給她嗎？」我說：「如果她陪那群男士之一離開，能麻煩妳為我保留這個嗎？」

「了解，先生，」老闆娘以法文說：「你想走了？這麼早就走？」

「是的。」我說。

我們開始往門口走。寇恩仍在和布蕾特交談。她向他道別，伸手讓我挽。「晚安了，寇恩。」我說。出門後，我們在路邊找計程車。

「你那五十法郎是飛定了。」布蕾特說。

「那還用說。」

「見不到計程車。」

「我們可以走去先賢祠附近叫一輛。」

「哎唷，我們進隔壁小酒館喝一杯，請他們叫一輛吧。」

「妳不肯過馬路？」

「能不過就不過。」

我們進隔壁酒吧，我請侍應招呼計程車。

「好了，」我說：「我們甩掉那群人了。」

我們站在高高的鍍鋅吧檯旁，四目相對無語。侍應過來說，計程車來了。布蕾特猛按我的手。我賞侍應一法郎，帶她離開。「該叫司機開去哪裡？」我問。

「哎唷，叫他四處逛吧。」

我向司機報地點蒙蘇里公園，上車，關上車門。布蕾特縮進一角，眼睛閉著。我坐進她的身旁。計程車抖一下，上路了。

「唉，親愛的，最近我心情爛透了。」布蕾特說。

第四章

計程車往上坡走，路過燈火通明的廣場，接著駛進暗夜，仍持續爬升，然後進入平地，來到聖艾提安杜蒙教堂後方的黑街，平穩行駛在柏油路上，經過路樹和停靠康特斯卡普廣場上的公車，進而轉入穆浮達路，碾著圓石路面前行，兩旁是亮著燈的酒吧和深夜不打烊的商店。車上的我和她一人坐一邊，行經老街時被甩成一團。布蕾特脫掉帽子，頭向後仰。店面的光輝照亮她臉龐，忽隱忽現，車子駛進戈布蘭街時，我才得以看清她的臉。路面施工中，燒焊金屬用的乙炔照亮車軌。布蕾特臉色白皙，乙炔光照亮修長的頸部曲線。街頭再暗時，我親吻她。兩人雙唇先是緊貼，隨即她偏頭，縮身躲進角落，盡可能保持距離。她垂著頭。

「別碰我，」她說：「拜託，別碰我。」

「怎麼了？」

「我受不了。」

「唉，布蕾特。」

「不准你碰。你不會不知道吧。我受不了，就這麼簡單。唉，親愛的，請你諒解！」

「妳不愛我嗎？」

「愛你？被你一碰，我整個人馬上變得軟趴趴。」

「難道我們想不出辦法嗎？」

她這時坐直。我一手攬著她的腰，她倚著我，兩人心情相當平和。她直視我眼睛，那種眼神令人懷疑她是否視而不見。她會一直看一直看，世上其他眼珠都不再看了，她仍繼續盯，猶如她一概以這盯法看待人間百態，而其實，她怕的事物太多了。

「而我們是連一個鬼辦法也想不出來。」我說。

「嗯……」她說：「我不想再嘗那苦頭。」

「那我們最好還是保持距離。」

「可是，親愛的，我非見你不可。又是不全為了做那檔子事，你知道。」

「對，不過情況總會往那方向走。」

「都是我的錯。只不過，我們不全都要為自己做的事付出代價嗎？」

她的目光始終直鑽我眼底。她的眼神有深淺不一的深度，有時候顯得完全坦然。現在你能一眼看透。

「我想到我害一堆男人吃的苦。現在我得付清代價了。」

「別學傻子講話，」我說：「何況，我的遭遇應該很好笑才對。我從來不去想它。」

「對呀。我敢打賭你從來不想。」

「好吧，我們就別再講它了。」

「我自己也為了那事笑了，笑過一次。」她不看我，「我哥哥有個朋友被派去蒙斯[13]戰場，回來後也像你一樣。感覺像被開了一個天大的玩笑。天下人，誰料得到呢？」

「對，」我說：「天下人什麼也料不到。」

這話題，我差不多不放在心上了。以往，我或許曾從各種角度審視這問題，思考過有些傷或缺憾可以是談笑的話題，但談笑之間不忘為當事人設想。

「很好笑，」我說：「笑死人了。而且，談戀愛也很好玩。」

「你這麼認為嗎？」她的眼神又變得坦然。

「我指的好玩不是那方面。戀愛可以是一種甜蜜的感受。」

「不對，」她說：「我倒覺得戀愛是人間煉獄。」

「能見面挺不錯的。」

「哪有？我不認為。」

「妳不想見面嗎？」

「非見不可。」

這時候，我倆的坐姿宛如陌生人。右車窗外是蒙蘇里公園。這裡有一家餐廳養著一池生龍活虎的鱒魚，饕客能坐著瞭望公園，現在店門深鎖，裡面黑壓壓。司機轉頭過來。

「妳想去哪兒？」我問。布蕾特偏開頭。

「喔，去菁英好了。」

「菁英咖啡館，」我告訴司機：「蒙帕納斯大道。」車子直奔而去，繞過護衛著蒙魯日街車

---

13 蒙斯（Mons），比利時城市，接近法國。

的貝爾福雄獅像。布蕾特直直向前看。來到哈斯拜耶大道，蒙帕納斯大道的華燈進入視野後，布蕾特說：「如果我要求你做一件事，你會很介意嗎？」

「別傻了。」

「到那裡之前再吻我，一次就好。」

計程車停下，我下車付費。布蕾特邊戴帽子邊下車，伸一手讓我牽。她的手顫巍巍。「我嘛，看起來會不會太頹廢了？」戴男士毛氈帽的她將帽沿壓低，往裡面走。舞廳裡的多數人也來這裡了，不是倚著吧檯站，就是分桌坐著。

「哈囉，各位，」布蕾特說：「我想喝一杯。」

「喔，布蕾特！布蕾特！」一名希臘矮子說。以人像畫為專長的他自稱公爵，大家稱呼他茲茲。他湊向布蕾特。「我有件妙事想告訴妳。」

「哈囉，茲茲。」布蕾特說。

「我想介紹一個朋友給妳認識。」茲茲說。一名胖子上前來。

「米匹波普洛斯伯爵，這位是我朋友艾敘理夫人閣下。」

「你好。」布蕾特說。

「好，夫人您在巴黎過得開心嗎？」米匹波普洛斯伯爵問。他的錶鏈上有一顆麋鹿牙。

「相當好。」布蕾特說。

「巴黎確實是個好地方，」伯爵說：「不過，我猜你們倫敦也挺繁華的。」

「是啊，」布蕾特說：「大得很。」

布萊德克斯從他那桌喊我。「巴恩斯，」他說：「過來喝一杯。你那個小姐剛才鬧大了。」

「鬧什麼？」

「老闆女兒講的話惹毛她了。鬧得好凶。她相當厲害的，你也知道。亮出健檢黃卡[14]，還要求老闆女兒也亮。的確是鬧大了。」

「最後怎樣？」

「唉，被人送她回家了。她長得還不賴。伶牙俐齒的。你快坐下來喝一杯吧。」

「不了，」我說：「我急著走。你有沒有見到寇恩？」

「他跟法蘭西絲回家了。」布萊德克斯夫人插嘴。

「可憐的傢伙，他看起來好失意。」布萊德克斯說。

「一定很失意，我敢說。」布萊德克斯夫人說。

「我該走了，」我說：「晚安。」

我去吧檯向布蕾特道別。伯爵正在買香檳。「先生，你願意陪我們喝一杯酒嗎？」他問。

「不了。感激不盡。我不走不行。」

「真的要走了？」布蕾特問。

「是的，」我說：「我頭痛得要命。」

「明天見囉？」

14 黃卡是特種行業定期接受性病篩檢的證明。

「來辦公室找我。」

「才不要。」

「不然去哪兒見？」

「五點左右，地點隨便。」

「約在市區另一邊好了。」

「好。我五點在克里雍大飯店酒吧。」

「妳盡可能去。」我說。

「別擔心，」布蕾特說：「我沒讓你失望過吧，有嗎？」

「妳有沒有麥可的消息？」

「今天接到信。」

「晚安了，先生。」伯爵說。

我來到人行道上，走向聖米歇爾大道，路過圓亭咖啡館外的桌子，生意仍興隆。我望馬路對面的穹頂咖啡館，桌子氾濫到路邊。某桌有人對著我揮手，我看不清楚是誰，只管繼續走。我想回家。蒙帕納斯大道很冷清。拉維尼舞廳大門深鎖，幾人在丁香園咖啡館外堆疊餐桌。我走過弧光燈下的內伊元帥[15]雕像，周圍簇擁著綠葉初生的歐洲七葉樹。一個褪色的紫花環靠在雕像基座上。我駐足閱讀碑文：拿破崙支持派捐贈，日期云云，我忘了寫的是什麼。內伊元帥踩著長統馬靴，舉劍對著青翠的七葉樹葉比劃，氣勢不錯。我的公寓在聖米歇爾大道上，過馬路再走一小段距離就到。

門房室裡亮著燈，我敲敲門，女門房遞一疊郵件給我。我祝她晚安，上樓去。兩封信，幾份報紙。進飯廳後，我在煤氣燈下看信。信件來自美國，其中一封是銀行對帳單，上面顯示帳戶結餘兩千四百三十二美元六毛。我取出支票簿，減掉月初以來開過的四張支票總額，算出目前餘額是一千八百三十二美元六毛，記在對帳單背面。另一封信是婚訊。艾洛伊修斯・科比夫婦宣布女兒婚事近了——新娘新郎我全不認識。想必是對著全巴黎公告婚事吧。艾洛伊修斯是個怪名字。有這名字的人，我有自信能記得住他。是個天主教徒的好名字。婚訊最頂端印有一枚紋飾。像希臘公爵茲茲。也像那個伯爵。那伯爵很怪。布蕾特也有個頭銜。艾敘理夫人閣下。去他的布蕾特。去你的艾敘理夫人。

我點亮床頭油燈，關掉煤氣燈，打開大窗戶。床離窗戶很遠，我開著窗戶坐床緣脫衣褲。外頭有輛夜班車，在街車軌道上奔馳，運送蔬菜至市場。深夜睡不著的時刻，班車的聲音特別擾人。卸下衣褲之際，我看著床邊大壁櫥上的鏡子。這是法國人典型的裝潢法。我猜也是講求實用。受傷的方式何其多啊。也算很好笑吧。我穿上睡衣褲，上床。郵件裡有兩份鬥牛報，我拆掉包裝。一份是橙色，另一份黃色。兩份報導的新聞相同，所以無論我先讀哪一份，另一份肯定會被糟蹋。《牛欄》較優質，於是我拿起來先讀，從頭版翻閱到最後一頁，不放過民意版和鬥牛版。我吹熄油燈。現在，我或許睡得著了。

思緒動了起來。滿腔的宿怨難排解。哼，義大利戰線是個笑話，擔任飛官受傷也夠倒楣

---

15 內伊元帥（Michel Ney, 1769-1815），拿破崙手下大將。

了。在義大利醫院裡，我們打算成立一個社團。社名採義大利文，取得怪里怪氣。那批義大利院友們如今怎麼了，我納悶著。醫院是米蘭綜合大醫院，我的病房在彭鐵樓，鄰棟是宗達樓。有一座彭鐵的雕像，有可能是宗達。官拜上校的聯絡官來探望我。很好笑。笑頭差不多就是從那次開始的。我被密密麻麻包紮著。但院方事先向上校透露我的傷勢。上校見到我，發表了一場不得了的演說：「你，一名外籍人士，一位英國人（外國人一律是英國人）奉獻了比生命更寶貴的東西。」講得多棒！我多想把這句搬進辦公室牆上打燈強調。上校從頭到尾不笑。我猜他是設身處地為我著想。他用義大利文感嘆，「歹運啊！歹運啊！」

以前的我，大概從沒領悟過這一點吧。我盡量假意順從陪笑，盡可能不要困擾到對方。我被運到英國後，若非遇到布蕾特，可能永遠不會困擾到自己。我猜，無法得手的東西，她才更想要吧。唉，人類不都一樣嘛。去他的人類。天主教會有一套對策，好得不得了。總之是不錯的建議。盡量別去想它。哇，這建議棒透了。這種苦，你自己改天也嘗嘗看吧。嘗嘗看。

我躺著，念頭在腦殼子裡蹦來蹦去，怎麼跳也躲不掉它。我開始想布蕾特，雜念全消了。我想著布蕾特，思想不再四處蹦，繼而漸漸緩和成小浪。一波波平順的浪。冷不防，我哭了。哭過一陣後，心情好轉，我躺在床上聽笨重的街車來了又去，後來才沉沉入睡。

我醒來，聽見屋外有喧嘩聲，豎耳一聽覺得耳熟。我套上睡袍，走向門口，聽見門房正在樓下氣沖沖講話。我聽見有人提到我名字，於是對著樓下喊。

「是你嗎？巴恩斯先生？」門房大聲說。

「是的，是我。」

「這裡來了一個野女人，整條街都被她吵醒了。三更半夜的，鬧得不像話！她說她非見你不可。我說你睡了。」

隨即，我聽見布蕾特的聲音。半睡半醒的我以為來人必定是嬌婕。不清楚為什麼這樣想。嬌婕不可能知道我住址。

「麻煩妳請她上來，好嗎？」

布蕾特上樓來。我見她有七分醉意。「做了傻事，」她說：「鬧得這麼大。喂，你還沒睡吧？」

「不然妳以為我現在幹嘛？」

「不曉得。現在幾點了？」

我看時鐘。凌晨四點半。「我不清楚現在幾點了，」布蕾特說。「欸，不請俺坐嗎？別生氣嘛，親愛的。伯爵剛送我來的。」

「他是什麼樣的人？」我取來兩酒杯，調白蘭地蘇打。

「一點點就好，」布蕾特說：「別想把我灌醉。伯爵他嘛？喔，還好。他算跟我們同一類。」

「他是伯爵嗎？」

「爵位是買來的。我想應該是吧。再怎麼說，他也有資格。他對人心的了解是透徹得不得了。不曉得他是從哪裡學的。他在美國開連鎖糖果店。」

她拿起酒杯啜飲。

「他好像說是連鎖。差不多吧。開幾家店，全串起來。他跟我講了一點。挺有趣的。不過，他跟我們是同一類。喔，沒錯。沒有疑問。一眼就能看穿。」

她再喝一口。

「唉，怎麼劈裡啪啦講一堆呢？你不會介意吧？他最近在資助茲茲，你知道吧。」

「茲茲真的也是貴族嗎？」

「不可能是假的吧。希臘人嘛，你是知道的。畫畫的技巧很爛。我相當欣賞伯爵。」

「妳陪他去哪裡？」

「喔，都有。他剛送我來這裡。他說他想給我一萬美元，要我陪他去比亞里茲[16]。換算英鎊是多少？」

「大約兩千。」

「好大一筆數字。我說我不能去。他滿有風度的。我說我在比亞里茲認識太多人了。」

布蕾特笑一笑。

「哎唷，你喝得太慢啦。」她說。我只喝了一小口白蘭地蘇打。我舉杯猛灌一大口。

「這才像話。好好笑喔，」布蕾特說：「然後他叫我陪他去坎城。我說我在坎城認識太多人了。蒙地卡羅？我說我在蒙地卡羅認識太多人了。我告訴他，我在世界各地都認識太多人了。也是真話啦。所以我叫他送我來這裡。」

她看著我，一手擱在桌上，酒杯舉起。「別擺臭臉嘛，」她說：「我告訴他，我愛的人是你。也是真話。別擺臭臉嘛。他挺有風度的。說他明晚想開車請我們吃晚餐。想不想去？」

「有何不可？」

「我最好還是走吧。」

「為什麼？」

「只想見你一面。多麼驢的想法。你要不去換衣服下樓去？他車子正停在路邊。」

「伯爵呢？」

「他在車上。另外有個穿制服的司機。他想載我去兜風，然後去森林公園吃早餐。車上準備了幾籃子野餐。全是在澤里夜總會準備的。夢香檳有十幾瓶。心動沒？」

「我明早還得上班，」我說：「我落後妳太多了，想趕也趕不上，就怕掃了妳的興。」

「別這麼跩嘛。」

「辦不到。」

「好吧。要不要代我傳一句好話給他？」

「隨便什麼話都好。一定要。」

「晚安了，親愛的。」

「少肉麻了。」

「你害我想吐。」

吻別時，布蕾特打哆嗦。「我該走了，」她說：「晚安了，親愛的。」

「妳未必非走不可。」

---

16 比亞里茲（Biarritz），法國西南岸渡假勝地，接近西班牙邊境。

「你錯了。」

在樓梯上，我們再吻一次。我請門房解下門鏈，門房在門後嘟噥一句話。我回樓上，從窗口望布蕾特走向停在弧光燈下路邊的大禮車。她上車，車子啟動離去。我轉身背對窗口。桌上有一只空杯，另一杯裝著半滿的白蘭地蘇打，兩杯都被我端進廚房，喝剩的倒進洗濯台。我扭熄飯廳煤氣燈，脫下拖鞋踹掉，坐上床，蓋被子睡覺。剛才令我想哭的對象正是布蕾特。隨即我想到她上街坐進禮車，最後的身影殘留在我眼裡。當然，才過一會兒，我心情再度苦不堪言。在白天，凡事全以硬心腸對應，這是再簡單不過的措施，但夜深了又是另外一回事。

第五章

早晨，我走聖米歇爾大道至索弗洛路喝咖啡、吃布里歐修麵包。天高氣爽的早晨。盧森堡花園中的七葉樹開花了。大熱天將至，今早的氣息宜人。我喝咖啡閱報，然後抽根菸。女花販紛紛從市場過來，妝點著今日供應品。學子來來去去，有些走向法學院，有些反向前往索邦大學。街車和上班人群在大道上熙來攘往。我搭上S公車，站在車子後台上，前往瑪德蓮教堂。從教堂，我走卡布辛大道到歌劇院，前往辦公室，沿途見到兜售蹦蹦蛙的男士，也看見擺地攤賣拳擊玩偶的販子。有一名女孩幫忙他拉繩子控制傀儡，我繞遠一點，以免踩到繩子。女孩合掌握繩站著，轉頭看別的地方。攤販正催促兩名觀光客掏腰包。另有三名遊客圍觀著。人行道上，有名男子拿著滾筒粉刷大字CINZANO，油漆濕淋淋，我從他背後通過。一路上盡是即將上班的人們。去上班的感覺很宜人。我過馬路，轉彎走向辦公室。

上樓進辦公室後，我讀法文晨報，抽根菸，然後在打字機前坐下，專心忙完一上午。十一點，我搭計程車前往奧賽碼頭街，和十幾名記者同坐一堂，聽外交部傳聲筒開記者會。一名戴牛角鏡框的文青外交官發言並回答問題半小時。委員長去里昂演講了，正在回巴黎途中。記者會上，有幾人提問是為了想聽自己講話，另外有兩、三名通訊社記者發問是為了求得答案。沒新聞可報導。我和伍吉、克魯姆共乘一輛計程車離去。

「你晚上都做什麼，杰克，」克魯姆問：「怎麼從來沒看見你？」

「我嘛，我都去拉丁區。」

「改天我也想去。丁果酒吧[17]。那間很棒吧，對不對？」

「對。另外有間新開幕的也不錯，叫菁英。」

「我一直想去，」克魯姆說：「可惜我有妻小，你應該明白。」

「你打不打網球？」伍吉問。

「呃，不打，」克魯姆說：「今年大概連一場也沒打過。我是盡量想去，可惜每到星期日總下雨，而且球場常爆滿。」

「英國人星期六全放假。」伍吉說。

「狗屎運，」克魯姆說：「哼，不瞞你，總有一天，我不想再幫通訊社跑新聞了，以後就不愁沒空去鄉下走走。」

「這樣也好。買一輛小車子，搬去鄉下住。」

「最近我考慮明年買車。」

我敲一敲車窗。司機停車。「我到了，」我說：「進來喝一杯吧。」

「謝了，老兄，」克魯姆說。伍吉搖搖頭。「我趕著回去發剛才那條新聞。」

我把一枚兩法郎硬幣交給克魯姆。

「發什麼神經，杰克，」他說：「這一程算在我身上。」

「反正都可以報公帳。」

「不行。我想請客。」

我揮手道別。克魯姆探頭出車窗。「星期三午餐見。」

「沒問題。」

我搭電梯上樓進辦公室。羅伯特・寇恩在等我。「哈囉，杰克，」他說：「要不要去吃午餐？」

「好。我先看看有沒有新消息。」

「去哪兒吃？」

「隨便。」

我翻看辦公桌上的東西。「你想吃什麼？」

「去維且爾怎樣？他們的開胃菜很好吃。」

進餐廳後，我們點開胃菜和啤酒。酒侍奉上兩大杯水珠淋漓的啤酒，滋味冰涼。開胃菜多達十幾種。

「昨晚玩得開心嗎？」我問。

「我不認為。」

「小說寫得怎樣？」

「不順。第二本怎麼寫也寫不出東西。」

---

17 丁果（The Dingo），一九二、三〇年代文人薈萃之地。

「人人都有的情況。」

「唉，我也知道。只不過，我愈寫愈煩惱。」

「還在考慮去南美洲嗎？」

「我是真的想去。」

「那你怎麼不動身？」

「法蘭西絲。」

「她嘛，」我說：「帶她一起去啊。」

「她不會答應的。這種事不合她興趣。她喜歡跟一大票人相處。」

「叫她下地獄去吧。」

「不能。我有些義務得對她盡。」

他推開小黃瓜切片，吃一口醃鯡魚。

「杰克，你對布蕾特．艾敘理夫人閣下的認識有多少？」

「艾敘理是貴族丈夫的姓。布蕾特是她的本名。她是個和善的女孩子，」我說。「她正在辦離婚，打算改嫁麥可．坎貝爾。他目前在蘇格蘭。你問她幹嘛？」

「她是個魅力十足的女人。」

「不是嗎。」

「她有一種特質，一種說不出的高尚。感覺上，她是絕對的高尚正直。」

「她待人非常和善。」

「那份特質，我不曉得怎麼形容，」寇恩說：「大概和出身有關吧。」

「聽你口氣，你好像很中意她。」

「沒錯。真的愛上她了，我也不會覺得奇怪。」

「她是個酒鬼，」我說：「她愛上麥可．坎貝爾，就快結婚了。他將來會變成大財主。」

「我不信她會嫁給他。」

「憑什麼不信？」

「不知道。不信就是不信。你跟她認識很久嗎？」

「是的，」我說。「大戰期間她加入醫護志工隊，在我住的那間醫院服務。」

「那年她敢情是個小女娃吧。」

「她今年三十四了。」

「她哪一年嫁給艾敘理？」

「大戰期間。那時她的另一半染上痢疾，剛被除役。」

「你講得有點怨。」

「抱歉。不是有意的。我只是盡量報告事實給你聽。」

「我不信她會嫁給她不愛的人。」

「呃，」我說：「這種事，她做過兩次。」

「我不相信。」

「好，」我說：「如果你不喜歡我的回答，那就別東問西問一堆傻話。」

「我剛又沒問。」
「你問我對布蕾特・艾敘理的認識有多少。」
「我又沒叫你侮辱她。」
「唉，下地獄去吧。」
他從桌前站起來，臉色慘白，氣白了臉站著，桌上是幾小盤開胃菜。
「坐下，」我說：「別耍傻氣。」
「你先吞回那句話。」
「唉，別搞預科的那一套。」
「吞回去。」
「好。全吞了。我從來沒聽過布蕾特・艾敘理這個人。可以了吧？」
「不行。不是那句。是叫我下地獄的那句。」
「好，別下地獄，」我說：「留在人間。我們才剛開始吃午餐。」
寇恩再度展露笑顏，坐下。他似乎慶幸能坐下。不坐下，他又能耍什麼爛招？「杰克，你侮辱人的講法很可惡。」
「對不起。我天生一張賤嘴。我講賤話從來沒有惡意。」
「我知道，」寇恩說。「你真的差不多是我最要好的朋友，杰克。」
我暗想，願上帝保佑你，從嘴裡出來的卻是：「忘掉我剛才講的東西吧。對不起。」
「沒關係。沒事了。我剛只是不太高興一下子。」

「那就好。我們點別的東西來吃吧。」

吃完午餐後，我們走向和平咖啡館喝咖啡。我能意識到，寇恩想再提布蕾特，但話頭被我封殺。我們話題一個換一個，最後我留下他，獨自回辦公室。

第六章

下午五時，我來到克里雍大飯店等候布蕾特。她沒來，我只好坐下寫幾封信。信寫得不太好，幸好我用的是大飯店信紙，希望有加分作用。遲遲不見布蕾特身影，因此等到約莫五點四十五分，我去吧檯，酒保喬治陪我喝一杯傑克玫瑰調酒。布蕾特也沒來過吧檯，於是我臨走前上樓找一找她，然後叫計程車前往菁英咖啡館。穿越塞納河之際，我看見一連串的空駁船被拖著順流而下，無物一身輕，接近橋下時，船伕操縱著長把槳。塞納河景賞心悅目。在巴黎渡橋總令人心曠神怡。

計程車繞過打著旗語的旗語始祖像，轉向哈斯拜耶大道，座椅上的我往後挪，放棄這一段路的景觀。哈斯拜耶大道沿途總令人發悶，如同搭乘火車經過楓丹白露和孟特羅之間，風景總令我悶得發慌、死氣沉沉、頭皮發麻，巴不得早點結束。我想，旅程中有些地點死氣沉沉，原因不外乎某些聯想。在巴黎，另有幾條街和哈斯拜耶大道同等髒亂。走在哈斯拜耶大道上，我一點也不討厭，搭車經過卻受不了。也許是因為我曾讀到和哈斯拜耶大道相關的作品吧。所以羅伯特．寇恩才討厭巴黎。寇恩為何無法享受巴黎風情？我想知道。可能是讀過門肯[18]的書吧。門肯討厭巴黎，我相信是。無數男青年的喜惡全是受門肯影響。

計程車停在圓亭咖啡館前。從右岸搭計程車，無論你指名前往蒙帕納斯哪一家咖啡館，司機總帶你到圓亭。十年後極可能換成穹頂。所幸還算近。我走過圓亭外面幾張落寞的餐桌，來到菁英。裡面有幾人在吧檯邊，外頭僅有哈維·史東一人獨坐，桌上有一疊墊杯子用的淺碟。他該刮刮鬍子了。

「坐下，」哈維說：「我找你好久了。」

「什麼事？」

「沒什麼。只想找你。」

「最近有沒有去看賽馬？」

「沒有。上次去是星期天。」

「有沒有接到美國來的消息？」

「沒有。沒消沒息。」

「怎麼了？」

「不曉得。我懶得再理他們了。我跟他們是一刀兩斷了。」

他上身湊近我，直視我雙眼。

「想不想知道一件事，杰克？」

「想。」

「我已經五天沒吃東西了。」

---

18 門肯（H. L. Mencken, 1880-1956），美國作家。

我急忙心算一番。三天前在「紐約」酒吧賭撲克骰子，哈維贏我兩百法郎。

「怎麼了？」

「沒錢。錢沒進來，」他停頓一下。「告訴你，杰克，很奇怪。每次我變這樣，我只想自個兒靜一靜。我想窩在自己房間裡。像隻貓。」

我伸手進口袋摸索。

「一百夠不夠，哈維？」

「夠。」

「好了。我們去吃飯吧。」

「不急。先喝一杯。」

「最好還是填填肚子。」

「不要。每次我變這樣，我不在乎有沒有東西可吃。」

我們喝一杯。哈維的碟子山再添一層。

「哈維，你認不認識門肯？」

「認識。問這幹嘛？」

「他是怎樣的一個人？」

「還好。他講的話有些滿逗趣的。上次我和他吃晚餐，聊到霍芬海默[19]。他說：『麻煩在於他太風流了。』不賴吧。」

「不賴。」

「他完了，」哈維繼續說：「他懂的東西，全被他寫光了，現在只好寫一堆他不懂的東西。」

「我覺得他還好，」我說：「我只是讀不下他的作品。」

「現在啊，沒有人讀他了，」哈維說：「除非是以前愛讀漢米爾頓學會[20]叢書的那些人。」

「嗯，」我說：「以前那樣讀也好。」

「是啊。」哈維說。於是我們坐著沉思片刻。

「要不要再來一杯波特[21]？」

「好。」哈維說。

「寇恩來了。」我說。羅伯特．寇恩正要過馬路。

「那個白痴。」哈維說。寇恩來到桌前。

「哈囉，兩條懶蟲。」他說。

「哈囉，羅伯特，」哈維說：「我剛對杰克罵你是白痴。」

「什麼意思？」

「考你一下。不准你動腦筋，要憑直覺回答。假設你能隨心所欲，你想做什麼事？」

寇恩思索著。

---

19 霍芬海默（Hoffenheimer），可能是虛構人物。

20 漢米爾頓學會（Alexander Hamilton Institute），商學教育團體，以推廣商業資訊為宗旨。

21 波特（port），高甜度葡萄酒。

「不准動腦筋。想到什麼就回答。」

「我不知道，」寇恩說：「到底問這幹嘛？」

「我的意思是，你比較寧願做什麼。腦海浮現的第一個想法是什麼？再蠢也得說。」

「我不知道，」寇恩說：「我寧願再玩美式足球，因為現在的我比較收放自如。」

「我錯看你了，」哈維說：「你不是白痴。你只是發育太遲鈍。」

「你講話笑死人了，哈維，」寇恩說：「總有一天，你的臉會被人一拳揍扁。」

哈維．史東笑了笑。「你認為會，其實才不會。因為對我來說沒差別。我不是愛動粗的人。」

「如果對方出手，差別可大了。」

「不會。你的大錯就在這裡。因為你智能不夠高。」

「別再損我了。」

「行，」哈維說：「對我來說沒差別。我不把你看在眼裡。」

「好了啦，哈維，」我說：「再來一杯波特吧。」

「不要，」他說：「我想上街去找吃的。待會兒見，杰克。」

他走上街。我望著他過馬路，在計程車陣中穿梭，在車流裡顯得渺小、沉重、遲緩而自信。

「他老是惹我不高興，」寇恩說：「我受不了他。」

「我倒欣賞他，」我說：「我和他合得來。你可別對他不高興。」

「我知道，」寇恩說：「只是他搞得我心煩。」

「今天下午寫得怎樣？」

「沒有。筆爬不動。比我第一本來得辛苦。我寫得好苦。」

初春他甫從美國回來時志得意滿，如今不再意氣風發了。當時他對自己的作品充滿自信，頂多是私心渴望找刺激而已。如今，自信不再有。我總覺得自己未能明確描述羅伯特．寇恩。原因在於，直到他愛上布蕾特之前，我從未聽他講過一句能讓他有別於常人的言論。在網球場上，他讓人看得順眼，身材好，體格保養得當。在橋牌桌上，他出牌也得當。他也有某種異樣的特質，像個大學生。若混在一群人當中，他的談吐絕不出眾。他常穿被中小學生稱為馬球衫的衣服，那種衣服現在可能也仍叫馬球衫，但他又不是剛進社會。我不認為他很在乎個人衣裝。他的外型受過普林斯頓大學雕琢，心坎則受兩個調教過他的女人形塑而成。他有一份童稚、愉悅的好性情，未曾被調教抹煞掉，也不太可能是被我帶動。他熱愛在網球場上贏球，好勝心極可能和法國網壇女球王蘭格倫[22]不相上下。反過來說，他輸球並不生氣。愛上布蕾特後，他的球技變得一敗塗地，向來不是他對手的球友都能擊敗他。對此，他倒表現得風度十足。

言歸正傳。我和他坐在菁英咖啡館的一樓台座上，哈維剛走向馬路對面去。

「一起過去丁香園吧。」我說。

「我有約。」

「幾點？」

「法蘭西絲七點十五分會來這兒。」

---

22 蘭格倫（Suzanne Lenglen, 1899-1938），法國網壇球王。

「她來了。」

法蘭西絲．克萊恩正從馬路對面走過來。她的個子非常高，走路大搖大擺。她招手微笑。我們看著她從馬路對面走來。

「哈囉，」她說：「你在這裡，我好高興喔，杰克。我一直想找你聊聊。」

「哈囉，法蘭西絲。」寇恩說，帶著笑臉。

「哇，哈囉，羅伯特。你也來這裡？」她繼續連珠炮。「今天氣死我了。這個人啊——」朝寇恩甩一甩頭後說：「午餐沒回家吃。」

「我又沒說要回家吃。」

「我知道啦。可是，你怎麼也不跟廚子講一聲呢？那時我自己跟人有約，而且寶拉不在辦公室。我去麗池等她，被她放鴿子，而我當然吃不起麗池的午餐——」

「結果妳怎麼辦？」

「喔，當然還是出去囉。」她這話講得愉悅，忸怩作態。「我是有約必到，最近倒是沒人信守承諾。我早該覺悟的。杰克，你最近好嗎？」

「還好。」

「你帶去舞會的那女孩很不錯嘛，你後來卻跟那個叫布蕾特的跑掉了。」

「妳不喜歡她嗎？」寇恩問。

「我覺得她魅力滿點。你呢？」

寇恩無言。

「對了，杰克，我想找你聊聊。願不願意陪我去穹頂？羅伯特，你就待在這裡，好嗎？我們走吧，杰克。」

我和她穿越蒙帕納斯大道，找一桌坐下。報童過來兜售《巴黎時報》，我向他買一份，攤開。

「妳怎麼了，法蘭西絲？」

「沒什麼啦，」她說：「只不過他想跟我分手。」

「什麼意思？」

「他呀，本來逢人就說我們打算結婚，我也告訴我母親和所有人了，現在他卻不想結婚。」

「怎麼一回事？」

「他想通了，覺得人生風景還沒看透。他去紐約那陣子，我就知道會出這種事。」

她望著我，雙眼炯炯有神，措辭盡量挑瑣碎的字眼。

「如果他不願意，我也不想跟他結婚。我當然不想。這下子，我說什麼也不肯跟他結婚了。話說回來，我們拖了三年，而我才剛辦完離婚手續，我覺得現在喊停有點太遲了。」

我不語。

「我們本來要好好慶祝的，結果演變成一場又一場鬧劇。太幼稚了。我們鬧得很凶，他哭著哀求我理性點，不過他說他不想結婚。」

「運氣背。」

「就是運氣背嘛。我在他身上白白耗掉兩年半。這下子，八成沒男人想跟我結婚了。要是在兩年前，在坎城，我想嫁給誰都沒問題。那裡的老頭子都想娶一個時髦的女人，定下心來。他們全追得如痴如狂啊。現在呢，我大概一個都釣不上。」

「別這麼說，妳想跟誰結婚都沒問題。」

「才不呢，我不相信。而我也是真心喜歡他。我也願意生小孩。我一向以為我們可以生幾個小孩。」

她目光如炬地看著我。「我對小孩向來興趣不高，不過我不願以為自己一輩子不生。以前我總以為可以先生下小孩，然後再喜歡小孩。」

「他自己有小孩。」

「有啊。他有小孩，他有錢，有個富婆媽媽，而且出了一本書，沒人肯出版我的東西，一家都找不到。我寫的東西其實不差勁。而我現在一毛錢也沒有。我本來可以爭贍養費的，可惜我辦離婚選的程序是最速簡的一種。」

她又目光如炬看著我。

「這樣不好啦。這是我的錯，也不算是我的錯。都怪我糊塗。我跟他溝通這一點，他聽了只哭著說他不能結婚。為什麼不能結婚？娶我，我會當個賢慧的好老婆啊。我是個很容易相處的人。我不想理他了。再爭也沒好處。」

「多可惜。」

「是的，多可惜。可是，再談有什麼用呢？好了，我們回去剛才那家咖啡館吧。」

「我當然也拿不出辦法來。」

「對。我剛告訴你的事，你可不能讓他知道。我知道他貪圖的是什麼。」這時候，她終於卸下愉悅至極的假面具，目光不再炯亮。「他想在書出版的時候，在好多小美女喜歡他的書時，他想單獨回紐約。這才是他的貪圖。」

「女讀者也不一定會喜歡他的書。我不認為他是那種人。真的。」

「杰克，你對他的認識不如我。這才是他的貪圖。我很清楚。我很清楚。所以他才不肯結婚。他想等今年秋天，自個兒在紐約大紅。」

「想不想回菁英？」

「好。走吧。」

飲料遲遲沒來。我們離桌，過馬路走向菁英，見寇恩坐在大理石桌面的餐桌前，隔桌面對著我們微笑。

「笑什麼笑？」法蘭西絲問他。「心情特別好嗎？」

「我笑的是妳和杰克共通的祕密。」

「哎唷，我對杰克講的事又不是什麼祕密。過不久，全天下都會知道的。我只是想給杰克一個像樣一點的版本。」

「什麼版本？妳提到妳想去英國嗎？」

「是的，我提到我想去英國。哇，杰克！我忘了告訴你。我準備去英國。」

「太棒了！」

「是啊，最體面的家族都是這麼做的。羅伯特叫我去的。他願意給我兩百英鎊，讓我去拜訪朋友。很愜意吧，不是嗎？朋友們都還不知道呢。」

她轉向寇恩，對他微笑。他笑不出來了。

「你本來只肯給我一百英鎊，對不對，羅伯特？是我逼他給我兩百的。他真的好慷慨喔。對不對啊，羅伯特？」

我不明白怎麼有人對寇恩講得出這種話。面對世上某些人，你再惡毒也講不出侮辱的話。他們給人的印象是，一旦遭你出言羞辱，世界將天崩地裂，地球真的會在你眼前天崩地裂。寇恩卻能一概忍氣吞聲。這事在我面前一幕幕上演，我卻絲毫沒有出手制止的衝動。而和稍後的狀況相形之下，這還算戲謔。

「妳怎麼能講這種話，法蘭西絲？」寇恩打斷她。

「聽聽他。我準備去英國。我想去拜訪朋友。朋友都不要你了，你還去拜訪人家，這種經驗你有過嗎？他們嘛，不得已會留我的。他們會說，『心愛的，妳最近怎樣？好久不見了。妳心愛的母親最近怎樣？』對了，我心愛的母親最近怎樣？錢全被她拿去買法國戰爭債券了。對，真的。做這種事的人全世界大概只有一個。他們會問：『羅伯特最近怎樣？』不然，他們言語會非常小心，避免提到羅伯特。『老公啊，你千萬不能提起他唷。可憐的法蘭西絲遇到倒楣透頂的狀況了。』這樣是不是很有趣啊，羅伯特？杰克，你認為呢？會不會很好玩？」

她轉向我，再露燦爛至極的笑容。有人聽她訴苦，她格外暢快。

「你何去何從呢？羅伯特？錯在我身上，沒錯。完全怪我自己不好。我叫你辭掉雜誌社的那個小祕書時，早該明白你也會同樣的方式趕我走。杰克還不知道小祕書的事。要不要我告訴他呀？」

「住嘴，法蘭西絲，看在上帝份上。」

「好，我告訴他。羅伯特搞雜誌那段期間，請了一個小祕書，是天下最溫順的小女生，很得他的心，後來他遇到我，也覺得我很得他的心。所以，我叫他辭掉祕書。當初雜誌社從西岸的卡梅爾搬到普羅溫斯敦，他把祕書調過來，趕走她時，竟然連回西岸的旅費也不給。全是為了討好我。那時候，他覺得我很不錯。是不是啊，羅伯特？

「杰克，你可別誤會了，他和祕書的關係純粹是心靈層面。甚至連心靈層面都談不上。其實是什麼也沒有。原因只是她太討喜了。他趕走祕書只為了讓我高興。哼，藉劍而生存者，理當死在劍下，我大概算這種人吧。不過，這樣講，有文學味吧？羅伯特，想不想記下這一句，寫進下一本書裡？

「你知道吧，羅伯特正在收集下一本書的題材。是不是啊，羅伯特？所以他才想跟我分手。他認定我不適合搬上大銀幕。告訴你好了，我們同居的日子裡，他一直忙得很，忙著寫書，我倆的事他完全沒印象了，現在只好再出去找新題材。我嘛，希望他找到妙不可言的題材。

「聽著，羅伯特，心愛的。讓我告訴你一件事。你不會介意吧？別把場景設在你和俏佳人相處的時候。盡量不要。因為，你一出場總哭哭啼啼的，然後又顧影自憐，連對方講過什麼都不記得。哭成那樣，你永遠記不住對話。勸你盡量鎮定一點。難得很吧，我知道。不過你要記得，以文學創作為重。我們全都該為文學犧牲小我。看看我。我不抗議一聲就準備去英國。全為了文學。我們一定全要提攜青年作家。杰克，你不認為嗎？不過，你不算青年作家。你算是吧？羅伯特？你才三十四歲。話說回來，以大作家而言，這歲數算年輕了。看看哈代[23]。看看安納托．法朗士[24]。他不久前才過世。只不過，羅伯特瞧不起他。法郎士寫什麼，是法國朋友告訴羅伯特的。羅伯特讀法文讀不太通。他的文筆比不上你，對不對，羅伯特？他是不是也像你，被迫出去找題材。你覺得他會不會也這樣？他不肯娶情婦的話，你認為他會怎麼向她們告白？我懷疑，他會不會也哭哭啼啼？喔，我剛想到一件事。」戴手套的手伸至唇邊。「杰克，我知道羅伯特不肯和我結婚的真正理由。我剛剛才想通了。我在菁英咖啡館靈光一閃耶。玄不玄？後世一定會立碑紀念。比照盧爾德[25]那樣。羅伯特，你想不想聽啊？那我就告訴你了。這麼簡單的道理，我怎麼到現在才想通？我告訴你，羅伯特他呀，一直想嘗嘗有個情婦的滋味，如果他不娶我，不就有個現成的情婦了嗎？她當了兩年多的情婦。你懂了沒？如果他實現諾言跟我結婚，那就再也浪漫不下去了。被我想通了，你不覺得我冰雪聰明嗎？我講的也是事實。看看他，看看我講的是不是實話。你要去哪裡，杰克？」

「我該去看看哈維．史東一下子。」

寇恩抬頭看我進裡面。他臉色蒼白。他幹嘛坐那裡不動？他為何繼續忍氣吞聲？

我靠著吧檯向外望，從窗戶看得見他們。法蘭西絲對著他滔滔不絕，笑顏燦爛，不停問：「是不是啊，羅伯特？」每問都直盯他臉孔。也許她不是這麼問。也許她講的是別的事。我告訴酒保，我什麼也不想喝，然後從側門溜走。出門之際，我回頭望，隔著厚厚兩層玻璃見他倆坐著。她仍在對他講話。我從巷子繞進哈斯拜耶大道。計程車來了，我上車，向司機報上我公寓地址。

第七章

我前腳才踏上樓梯，就聽見門房敲自己房間門上的玻璃。見我止步，她走出房間。她遞給我幾封信和一則電報。

「郵件給你。今天有位女士來找你。」

「有沒有留下名片？」

「沒有。有位紳士陪她來的。是昨夜找你的那一個。我後來覺得她人挺不錯的。」

「陪她來的是我的朋友嗎？」

「不知道。他沒來過。他是個大胖子。非常非常胖。她人非常和氣。非常非常和氣。昨夜她，呃，或許稍微——」門房一手托著頭上下擺動，話中夾雜法文。「我坦白講好了，巴恩斯先生。昨夜我覺得她不是很親切。昨夜我對她有另一種觀感。不過，你聽我現在的看法。她是非常非常親切的。她的出身非常好。一眼就看得出。」

---

23 哈代（Thomas Hardy, 1840-1928），英國詩人小說家。
24 安納托・法朗士（Anatole France, 1844-1924），法國詩人小說家。
25 盧爾德（Lourdes），法國庇里牛斯山腳的聖母顯靈朝聖地。

「他們一句話也沒留嗎？」

「有。他們說，過一個鐘頭會再來。」

「他們一來，請他們上樓。」

「好，巴恩斯先生。剛才那位女士，那位女士很有意思。或許是特立獨行吧，不過她很特別，很特別！」

女門房姓杜希奈爾，原本在巴黎賽馬場設攤賣飲料，人在草地上賺錢維生，目光卻盯緊進出馬房的人，因此現在能自豪地告訴我，哪些訪客教養好，哪些出身好家庭，哪些是運動家。她特別強調「運動家」這字的陽性。麻煩只在於，無法歸類為上述三者的訪客往往被告知，巴恩斯家裡現在沒人。我有一名以繪畫為業的友人身材極枯瘦，門房見他上門，憑外觀論斷他既沒教養，出身也卑微，更不是運動家，友人不得其門而入，只好寫信要求我為他辦一張通行證以規避門房，好讓我倆晚間偶爾能聚一聚。

我上樓進公寓，納悶布蕾特對門房灌了什麼迷湯。電報來自比爾．果頓，告知他即將搭乘法國號輪船前來。我把郵件擱在桌上，回臥房脫衣褲去洗澡。擦身時，我聽見有人拉扯著搖鈴索。我穿上浴袍和拖鞋，開門見布蕾特，伯爵在她背後。伯爵捧著一大束玫瑰花。

「哈囉，親愛的，」布蕾特說：「不請我們進門嗎？」

「進來。我剛沐浴完。」

「多幸福啊。沐浴。」

「沖個澡而已。坐下吧，米匹波普洛斯伯爵。你想喝點什麼？」

「我不清楚你喜不喜歡花，先生，」伯爵說：「擅自作主帶一把玫瑰花過來。」

「來，交給我。」布蕾特接下。「杰克，幫我裝些水進這裡吧。」我進廚房，為大陶瓶加水，讓布蕾特插花擺在飯桌正中央。

「我們嘛，今天過得很充實。」

「我們不是約在克里雍見面嗎？妳不記得了？」

「不記得。有嗎？我一定是茫了。」

「妳昨晚醉得一塌糊塗，心愛的。」伯爵說。

「可不是嘛。伯爵很會照顧人，沒話說。」

「妳可把門房迷得不像話了。」

「那是應該的。兩百法郎沒白塞。」

「別傻了。」

「他的。」她說，下巴指向伯爵。

「我覺得該為昨夜的事意思意思。三更半夜的。」

「他很棒吧，」布蕾特說：「發生了什麼事，他全記得。」

「妳也記得，心愛的。」

「奇怪了，」布蕾特說：「誰想記得呢？哎唷，杰克，怎麼不端飲料請客人？」

「我進去換件衣服，妳自己去倒。妳知道酒擺哪兒。」

「對。」

我著裝之際，聽見布蕾特放下玻璃杯，然後放下蘇打器，隨即我聽見他們在交談。我慢動作穿衣服，坐在床上。倦意襲身的我情緒相當差。布蕾特進我房間，酒杯在手，在床上坐下。

「怎麼了，親愛的？站不住嗎？」

她淡然吻我額頭。

「唉，布蕾特，我實在好愛妳。」

「親愛的，」她說。然後：「要不要我叫他走？」

「不要。他還好。」

「那我叫他走。」

「不要。」

「好，我叫他走。」

「妳不能說趕人就趕人走。」

「怎麼不能？你在這裡待著。告訴你好了，他迷上我了。」

她走出臥房。我趴在床上，面朝下。萎靡不振。他們的對話聲飄過來，但我聽不進耳裡。布蕾特進來，坐床上。

「親愛的，你好可憐喔。」她摸摸我的頭。

「妳怎麼對他說？」我繼續趴著，後腦勺對著她。我不想看她。

「叫他去買香檳。他最愛買香檳了。」

過一會兒，她又說：「舒服一點沒有，親愛的？頭是不是好一點了？」

「好一點了。」

「趴著，別講話。他去市區另一邊了。」

「難道我們不能同居嗎，布蕾特？我們不能乾脆同居嗎？」

「不太好吧。和你在一起，我只會見人就勾搭，你會受不了的。」

「現在我不就受得了嗎？」

「同居就不一定了。杰克，都是我的錯。我本性就是這樣。」

「我們不能一起去鄉下住一陣子嗎？」

「無濟於事。你堅持的話，我是會跟你去的，不過鄉下那麼靜，我住不下去。跟真心愛的人是住不下去的。」

「我知道。」

「很無奈吧？再怎麼喊我愛你也沒用。」

「妳知道我愛妳。」

「我們別再講了。言語全是清談。我快走了，然後麥可就快回來了。」

「妳為什麼要走？」

「對你比較好。對我比較好。」

「什麼時候走？」

「盡快。」

「去哪？」

「聖塞巴斯提安[26]。」

「不能一起去嗎？」

「不行。我們才剛溝通過，就一起出遊，豈不是亂來嗎？」

「我們有溝通沒共識。」

「唉，你知我知。別這麼頑固，親愛的。」

「算了，」我說：「我知道妳說的對。我只是心情不好。心情不好時，我講話像傻瓜。」

我坐起來，彎腰在床邊找到鞋子穿上，下床站。

「別用那種眼神看人家嘛，親愛的。」

「不然你要我用什麼樣的眼神？」

「快別講傻話了。我明天就走。」

「明天？」

「是的。我剛不是說了嗎？我說了。」

「那我們喝一杯吧。伯爵就快回來了。」

「好。他應該快回來了。在買香檳這方面，他可是高人一等喔。他認為是個很了不起的絕活。」

我們進飯廳。我拿起白蘭地酒瓶，為布蕾特斟一杯，另一杯給我自己。有人搖門鈴。我過去開門見到伯爵，司機捧著一籃香檳站在他背後。

「先生，我該叫他擺哪裡？」伯爵問。

「擺廚房。」布蕾特說。

「拿去廚房吧，亨利，」伯爵示意。「然後下樓去弄一些冰塊回來。」伯爵站在廚房門邊，護著香檳籃。「我認為你會覺得這酒很香醇，」他說：「我知道在美國，我們現在不大有機會評鑑酒的等級高低，不過，這幾瓶是從事這一行的朋友介紹的。」

「你呀，老是有從事這一行的朋友。」布蕾特說。

「這傢伙懂得栽培葡萄。他種了好幾千英畝。」

「他姓什麼？」布蕾特問：「凱歌嗎？」

「不是，」伯爵說：「姓夢。他是男爵。」

「很棒吧，不是嗎？」布蕾特說：「我們全都有爵位。你怎麼沒爵位呢，杰克？」

「先生，我向你保證，」伯爵插嘴，一手放在我手臂上。「有爵位也撈不到一點好處。多數時候，只會害你傷財。」

「不至於吧。有時候倒是挺實用的。」布蕾特說。

「對我有什麼好處，我從來不知道。」

「是因為你沒好好用你的爵位嘛。爵位為我帶來的信譽好用得不得了。」

「快坐下吧，伯爵，」我說：「手杖交給我。」

煤氣燈下，伯爵看著桌子另一邊的布蕾特。她正在抽菸，菸灰被她彈落地毯上。她見我留

---

26 聖塞巴斯提安（San Sebastián），西班牙北海岸近法國邊境的渡假勝地。

意到了。「哎唷，杰克，我不想弄髒你家地毯。怎麼不給俺一個菸灰缸呢？」

我找出幾個菸灰缸，分散多處置放。司機上樓來，手裡多了一桶灑鹽巴的冰塊。「插兩瓶進去冰，亨利。」伯爵呼喚。

「還有其他吩咐嗎，伯爵？」

「沒有了。進車上等我。」他轉向布蕾特和我。「我們待會兒想坐車去森林公園吃晚餐吧？」

「隨你的意思，」布蕾特說：「我一口也吃不下。」

「我總喜歡好好吃一餐。」伯爵說。

「伯爵，要不要我送酒過來。」司機問。

「好。送過來吧，亨利。」伯爵說。他掏出沉甸甸的一只豬革雪茄盒，遞向我。「想不想試試正宗美國雪茄？」

「謝了，」我說：「我這根香菸抽完再說。」

他錶鏈一端掛著一把金剪刀，用來裁雪茄尾。

「抽雪茄，我喜歡味道能真正出來的品種，」伯爵說：「一般的雪茄，有半數味道出不來。」

他點燃雪茄，吸幾口，望著桌子對面的布蕾特。「等妳離完婚，艾敘理夫人閣下，妳的爵位就沒了。」

「是啊。多可惜。」

「才不，」伯爵說：「妳用不著爵位。妳上下裡外都有水準。」

「謝謝。嘴真甜。」

「我不是在開妳玩笑，」伯爵吐出一團煙霧。「妳的水準比我見過的任何人都高。與生俱來的，沒話說。」

「你好善良喔，」布蕾特說：「我媽知道了，一定會很欣慰的。你要不要寫下來，讓我寄給她高興一下？」

「我也願意當面稟告她，」伯爵說：「我不是在尋妳開心。我從來不開人玩笑。開人玩笑只會樹敵。我常把這道理掛嘴邊。」

「有道理，」布蕾特說：「太有道理了。我老是亂開玩笑，結果世上一個朋友也沒有。除了杰克以外。」

「妳又不開他玩笑。」

「就是說嘛。」

「妳會嗎？」伯爵問：「妳會開他玩笑嗎？」

布蕾特看看我，眼角瞇出幾條線。

「不會，」她說：「我不會開他玩笑。」

「對嘛，」伯爵說：「妳不開他玩笑。」

「淨聊這個，無聊透頂了，」布蕾特說：「來杯香檳吧？」

伯爵伸手向地上的冰桶，轉一轉冰塊中的香檳。「還不夠冰。心愛的，妳老是喝個不停。妳為什麼不能純聊天？」

「嘴皮都被我聊破了。剛跟杰克聊到沒話可聊了。」

「我真想聽聽妳好好講幾句，心愛的。妳對我講話時，句子從來不講完。」
「留給你接龍啊。要怎麼接，隨對方意思吧。」
「這套作法挺有趣的，」伯爵說著伸手再轉一轉香檳瓶。「儘管這麼說，有機會我還是想聽妳好好講幾句。」
「他真傻，不覺得嗎？」布蕾特問。
「好了，」伯爵抓出一瓶。「現在夠涼了吧。」
我拿毛巾給他擦乾瓶身。他舉高酒瓶。「我喜歡喝兩夸脫瓶裝的香檳，滋味比較好，可惜太難冰了。」他舉起香檳瓶，看一看。我擺好酒杯。
「嗯，麻煩你開瓶。」布蕾特提議。
「好，心愛的。我馬上開。」
這香檳滋味美妙。
「這才叫好酒嘛，」布蕾特舉高酒杯。「我們應該乾杯。『敬皇室一杯。』」
「酒這麼好，乾杯太糟蹋了，心愛的。這酒不適合和情緒混在一起。美味會消失的。」
布蕾特的杯子已經見底。
「伯爵，你應該出一本品酒大全才對。」我說。
「巴恩斯先生，」伯爵回應，「有酒，我只想好好享用。」
「那我們再多享用一些，」布蕾特把空杯往前推。伯爵斟酒的動作非常審慎。「好了，心愛的。這杯妳慢慢享用，之後才准妳醉。」

「醉？醉？」

「心愛的，妳醉的時候很迷人。」

「聽聽這男人講話。」

「巴恩斯先生，」伯爵為我酒杯加滿香檳。「我這輩子認識的淑女當中，能在酒醉或清醒時同樣迷人的，只有她一個。」

「是你認識的不多吧？」

「多得很，心愛的。我認識太多了。我交遊非常廣。」

「喝你的酒吧，」布蕾特說：「我們的交遊都廣。我敢說，杰克的見識跟你一樣多。」

「心愛的，我相信巴恩斯先生的見識很多。先生，你快別以為我瞧不起你。我的見識也很多。」

「你當然是，心愛的，」布蕾特說：「我只是挖苦你而已。」

「我經歷過七場戰爭和四場革命。」伯爵說。

「打仗嗎？」布蕾特問。

「有幾次是，心愛的。我身上也有箭傷。見過箭傷沒？」

「讓我們看看吧。」

伯爵起身，解開背心釦子，敞開襯衫，掀內衣露出胸腹站著，胸部黑森森，燈火下的大肚腩鼓起。

「看見沒？」

伯爵肋骨下緣隆起白白兩塊疤痕。「箭頭從我的背射出來。」伯爵後腰部同樣有兩個凸疤，粗如手指。

「好了不起喔。」

「穿腹而過。」

伯爵把襯衫塞好。

「在哪裡中箭？」我問。

「在阿比西尼亞[27]。那年我二十一歲。」

「你怎麼會中箭？」布蕾特問：「你在當兵嗎？」

「那天我做生意出差，心愛的。」

「他跟我們是同一類，我不是告訴過你嗎？」布蕾特轉向我。「我愛你，伯爵。你好體貼。」

「妳讓我好快樂，心愛的。不過，談愛是口是心非。」

「少驢了。」

「是這樣的，巴恩斯先生，是因為我活得夠通透，所以現在才能好好享受一切。你不覺得人生就這回事嗎？」

「是的。正是。」

「我知道，」伯爵說：「祕訣在於，人一定要搞清楚價值所在。」

「你的價值觀沒有被影響過嗎？」布蕾特問。

「沒有。已經沒有了。」

「從沒戀愛過？」

「老是在談戀愛，」伯爵說：「我天天談戀愛。」

「戀愛對你的價值觀有什麼影響？」

「戀愛也在我的價值觀裡占有一席之地。」

「你根本沒有價值觀啦。你行屍走肉，很簡單。」

「錯，心愛的。妳錯了。我一點也不行屍走肉。」

我們連灌三瓶香檳，伯爵把籃子留在我廚房，三人一同前往森林公園一家餐館用餐。晚餐吃得暢快。在伯爵的價值觀裡，美食占有舉足輕重的地位。醇酒亦然。席間，伯爵舉止得體。布蕾特也是。賓主盡歡。

「你們想去哪裡？」晚餐後伯爵問。食客僅剩我們這一桌，兩名服務員遠遠站在門邊。他們等著下班回家。

「我們可以上去蒙馬特丘，」布蕾特說：「今天我們玩得盡興吧？」

伯爵眉開眼笑。他非常快樂。

「你們倆的素質非常好，」他說。他又抽雪茄。「為什麼不乾脆結婚？」

「我們想獨自過自己的生活。」我說。

「我們各別有自己的專業，」布蕾特說：「好了啦，別再談這個。」

---

27 阿比西尼亞（Abyssinia），衣索匹亞舊名。

「再喝一瓶白蘭地。」伯爵說。

「去蒙馬特再喝。」

「不要。在這裡喝比較靜。」

「你最愛靜了，」布蕾特說：「『靜』字在男人心目中，到底是什麼東西？」

「我們喜歡靜嘛，」伯爵說：「就像妳喜歡熱鬧一樣。」

「好吧，」布蕾特說：「我們來一瓶。」

「酒侍！」伯爵呼喚。

「我來了，伯爵。」

「本店最陳年的白蘭地是哪一款？」

「一八一一年份，伯爵。」

「帶一瓶過來。」

「好了啦，別虛張聲勢。杰克，叫他打消主意吧。」

「聽著，心愛的。以古董的價值而言，我最懂陳年白蘭地的身價。」

「你的古董多嗎？」

「我收集了一整棟。」

最後，我們登上蒙馬特丘。澤里餐廳生意興隆，煙霧繚繞，場面熱鬧，一入內音樂迎面撲來。布蕾特和我共舞。舞池裡人擠人，我們幾乎動不了。黑人鼓手向布蕾特揮揮手。我們被擠得無法動彈，卡在鼓手前方。

「妳好嗎？」鼓手以黑人腔說。

「很好。」

「那就好。」

他整張臉都是白牙和厚唇。

「他是我的一個好朋友，」布蕾特說：「打鼓技巧頂呱呱。」

樂音停歇後，我們正要走向伯爵坐的那桌，不料樂隊再度演奏，我們又去跳舞。我看著伯爵。他坐著抽雪茄。音樂又停了。

「我們過去吧。」

布蕾特走向伯爵。音樂又來了，我們再度聞樂起舞，被擠在舞客群中。

「你的舞技好爛，杰克。我認識的人裡面，最會跳舞的一個是麥可。」

「他很出色。」

「他有他的優點。」

「我欣賞他，」我說：「我對他欣賞得不得了。」

「我快和他結婚了，」布蕾特說：「說也好笑。我一個星期沒想起他了。」

「妳不寫信給他嗎？」

「我不寫。從來不寫信。」

「我敢打賭，他常寫信給妳。」

「是很常。信也寫得好得不得了。」

「你們婚期訂在什麼時候？」

「我哪曉得？等我一辦完離婚之後吧。麥可想勸他母親出錢。」

「要我幫妳嗎？」

「少驢了。麥可家錢多多。」

音樂止息。我們走向伯爵那桌。伯爵起身。

「非常棒，」他說：「你們的舞姿非常非常棒。」

「你不跳舞嗎，伯爵？」我問。

「對。我太老了。」

「少來了。」布蕾特說。

「心愛的，要是能舞得開心，我也會跟著跳的。我看你們跳舞就開心了。」

「太好了，」布蕾特說：「改天我會再跳給你看。對了。你的那個小朋友茲茲呢？」

「告訴妳好了。資助他是可以的，不過我可不想讓他當跟屁蟲。」

「他不太好相處。」

「妳知道嗎，我覺得那孩子有前途。不過以我個人而言，我不想讓他當跟屁蟲。」

「杰克對他的觀感也差不多。」

「他令我不安。」

「他的前途嘛，」伯爵聳聳肩，「我沒法子預言。總之，他父親是家父的好朋友。」

「好了啦。我們去跳舞。」布蕾特說。

我們再起舞。人擠人，我和她貼近。

「唉，親愛的，」布蕾特說：「我心情爛透了。」

我心生一股舊事重演之感。「妳前一分鐘才喊快樂。」

鼓手嚷嚷：「妳不能負心——」

「全消失了。」

「怎麼一回事？」

「我不知道。只覺得心情很糟。」

「……」鼓手吟唱著，然後重拾鼓槌。

「想走嗎？」

我覺得陷入惡夢中，遇到往事重演，再度經歷同一件事，被迫從頭再忍受一次。

「……」鼓手輕聲唱著。

「我們走吧，」布蕾特說：「你不在意的話。」

「……」鼓手對著布蕾特呼喊著，奸笑著。

「好。」我說。我們鑽出人群。布蕾特走向梳妝室。

「布蕾特想走了，」我告訴伯爵。他點點頭說：「是嗎？沒關係。車子給你們坐。我想多待一會兒，巴恩斯先生。」

我和他握握手。

「今天玩得很開心，」我說：「希望你能讓我請客。」我從口袋掏出一張鈔票。

「巴恩斯先生，別胡鬧了。」伯爵說。

穿上披肩的布蕾特走過來，親吻伯爵，一手按住他肩膀，不讓他起身。和她走向門口之際，我回頭望，見他那桌多了三名女孩。我們坐進大禮車。布蕾特向司機報飯店地址。

來到她投宿的飯店，她說：「你不要上來。」她已經按鈴，門閂打開。

「真的？」

「對。求求你。」

「晚安，布蕾特，」我說：「妳心情不好，我為妳難過。」

「晚安，杰克。晚安，親愛的。我這幾天不會再見你。」我們在門口吻別。她推我走。我們再吻一次。「唉，不要！」布蕾特說。

她趕緊轉身，步入飯店。司機送我回公寓。我賞他二十法郎，他摸摸小帽說：「晚安，先生。」然後駕車離去。我搖搖鈴。門打開，我上樓就寢。

第二部

第八章

自此，我不曾再和布蕾特見過面，直到她從聖塞巴斯提安回來才再相聚。她從當地捎來一張孔查海灘明信片，寫著：「親愛的。非常安靜健康。代我向大家問候。布蕾特。」

我也不再見到羅伯特．寇恩。聽說法蘭西絲赴英國了，我也接到寇恩來信表示，他即將下鄉兩、三週，地點未定，也盼我能信守冬天對他作過今年帶他去西班牙釣魚觀光的承諾。他寫說，若想聯絡，透過他的銀行一定找得到他。

布蕾特走了，寇恩的苦水不再往我頭上澆，不必陪打網球的我無約一身輕，而我也不愁沒工作可做，常去看賽馬，常與朋友餐敘，也常加班，預做一些準備，以便六月底能交給祕書代勞，自己帶比爾．果頓去西班牙。比爾．果頓抵達巴黎，在我公寓借住兩晚，然後前往維也納。神情非常愉悅的他說，美國很棒。紐約很棒。劇場這一季辦得有聲有色，拳擊界也有一整批輕重量級的明日之星，只待他們長大，多長一些肌肉，將來能痛宰拳王丹普西[28]。比爾樂得很。他的上一本書進帳頗豐，日後還會賺更多。他停留巴黎期間，我和他玩得開心，隨後他去維也納待三星期，回巴黎即將和我共赴西班牙垂釣，去潘普洛納參與慶典盛事。他來信告知，維也納很棒，接著從布達佩斯捎來明信片：「杰克，布達佩斯很棒。」接著發電報：「週一返回。」

星期一入夜後，他來到我的住處。我聽見計程車停車聲，對窗外喊他，他聽見了招一招手，自行拎行李上樓來。我去樓梯迎接他，幫他提一包行李。

「哇，」我說：「聽說你這一趟很棒。」

「很棒，」他說：「布達佩斯棒透了。」

「維也納呢？」

「不太好，杰克。不太好。不如印象中那麼好。」

「什麼意思？」我取來酒杯和蘇打器。

「醉了，杰克。我那幾天醉了。」

「怪事。那你最好快喝一杯吧。」

比爾揉揉額頭。「值得一提，」他說：「不曉得事情是怎麼發生的。突然就發生了。」

「多久？」

「四天，杰克。只延續四天。」

「你去過哪兒？」

「不記得了。寫過一張明信片寄給你。這倒是記得一清二楚。」

「記得其他事嗎？」

「不大確定。可能吧。」

---

28 丹普西（Jack Dempsey, 1895-1983），美國重量級拳王。

「繼續講。說給我聽聽。」

「想不起來了。如果記得，我會全講給你聽。」

「繼續講。喝你那杯，回想看看。」

「可能記得一點吧，」比爾說：「記得一場爭賞金的拳擊賽。維也納有一場盛大的拳擊賽。其中一個是黑人。清清楚楚記得那個黑人。」

「繼續講。」

「很棒的黑人。外表像老虎．富勞爾斯[29]，不過他比老虎壯三倍。才一轉眼的工夫，全場開始扔東西。我沒有。黑人把維也納選手打得站不起來。黑人一手舉起來，想發表演說。外形挺高尚的黑人。他正要演講，竟然被維也納白人小子打中。他轉過來揍扁白小子。然後所有人開始扔椅子。黑人坐我們的車跟我們回家。他的衣服來不及帶走。穿我外套。現在我全記得了。好熱鬧的一場體育賽。」

「後來呢？」

「借黑人衣服，陪他去討獎金。對方反過來說場地被砸了，要黑人賠錢。咦，是誰翻譯的？是我嗎？」

「八成不是你。」

「你說的對。根本不是我。是別人。我們好像稱呼他是在地哈佛男。這下子我想起來了。主修音樂。」

「結果呢？」

「不太好，杰克。從頭到尾不公不義。主辦單位聲稱黑人答應放水，會讓維也納小子贏。聲稱黑人違約背信。不能在維也納打倒本土子弟兵。黑人說，『我的天啊，果頓先生，我在場子裡攪和了四十分鐘，只想讓白小子贏。是白小子揮拳撲空了，拉傷他自己的肌肉。我根本沒打中他。』」

「你們沒討到賞金嗎？」

「沒有，杰克。我們只爭到黑人的衣服。他的錶也被偷了。好傑出的黑人。千不該萬不該去維也納。不太好，杰克。不太好。」

「黑人後來怎麼了？」

「回科隆去了。他住那裡。結婚了。有小孩。他說他會寫信寄錢還我。很棒的黑人。希望我地址沒給錯。」

「大概沒錯。」

「好了，我們還是去吃飯吧，」比爾說：「除非你要我再多講一些旅遊見聞。」

「繼續講。」

「去吃飯吧。」

我們下樓，走在六月溫煦夜色裡的聖米歇爾大道。

「我們去哪兒吃？」

---

29 老虎．富勞爾斯（Tiger Flowers, 1895-1927），美國首位黑人中量級拳王。

「要不要去聖路易島吃？」

「行。」

我們走在大道上，來到丹費爾—羅什洛路交叉口，見到長袍飄逸的兩男雕塑像。

「我知道他們是誰。」比爾斜眼看著雕塑像。「藥房是這兩位發明的。巴黎的東西你休想騙我。」

我們繼續走。

「這裡有一家標本店，」比爾說：「要不要進去買東西？狗標本做得不錯。」

「走吧，」我說：「你眼睛醉茫茫的。」

「狗標本做得挺不錯的，」比爾說：「絕對能為你公寓增色。」

「走吧。」

「一個狗標本就好。我是有沒有都無所謂啦。可是，杰克，你聽好。一個狗標本就好。」

「走吧。」

「一買回家，保證如獲至寶。很單純的價值交易。你給他們錢。他們給你一個狗標本。」

「回頭再買吧。」

「好吧。隨你便。能買卻不買的狗標本掉滿地。不是我的錯。」

我們繼續走。

「你怎麼忽然口口聲聲要買狗？」

「一直都要狗啊。一直都愛動物標本。」

我們停下來喝一杯。

「絕對是喜歡喝酒，」比爾說：「杰克，有機會你也該試一試。」

「你比我多喝了大概一百四十四杯了。」

「不該被我嚇到。千萬不能被嚇到。這是我成功的祕訣。千萬不能被嚇到。千萬不能當眾被嚇到。」

「你剛去哪兒喝酒？」

「進克里雍一下子。喬治幫我調了兩杯傑克玫瑰。喬治是個好人。想知道他成功的祕訣嗎？從來不被嚇到。」

「再灌大概三杯佩諾，你就會被嚇到。」

「不會當眾被嚇到。假如我開始覺得被嚇到了，我會趕快溜走。在這方面我很像貓。」

「你什麼時候見到哈維．史東？」

「在克里雍的時候。哈維只被嚇到一點點。三天沒吃飯了。再也不吃東西了。學貓溜走。滿悲哀的。」

「他還可以。」

「很高明。只不過，我倒希望他不要一直學貓溜走。害我緊張兮兮。」

「我們今晚怎麼消磨？」

「怎麼消磨都沒差。只要我們別被嚇到。這間賣不賣水煮蛋啊？有水煮蛋的話，我們就不必一路走到聖路易島吃飯了。」

「不行，」我說：「我們去好好吃一頓正餐。」

「不過是個想法罷了，」比爾說：「想走了嗎？」

「走吧。」

我們再度踏上大道。一輛馬車從旁經過。比爾看著馬車。

「見那輛馬車沒？我打算把馬車做成標本，耶誕節送你當禮物。我打算送動物標本給所有朋友。我專門寫大自然。」

一輛計程車經過，車上有人對我招手，然後敲窗請司機停車。計程車倒車至路肩。車上乘客是布蕾特。

「一位美豔的淑女，」比爾說：「想綁架我們。」

「哈囉！」布蕾特大聲喊：「哈囉！」

「這位是比爾．果頓。這位是艾敘理夫人閣下。」

布蕾特對比爾微笑。「我嘛，我才剛回來。連澡都還沒洗呢。麥可今晚來巴黎。」

「好。妳跟我們一起去吃飯吧，然後大夥兒一塊去認識他。」

「不先洗澡不行。」

「唉，少來了！走吧。」

「非沐浴不行。他九點才到。」

「這樣的話，妳洗澡前，一起去喝一杯。」

「也好吧。你可別再罵喔。」

我們坐進計程車。司機回頭看。

「停在離這最近的一家餐館。」我說。

「我們乾脆去丁香園吧，」布蕾特說：「這兒的白蘭地難喝，我喝不下去。」

「去丁香園咖啡館。」

布蕾特轉向比爾。

「你在這座煩死人的城市住多久了？」

「今天剛從布達佩斯來。」

「布達佩斯好不好？」

「很棒。布達佩斯很棒。」

「問他覺得維也納怎樣？」

「維也納，」比爾說：「是個怪城市。」

「跟巴黎半斤八兩嘛。」布蕾特對他微笑說，眼角瞇出幾條線。

「完全對，」比爾說：「目前跟巴黎半斤八兩。」

「你嘗到巴黎的甜頭了。」

我們坐上丁香園的台座。布蕾特點一杯威士忌蘇打，我也點一杯，比爾再來一杯佩諾酒。

「你最近好嗎，杰克？」

「不錯，」我說：「我最近玩得很開心。」

布蕾特看著我。「離開巴黎都怪我太傻，」她說：「驢蛋才會離開巴黎。」

「妳玩得開心嗎？」

「還好啦。有意思。不是挺有趣的。」

「見到任何人嗎？」

「幾乎沒見任何人。我完全沒出去。」

「妳沒去游泳？」

「沒有。什麼事也沒做。」

「聽起來像維也納。」比爾說。

布蕾特眼角皺出幾條線，看著他。

「原來維也納是這樣啊。」

「什麼都像維也納。」

布蕾特又對他微笑。

「你交到這朋友不錯嘛，杰克。」

「他還可以，」我說：「他是標本專家。」

「不是在法國啦，」比爾說：「更何況，標本全是死動物做的。」

「我再喝一杯就該走了，」布蕾特說：「請交代服務員叫一輛計程車。」

「外面有計程車排隊。門口就有。」

「好。」

喝完酒，我們送布蕾特上計程車。

「你十點左右可要去菁英喔。叫他也去。麥可會去。」

「我們會去的。」比爾說。計程車啟動時，布蕾特揮揮手告別。

「滿不錯的女孩子，」比爾說：「滿和氣的女孩。麥可是誰？」

「就快和她結婚的人。」

「唉，唉，」比爾說：「我認識的人，總在這階段認識。我該送新人什麼呢？送兩個賽馬標本，他們會喜歡嗎？」

「我們還是去吃飯吧。」

「她真的是哪門子貴族嗎？」比爾上計程車後問。我們正前往聖路易島。

「是啊。大名都登上名流錄了。」

「唉，唉。」

我們在島尾的「伯爵夫人」餐廳吃晚餐。餐廳裡擠滿美國人，我們只好站在外面等桌位。肯定是美國仕女俱樂部把這家列為尚未被美國人染指的水濱小眾餐廳之一，迫使我們等四十五分鐘才可入座。比爾曾於一九一八年來這餐廳用餐，休戰之後不久也來過，伯爵夫人因此份外熱情招呼他。

「可惜還是弄不到桌位，」比爾說：「只不過，她是個高雅的女人。」

豐盛的一餐包括烤雞、新鮮四季豆、馬鈴薯泥、沙拉、蘋果派和起司。

「妳這裡的確是風靡全球啊，」比爾對伯爵夫人說。她舉起一手：「哇，我的天！」

「妳快發大財了。」

「希望如此。」

喝完咖啡和白蘭地蘇打，我們拿到帳單。帳單如常用粉筆寫在板子上，無疑又是號稱「小眾」的一個賣點。我們付完帳，握握手離開。

「怎麼好久沒見你來了，巴恩斯先生？」伯爵夫人說。

「太多美國同胞了。」

「午餐時間過來，客人比較少。」

「好。我過一陣子會再來。」

我們沿著島岸的奧爾良街，走在綠蔭罩河畔的樹下，對岸可見被拆到只剩斷垣殘壁的老房子。

「他們想從這裡打通一條街過去。」

「打得通的。」比爾說。

我們繼續繞行聖路易島。塞納河黝黑，一艘燈火通明的汽輪逆流而上，快捷無聲，鑽進橋下不見蹤影。順流的方向可見聖母院雄踞夜空之下。我們從貝峻碼頭踏上行人木橋，想朝塞納河左岸前進。駐足橋上的我們眺望下游的聖母院。我們站在橋上，整座島顯得漆黑，房舍聳立夜空下，樹木全是叢叢黑影。

「好美，」比爾說：「天啊，能回來真好。」

我們倚著橋上的木欄杆，往上游望，看著一座座大橋上的燈火。橋下的黑水平穩，沖刷橋樁時不出一絲聲響。一男一女走過我們身旁。兩人手挽手走著。

過橋後，我們走上勒莫望主教路的陡坡，一路上去康特斯卡普廣場。弧光燈穿透樹葉，照射著廣場，樹下有一輛S公車正準備啟程。音樂從「歡樂黑奴」門口流瀉而出。隔著窗戶，我看見「業餘人咖啡館」裡的鍍鋅長吧檯。外面的台座上有幾名工人正在喝酒。在咖啡館的開放式廚房裡，一名女孩正在炸洋芋片。有一鐵鍋子的燉肉。女孩舀一些進餐盤給一名老漢。他一手拿著一瓶紅酒站著。

「想不想喝一杯？」

「不想，」比爾說：「我現在用不著。」

我們從康特斯卡普廣場右轉，進入一條條平坦的窄街，高聳的古宅夾道，有幾棟向馬路凸出，也有幾棟往後縮。我們進入普德福路，走到南北筆直的聖雅克路，然後往南走過聖恩谷教堂。這座教堂以鐵圍牆和大庭院隔絕馬路。我們來到皇港大道。

「你想怎樣？」我問：「想去咖啡館見布蕾特和麥可嗎？」

「何嘗不可？」

我們走在皇港大道上，匯入蒙帕納斯大道，然後經過丁香園咖啡館、拉維尼舞廳、一大堆小咖啡館、達摩瓦咖啡館，過馬路至圓亭，從燈火和餐桌旁邊走向菁英。

麥可從桌子起身迎接我們。他皮膚曬黑了，氣色不錯。

「哈—囉，杰克，」他說：「哈—囉！哈—囉！你好嗎，老小子？」

「你看起來挺健康的，麥可。」

「我是啊。我健康得要命。我成天別的事不做，只一直走一直走。每天在茶點期間陪母親喝一杯。」

比爾已經走向吧檯。他正站著和布蕾特交談。布蕾特蹺腳坐在高腳凳上，沒穿褲襪。

「很高興見到你，杰克，」麥可說：「我有點醉，你知道。妙吧，對不對？看見我鼻子沒？」

麥可鼻梁上有一片乾掉的血跡。

「被一個老太太的行李傷到的，」麥可說：「我伸手幫她拿行李，被行李砸傷。」

吧檯旁的布蕾特握著菸嘴指向他，眼角瞇出線條。

「一個老太太，」麥可說：「她的行李**掉下來**，砸中我。我們進去找布蕾特吧。我說嘛，她是個俏妞。布蕾特，妳的確是個美人胚子。妳那頂帽子在哪兒買的？」

「有人送我的。你不喜歡嗎？」

「好礙眼的帽子。去買一頂好看一點的。」

「哇，我們現在錢多多是嗎？」布蕾特說：「對了，你認識比爾沒？杰克，你不太懂招待客人吧。」

她轉向麥可。「這位是比爾．果頓。這個酒鬼是麥可．坎貝爾。坎貝爾先生是個債務尚未償清的破產人。」

「可不是嗎？告訴你，我昨天在倫敦跟以前的合夥人見面。就是害慘我的那個。」

「他怎麼說？」

「請我喝一杯。我想，不喝白不喝嘛。對了，布蕾特，妳真的是個俏妞啊。你不覺得她很美嗎？」

「美。長這鼻子還美？」

「妳鼻子長得漂亮。來嘛，鼻頭對準我。她是俏妞一個，對不對？」

「這男人啊，不能把他留在蘇格蘭嗎？」

「對了，布蕾特，我們早點上床吧。」

「少講下流話了，麥可。吧檯那邊有幾位淑女，你可別忘記。」

「她是不是個俏妞啊？你不認為嗎？杰克？」

「今天晚上有一場拳擊賽，」比爾說：「想不想去？」

「拳擊，」麥可說：「誰打誰？」

「勒度[30]和某某人對打。」

「他挺厲害的，勒度，」麥可說：「我滿想去看——」他強打起精神，「可惜不行。我跟這妞有約在先啊。對了，布蕾特，去買一頂新帽子嘛。」

布蕾特把毛氈帽往下拉，遮住一邊眼睛，從帽簷下面巧笑。「你倆去看拳擊吧。我得直接送坎貝爾先生回家去。」

「我又沒醉，」麥可說：「大概只一點點。對了，布蕾特，妳是個俏妞啊。」

「去看拳擊吧，」布蕾特說：「坎貝爾先生愈來愈難纏了。麥可，你怎麼搞的，變得這麼熱情洋溢的。」

---

30 勒度（Charles Ledoux, 1892-1967），法國羽量級拳王。

「妳嘛，是個俏妞。」

大家互道晚安。麥可說：「對不起，我不能去。」布蕾特笑一笑。來到門口，我回頭望。麥可一手扶著吧檯，挨向布蕾特，講著話。布蕾特看著他，神情相當冷淡，但眼角有笑意。

來到人行道上，我說：「你想去看拳擊嗎？」

「想，」比爾說：「不必走路去的話。」

上計程車後，我說：「麥可對他的女友興致滿高的。」

「是啊，」比爾說：「不能太怪罪他。」

第九章

拳擊賽那一晚是六月二十日，由勒度出場和法蘭西斯小子對壘。翌晨，我接到羅伯特·寇恩從昂代[31]的來信。他說他下海弄弄潮，打幾場高爾夫，橋牌打了好幾局，日子過得非常平靜。昂代有一座宜人的海灘，他卻迫切想啟程去釣魚，問我何時南下。他也請我幫他買一條雙錐釣魚線，等我和他會合再給我錢。

同一天上午，我從辦公室寫信給寇恩，告知我將於二十五日偕比爾從巴黎出發，若有耽擱，我會發電報通知。我約寇恩在巴詠納碰頭，然後一同搭公車翻山越嶺至潘普洛納。同一天晚間約莫七時，我去菁英找麥可和布蕾特。他們不在。於是我去丁果。他們坐在吧檯邊。

「哈囉，親愛的。」布蕾特伸出一隻手。

「哈囉，杰克，」麥可說：「我明白我昨晚醉了。」

「可不是嗎？」布蕾特說：「丟人現眼。」

「對了，」麥可說：「你什麼時候去西班牙？介意我們跟去嗎？」

「那太好了。」

---

31 昂代（Hendaye），法國西南角海邊小鎮，與西班牙為鄰。

「你不會介意吧，真的嗎？我去過潘普洛納，你知道。布蕾特吵著想去。確定不會嫌我們太惱人嗎？」

「別講傻話了。」

「我現在有點醉，你知道。沒醉我可不會提出這份要求。你確定不介意嗎？」

「唉，住嘴啦，麥可，」布蕾特說：「這下子，他怎麼說得出他介意？我待會兒再問他好了。」

「不過，你不會介意，對吧？」

「除非你要我變臉，否則別再問了。比爾和我在二十五日早上出發。」

「對了，比爾人呢？」布蕾特問。

「他和幾個人去尚緹[32]吃飯了。」

「他是個好傢伙。」

「很棒的傢伙，」麥可說：「的確是，你知道。」

「你又不記得他。」布蕾特說。

「記得啊。記得一清二楚。杰克，我們二十五日晚上才動身。布蕾特早上起不了床。」

「的確是！」

「如果我們收到錢了，而且你也確定不介意的話。」

「錢一定會來的。包在我身上。」

「該準備什麼釣具，告訴我。」

「兩、三支釣竿，附帶捲軸和釣線，也要幾個飛蠅。」

「到時我不釣。」布蕾特插嘴。

「那帶兩支釣竿就好，比爾到時用不著買。」

「好，」麥可說：「我發電報請管理員寄。」

「好棒喔，不是嗎，」布蕾特說：「西班牙！我們保證玩得很開心。」

「二十五日。是星期幾？」

「星期六。」

「我們得趕快準備。」

「對了，」麥可說：「我該去理個頭髮。」

「我非洗個澡不行，」布蕾特說：「杰克，陪我散步到飯店。行行好嘛。」

「我們的飯店很絕喔，」麥可說：「我認為是一間妓女院！」

「入住之前，我們把行李留在丁果這兒，結果在飯店被問，兩位是不是想開房間休息一下午而已。他們一聽我們住整晚，樂得半死呢。」

「我嘛，相信一定是住到妓院了，」麥可說：「我最清楚不過了。」

「唉，閉嘴啦，還不快去理頭。」

麥可走了。布蕾特和我坐在吧檯前。

---

32 尚緹（Chantilly），巴黎北郊的古堡小鎮。

「再來一杯？」

「也許吧。」

「剛剛非喝一杯不可。」布蕾特說。

我們走上德拉姆路。

「我回巴黎到現在才有機會跟你獨處。」布蕾特說。

「對。」

「你最近過得到底怎樣，杰克？」

「還好。」

布蕾特看著我。「對了，」她說：「羅伯特．寇恩也一起去嗎？」

「是的。為什麼問？」

「你不覺得對他有點殘忍？」

「怎麼會？」

「不然你以為我跟誰去聖塞巴斯提安？」

「恭喜。」我說。

我們繼續走。

「有什麼好恭喜的？」

「不曉得。不然妳要我怎麼講？」

我們繼續走，轉個彎。

「他也滿守規矩的。相處一陣子以後，覺得他個性有點悶。」

「是嗎？」

「我倒覺得，那一趟對他有好處。」

「建議妳走社福的路線。」

「口舌不要這麼毒辣。」

「我不會。」

「你本來真的不知道嗎？」

「對，」我說：「我大概是沒想過。」

「約他一起去，你不覺得對他太殘忍了嗎？」

「去不去隨便他，」我說：「妳通知他說妳會去。他可以說他不想去。」

「那我寫信給他，給他一個退出的機會。」

直到六月二十四日夜裡，我才又見到布蕾特。

「妳有沒有接到寇恩的回信？」

「有。他滿熱中的。」

「我的天啊！」

「我自己倒覺得滿怪的。」

「他說他迫不及待想見我。」

「他以為妳自個兒去嗎？」

「才不。我告訴他，我們所有人一同南下。麥可也一起去。」

「多棒。」

「他可不是嗎？」

隔天，布蕾特和麥可等錢來。我們相約在潘普洛納會合。他們會直接前往聖塞巴斯提安，然後搭火車至潘普洛納。所有人在潘普洛納的蒙托亞飯店碰頭。如果最遲在週一等不到他們，我們將上山至小鎮布格帖開始垂釣。搭客運可到布格帖。我寫下一份行程表，好讓他們跟進。

比爾和我去奧賽車站搭早班火車。這天風和日麗，不太熱，一啟程便見風光明媚的鄉下。我們往回走，進餐車吃早餐，離開時向車掌買餐券，指名要中午第一梯次。

「第五梯次才有位子。」

「什麼？」

這班火車午餐向來至多只供應兩梯次，而且總有不少空位。

「位子全被預約了，」餐車車掌說：「三點三十分有第五梯次。」

「事態嚴重了。」我對比爾說。

「給他十法郎。」

「收下吧，」我說：「我們想吃第一梯次。」

車掌將十法郎收進口袋。

「謝謝你，」他說：「容我建議兩位紳士先吃三明治。前四梯次的座位全在本公司辦事處被預訂一空。」

「兄弟，你將來肯定前途無量，」比爾以英文告訴他。「我在想，假如我剛給的是五法郎，你敢情會叫我們跳車去死吧。」

「為什麼？」車掌以法文問。

「下地獄吧！」比爾說：「快去做三明治，帶一瓶葡萄酒過來。杰克，你告訴他。」

「送到下一個車廂來。」我向他描述我們的座位。

我們這艙另有一對夫妻和幼子。

「我猜你們是美國人，對吧？」丈夫問：「旅程順利嗎？」

「很棒。」比爾說。

「旅行就是要趁年輕。孩子的媽和我一直想出國，可惜拖了好一陣子。」

「想出國，十年前你就能來了，」妻子說：「你以前老掛在嘴上的是：『要玩先玩美國！』我說，美國看多了，這樣看那樣看都行。」

「對啊，這班車上美國人多的是，」丈夫說。「俄亥俄州戴頓來的這夥人包了七個車廂。他們去過羅馬朝聖了，現在想去比亞里茲和盧爾德。」

「原來如此啊。朝聖團。天殺的清教徒。」比爾說。

「你們兩個是美國哪裡人？」

「堪薩斯城，」我說：「他是芝加哥人。」

「兩個都想去比亞里茲嗎？」

「不是。我們想去西班牙釣魚。」

「我嘛，完全沒興趣。要釣魚，我們蒙大拿州多的是，一流的地方很多。我跟兄弟們去過，不過我對釣魚是一丁點興趣也沒。」

「你跟他們去釣個鬼。」妻子說。

他對我們調皮眨眨眼。

「女人家嘛，你們不是不曉得。要是咱們帶個酒壺去，或帶一箱啤酒，就挨她們詛咒下地獄。」

「男人不就是這樣嗎？」妻子對我們說。坐得舒舒服服的她撫平大腿上的裙子。「我投票反對酒禁是為了讓他高興，也因為我在家喜歡喝點啤酒，結果他竟然講那種話。他們能討到老婆真的是奇蹟。」

「對了，」比爾說：「餐車全被那群朝聖先輩包下了，你們知道嗎？其他乘客下午三點半才有飯吃。」

「什麼意思？他們怎麼可以？」

「不信，你去爭看看有沒有位子。」

「這樣吧，孩子的媽，看來，我們最好回餐車，再吃一頓早餐。」

她起身，把衣服拉正。

「麻煩你們兩個男生幫我們看管行李，好嗎？走吧，修伯特。」

一家三口走向餐車廂，才離開一會兒，侍者到處宣布第一梯次用餐時間到了，朝聖團和神職人員一聽，紛紛進走廊，魚貫而去。我們不見那一家三口折返。一名侍應端著三明治和一瓶夏布利白酒，從走廊經過，被我們喚進來。
「你今天可有得忙了。」我說。
他點點頭。「他們開始了，十點半。」
「我們幾點吃？」
「哈！我呢？幾點才吃得到？」
他為這瓶酒留下兩只杯子，我們付錢買三明治，賞他小費。
「我待會兒過來收盤子，」他說：「不然你們可以帶著去。」
我們吃著三明治，喝著夏布利，欣賞窗外的景觀。田裡的穀物才開始成熟，原野上紅罌粟花開了滿地都是。牧草青翠，樹木壯盛，不時可見江河，幾座城堡矗立在遠方林木間。
都爾[33]站到了，我們下車伸伸腿，再買一瓶葡萄酒，回包廂時，發現蒙大拿州夫婦和兒子修伯特舒適坐著。
「在比亞里茲游泳好不好玩？」修伯特問。
「這孩子想玩水，想得快瘋了，」母親說：「長途旅行苦了小孩。」
「好玩，」我說：「不過，浪高的時候很危險。」
「你們有沒有吃到午餐？」比爾問。
「有啊。我們才坐下，他們就走進來，大概以為我們是同團。有個侍應對我們講幾句法

33 都爾（Tours），法國中西部古城。

文，然後他們請同團三人回去。」

「一定是以為我們信羅馬天主教，」丈夫說：「天主教會勢力多大，今天見識到了。你們兩個男生不是天主教徒，多可惜。不然可以撈到一餐。」

「我是啊，」我說：「所以才更不高興。」

到了四點十五分，午餐終於輪到我們。到最後關頭，比爾按捺不住脾氣，見飽餐後的一名神職人員帶著團員往回走，纏著他逼問。

「神父，我們新教徒幾點才有飯吃？」

「我怎麼知道？你沒買到餐券嗎？」

「這種事能讓人火大到跑去加入三K黨。」比爾說。神父回頭望他一眼。

在餐車，服務人員供應連續第五梯次的套餐。為我們上菜的侍應汗水淋漓，白外套的胳肢窩汗濕成紫色。

「他一定常喝葡萄酒。」

「不然就是穿紫色內衣。」

「我們問他吧。」

「別問。他累壞了。」

進波爾多站，火車停靠半小時，我們出車站散散步。時間不夠我們進市區逛。火車繼續駛過隆德[34]，我們欣賞日落。松林中有幾道寬闊的防火道，宛如市街，向上能瞭望遠方的山林。約莫七點三十分，我們吃晚餐，從開著窗戶的餐車裡看風景。原野上，帚石楠遍布的沙地生長著松樹，時而可見林間空地上的房舍，偶然路過幾間鋸木廠。天色暗了，窗外的原野熱騰騰，沙滿地，黑漆漆，我們能感受到。大約九時，火車抵達巴詠納。蒙大拿夫妻和修伯特全和我們握手道別。他們想搭這班火車去拉尼格斯轉車至比亞里茲。

「祝你們一路順風了。」丈夫說。

「看鬥牛可要小心點。」

「說不定我們會在比亞里茲再遇到你們。」兒子說。

我們下車，帶著行李和釣竿盒，通過黑暗的車站，走進燈火，見計程車和飯店交通車列隊候客。羅伯特・寇恩和飯店的外勤站在一起。他起初沒瞧見我們，見到後，他上前而來。

「哈囉，杰克。旅途愉快嗎？」

「還好，」我說：「這位是比爾・果頓。」

「你好嗎？」

「來吧，」寇恩說：「我叫了一輛馬車。」他有點近視眼。我以前沒留意到。他正在打量著比爾。他的個性也羞赧。

「去我住的飯店吧。那間還可以。挺不錯的。」

我們上車，司機把行李擺進鄰座，上車，揮鞭子，驅車通過一座無燈橋，進入市區。

「能認識你，我高興得不得了，」羅伯特對比爾說：「我常聽杰克提起你，也拜讀過你的幾

34 隆德（Landes），法國西南一地區。

本大作。杰克，釣線買了嗎？」

馬車在飯店前停妥，我們全下車入內。這棟飯店不錯，櫃檯人員態度也至為愉悅，我們三人各自住一間舒適的小房間。

第十章

早晨，天色晴朗，市區街道上有人忙著灑水，我們全進一家咖啡館用早餐。巴詠納是一座不錯的城鎮，感覺像非常乾淨的西班牙城鎮，有一條大河貫穿其中。大清早，河上的橋面就被曬得熱呼呼。我們走上橋，然後進市區逛。

麥可從蘇格蘭調來的釣竿能否及時送到，我完全沒把握，於是我們在衣物店樓上找到一家釣具行，總算為比爾買到釣竿一支。釣具行的老闆原本不在，我們等了好一陣子，他才回來。我們向他買一支物美價廉的釣竿，也買兩支撈網。

回到街上，我們去參觀大教堂。寇恩提到這教堂很能彰顯某一點，我忘記是什麼了。這座大教堂看起來很不錯，昏昏暗暗，像西班牙教堂。隨後，我們通過古堡，來到本地觀光服務處。據說公車從這裡發車。沒想到，服務處人員告知，七月一日才有車可搭。向服務處詢問後，我們得知可包車前往潘普洛納，於是在市立劇院轉角找到一家大車行，花四百法郎包一輛。車子過四十分鐘才去大飯店接我們，所以我們進廣場上的咖啡館，吃吃早餐，喝喝啤酒。天氣燠熱，幸好市區有一股清新涼爽的清晨氣息，坐咖啡館裡感覺宜人。一陣微風開始輕輕吹，感覺上是從海吹過來的。廣場上有一群鴿子，屋舍被烈日烘烤成泛黃，我不想離開咖啡館。奈何我們非回飯店收拾行李結帳不可。付啤酒錢時，大家喝一樣多，錢好像是寇恩付的。

回到飯店，我和比爾每人只付十六法郎，另加服務費一成。我們請飯店把行李運到門口，等候羅伯特・寇恩。等候期間，我看見拼花地板上有一隻大蟑螂，起碼有七公分長。我指給比爾看，然後一腳踩扁牠。我們一致認為，牠一定是剛從庭院溜進來的。這間飯店真的是乾淨得不得了。

寇恩終於下樓了，大夥兒出去坐車。這輛大汽車的敞篷封閉著，司機穿著白色風衣，藍領子藍袖口，我們請他打開敞篷。他把行李堆疊上車後，車子駛上街，脫離市區，途經幾座美觀的庭園，回首能將市區盡收眼底。接著，我們進入鄉間，林木蓊鬱，遠山起起伏伏，路面爬升再爬升。我們路過許多巴斯克人趕著牛群、拖著牛車，看見幾棟不錯的農莊，屋頂低垂，全以白泥漿粉刷。在巴斯克區，色澤無處不鮮豔碧綠，房舍和村落看起來富庶而乾淨。每座村莊都設有一座回力球場，裡面有兒童不理會教堂禁止民眾對牆壁擊球的警語，正頂著驕陽打球。村舍屋頂覆蓋著紅屋瓦。接著，馬路轉彎，開始爬坡，車子緊挨著山壁直上，腳底下是谷，車後的丘陵延伸至海邊。從這裡看不見海。太遠了。只看得見峰峰相連的丘陵，知道哪一方向是海。

我們通過西班牙邊境。這裡有一泓小溪和一座橋，溪的一岸是西班牙士兵，背上荷著卡賓槍，頭戴波拿巴帽，對岸是戴平頂軍帽的八字鬍法國胖子。他們只打開一包行李檢查，拿護照過去檢查。國界兩邊各有一家百貨店兼客棧。司機依規定進去填寫汽車資訊，我們下車，去溪邊看看是否有鱒魚。比爾想用西班牙文和士兵交談，但溝通不良。羅伯特・寇恩一手指著溪問，裡面有沒有鱒魚。西班牙士兵說有是有，但不多。

我問他是否釣過魚，他說沒釣過，對釣魚沒興趣。

正值此刻，一名長髮焦黑的大鬍子老漢大步上橋，一身看似以粗麻布袋縫製的衣物，手持一根長棍子，揹著一隻小山羊。小羊頭朝下，四腳被綁死。西班牙士兵舉劍揮舞嚇阻他。老漢不發一語轉頭回去，踏上前往西班牙的白色馬路。

「那老頭子是怎麼一回事？」我問。

「他沒護照。」

我敬一支菸給邊境士兵。他接受了，向我道謝。

「他接著怎麼辦？」我問。

士兵對著塵土地吐痰。

「他嘛，會乾脆涉水過溪。」

「這裡常有走私嗎？」

「走私嘛，」他說：「總鑽得過去。」

司機從裡面出來，摺好文件，收進外套的內袋。我們全上車，包車在白色塵土路上駛進西班牙。沿途景觀和先前大同小異，但隨後一路攀升，翻越埡口，路變得曲折，隨後才是真正的西班牙。有冗長的褐色山脈，有幾株松樹，遠處某些山腰上有山毛櫸林。路沿著埡口頂延伸，然後下降，司機不得不按喇叭減速，閃躲兩隻睡在路中間的驢子。汽車駛出高山區，穿越一座橡木林，見到白牛群在林間啃草。山下有一處處平坦的草原和清澈的溪澗。我們接著駛過一條溪，通過一座陰鬱的小村莊，然後再度爬升，一直爬一直爬，再翻越一座高海拔埡口，向右轉下坡，看見南邊另有一座山脈，清一色棕，全像被烤過似的，皺得奇形怪狀。

過了一陣子，車子駛出高山，兩旁是樹木，有條溪，一片片成熟的穀田，路持續向前延伸，白晃晃而筆直，隨後來到一處緩升坡，左邊有座小山，上面有一座古城堡，周圍緊鄰幾棟建築物，一座穀田種到了牆邊，隨風搖曳。我坐副駕駛座，回頭望，見羅伯特．寇恩睡著了，比爾見到我，點點頭。隨後，車子橫渡一片寬廣的平原，右側有一條大河，豔陽下的水光在路樹空隙瀲灩著，遠處可見潘普洛納高原矗立在平原之上，也看得到城牆和宏偉的褐色大教堂，以及其他教堂勾勒出的凌亂天際線。高原背面另有高山，前後左右總能見到山外有山，白白的路面往前延伸，穿越平原，通往潘普洛納。

我們從高原另一端進入潘普洛納市區，路面陡升，塵土飛揚，兩旁有大樹遮蔭。接著，來到古城牆外正大興土木的新城區，坡度緩和了。車子路過高而白的鬥牛場，在烈日下像水泥建築物。隨即，車子從巷子駛進一座大廣場，在蒙托亞飯店前停下。

司機幫我們提行李下車。一群孩童圍觀著這輛車，廣場燠熱，樹木綠油油，旗桿上旗幟飄揚。廣場周圍有一連串的拱廊遮陽真好。老闆蒙托亞很高興見到我們，和我們握手，安排我們住進有廣場景觀的好房間。我們盥洗後下樓，進飯廳吃午餐。司機也留下來吃午餐，飯後我們付車資給他，他啟程回巴詠納。

蒙托亞飯店裡有兩間飯廳，一間在二樓，能眺望廣場，另一間在一樓，比廣場矮一截，門外有一條後街，大清早看得見狂奔的牛群被趕進鬥牛場的景象。一樓的飯廳日夜都涼爽，我們午餐吃得暢快。在西班牙的第一餐總令人大吃一驚，開胃菜、一道蛋餐、兩道肉食、蔬菜、沙拉、甜點和水果，酒要一直灌才吃得下全套餐點。羅伯特．寇恩想說他不吃第二道肉食，但我們不願代他傳譯，因此女侍應換一盤替代，我想是冷肉吧。在巴詠納相會後，寇恩一直顯得緊張兮兮。他不知道我們已知他曾和布蕾特同遊聖塞巴斯提安，因此他相當彆扭。

「嗯，」我說：「布蕾特和麥可今晚應該會到。」

「會嗎？我不確定。」寇恩說。

「為什麼？」比爾說：「他們當然會來。」

「他們老是遲到。」我說。

「我倒覺得他們不會來。」羅伯特．寇恩說。

他口氣帶有一種「我比你懂」的霸氣，令我和比爾都惱火。

「我可以跟你賭五十西幣，他們今晚不會來。」比爾說。他生氣時總喜歡打賭，所以常賭得糊裡糊塗。

「我跟你賭，」寇恩說：「好。杰克，替我們記住。五十西幣。」

「我自己就能記住。」比爾說。我見他動了肝火，想排解他的情緒。

「他們一定會來的，」我說：「不過，他們可能不會今晚到。」

「想不想反悔啊？」寇恩問。

「不想。我幹嘛反悔？你要的話，可以改賭一百西幣。」

「好。我接受。」

「夠了，」我說：「否則你們自己記，讓我分紅。」

「我滿意了，」寇恩說。他微笑。「反正你大概可以在橋牌桌上贏回去。」

「你還沒賭贏呢。」比爾說。

我們離開，循拱廊走去伊倫尼亞咖啡館喝咖啡。寇恩說他想去理髮廳刮個鬍子。

「剛才那個賭，」比爾對我說：「我有沒有勝算？」

「勝算小得可憐。不管約在哪裡，他們從來不準時到。如果他們沒接到匯款，保證他們今晚不會到。」

「剛才我嘴巴一張開就後悔了。可是，我忍不住想封他的嘴。他做人大概還可以吧，不過，他是從哪兒挖到這些內幕的？想來這裡玩，麥可和布蕾特是跟我們約的，又不是跟他約。」

我看見寇恩從廣場對面直線走回來。

「他來了。」

「哼，叫他別高高在上，別再一副猶太人嘴臉。」

「理髮廳休息了，」寇恩說：「四點才開門。」

我們在伊倫尼亞喝咖啡，有舒服的藤椅可坐，可從涼爽的拱廊下欣賞大廣場。過了一陣子，比爾回去寫幾封信，寇恩再去理髮廳，發現門依然緊閉，於是決定回旅館房間洗個澡。我在咖啡館前再坐一會兒，然後進市區散步。天氣非常熱，但我在街上挑有遮蔭的一邊走，穿越市場，能再逛市區一趟覺得心曠神怡。我去市政廳，找到每年固定幫我訂鬥牛票的老先生。他已收到我從巴黎寄給他的錢，能幫我續訂入場券，一切安排妥當。他負責整理檔案，全市的檔案資料全在他的辦公室裡。這和本故事無關。言歸正傳，他坐在滿坑滿谷的檔案中，辦公室有一道以綠色台面呢布為紗的門，另有一道大木門，我離開後關上這兩道門，正要上街，被看門人叫住。他為我撣一撣外套。

「你一定剛搭過汽車。」他說。

我領子背面和肩頭布滿灰色塵土。

「剛從巴詠納過來。」

「是啊，是啊，」他說：「看灰塵，我就知道搭過汽車。」於是我賞他兩枚銅板。

走到街尾，我看見大教堂，走過去。頭一次見到這座大教堂時，我嫌這門面醜，現在卻看得順眼。我入內。教堂裡昏暗，棟梁高聳，有幾人在祈禱著，瀰漫著焚香的氣息，有幾道美觀的大窗。我下跪，開始禱告，想起誰就為誰祈禱，布蕾特和麥可和比爾和羅伯特·寇恩和我自己，以及所有鬥牛士，特別為我重視的幾位鬥牛士祈禱，一起為其他人祈禱，然後再為我自己祈禱一次。在為自己祈禱的當兒，我發現自己想打瞌睡，所以祈禱鬥牛士表現不俗，祈禱這次慶典順利，也祈禱此行能釣到魚。我想著，另外還能為什麼祈禱？有了，希望能多一些錢，所以我祈禱我能賺大錢，然後我開始思考，大錢該怎麼賺，想著想著就聯想到伯爵，於是開始納悶他目前人在哪裡，自從在蒙馬特那一夜後，我不曾再看見他，感覺很遺憾，也想起布蕾特告訴我一件伯爵的趣事。我如此一直跪著，額頭貼在膝前的木板上，一面禱告一面想著自己的事，不禁感到微微汗顏，後悔身為天主教徒的自己丟盡教會的臉，但我也明瞭自己無能為力，至少近期之內無法改善，也許一輩子也改不了，但我也想到，天主教是個好宗教，只但願自己信教能虔誠，或許下次能虔誠一點，然後，我離開教堂，站在階梯上，頂著烈日，右手拇指和雙手食指仍濕著，在豔陽下乾涸。陽光炎熱而無情，我過馬路，沿著建築物走，然後踏上回飯店的人行道。

這天晚餐，我們發現羅伯特．寇恩沖過澡、刮過鬍子、理過頭髮、洗過頭，然後在頭上抹一種能固定頭髮的東西。他神情緊張，而我絲毫不想紓解他情緒。從聖塞巴斯提安前來的班車預定在九點抵達，如果布蕾特和麥可依約，他們就會搭上這一班。八點四十分，晚餐還沒吃到一半，羅伯特．寇恩就離桌說他想去火車站。我說我一起去，只為了煩他。比爾說他死也不肯扔下晚餐不吃。我說我們去一下就回來。

我們步行至火車站。看寇恩緊張，我暗自竊喜著。我希望布蕾特正在這班車上。來到車站，我們發現班車誤點了，於是在一輛行李車上坐下，在黑暗中等車。我從未見過一個比羅伯特．寇恩更緊張、更迫不及待的老百姓。我竊竊欣喜著。竊喜是很糟糕的態度，但我心情就是糟。寇恩有一份高超的本事，能觸發任何人內心最黑暗的一面。

再等一會兒，汽笛聲遠遠從高原另一邊的山下傳來，我們隨即看見車頭燈上山。我們進車站，和一群民眾站在柵門裡等候。火車靠站停妥，所有人從柵門一擁而上。

布蕾特和麥可不在人群裡。我們等所有人下車、出站、搭上交通車或馬車，或者在親朋好友陪同下穿越黑暗，進入市區。

「我就知道他們不會來。」羅伯特說。我們走回飯店。

「我以為他們可能會。」我說。

我們進飯廳時，比爾正在吃水果，一瓶葡萄酒快喝完了。

「沒來嗎？」

「對。」

「寇恩，一百西幣明天早上再給你，可以嗎？」比爾問：「我還沒兌換這裡的貨幣。」

「喔，算了，」羅伯特．寇恩說：「我們換個東西再打賭好了。鬥牛能不能打賭？」

「可以，」比爾說：「不過不一定非賭不可。」

「就像為大戰打賭一樣，」我說：「不是為了贏錢而賭。」

「我很好奇，想看一看鬥牛。」羅伯特說。

飯店老闆來到我們這一桌。他手裡拿著一份電報。「給你的。」他遞給我。

電報寫著：「夜宿聖塞巴斯提安。」

「他們發的。」我說。我放電報進口袋。正常而言，我應該轉給旁人看才對。

「他們停在聖塞巴斯提安，」我說：「叫我問候你。」

為何耐不住衝動以這話刺激他？我不明白。我當然明白。他的豔事令我吃醋到無可原諒的地步，沖昏了我理智。我順理成章接受了，並不會稍減醋勁。我絕對痛恨他。我想我本來不是真的討厭他，一直到今天午餐時，他表現出優越感，我才對他生恨。另外一因素是他去理髮廳大整修一番。所以我把電報放進口袋。反正電報的收件人是我。

「嗯，」我說：「我們應該搭正午的公車去布格帖。他們明晚如果到這裡可以再跟進。」

聖塞巴斯提安來的火車只有兩班，一班在大清早到站，我們剛去等的是另外一班。

「這主意不錯。」寇恩說。

「我們愈早下水愈好。」

「什麼時候動身，我都沒意見，」比爾說：「愈早愈好就是了。」

我們在咖啡館坐一會兒，喝咖啡，然後散一小段路去鬥牛場，穿越原野，走在懸崖邊的樹下，向下看著暗夜中的河流，然後我早早上床睡覺。我相信比爾和寇恩在咖啡館待到相當晚，因為他們進來時我已經熟睡。

一早，我去買三張布格帖客運車票，下午兩點出發。沒有更早的車次了。我在咖啡館坐著看報紙，見羅伯特．寇恩穿越廣場而來。他來到我這桌，在藤椅上坐下。

「這家咖啡館滿舒服的，」他說：「杰克，你昨晚睡得好不好？」

「睡成了死豬。」

「我沒睡好。比爾和我也玩得太晚了。」

「你們去哪裡？」

「這裡。咖啡館打烊以後，我們走去另外那一家。那裡的那老人家能講德文和英文。」

「瑞士風咖啡館。」

「對。他看起來是個好老頭。我覺得那家比這家好。」

「白天不算好，」我說：「太熱了。對了，車票我買到了。」

「我今天不去。你和比爾儘管一起去。」

「我已經幫你買車票了。」

「交給我。我去退錢。」

「五西幣。」

羅伯特．寇恩掏出一枚五西幣的銀幣給我。

「我該留下來，」他說：「是這樣的，我擔心有人誤會了。」

「怎麼會？」我說：「要是他們在聖塞巴斯提安玩瘋了，可能三、四天之內不會來。」

「問題就在這，」羅伯特說：「我擔心他們誤以為我會去聖塞巴斯提安和他們會合，所以他們才中途下車。」

「你憑什麼這樣想？」

「我嘛，是我寫信向布蕾特提議的。」

「既然這樣，你為什麼不乾脆留在那裡，和他們見面？」我話說到一半打住。我以為，這想法遲早會自動浮現他腦海，但我不相信他的腦筋如此聰穎。

現在他多了一份吐露心聲的語氣。既然我知道他和布蕾特有一手，他能放心暢談。

「好吧，比爾和我吃完午餐就走。」我說。

「但願我也能一起去。整個冬天，我們一直盼望能一同去釣魚。」他多愁善感起來。「可是，我該留下來才好。我真的應該。他們一到這裡，我馬上帶他們跟上。」

「我們去找比爾吧。」

「我想去理髮廳。」

「午餐見。」

我在房間找到比爾。他正在刮鬍子。

「喔，對啊，他昨晚全告訴我了，」比爾說：「那小子很會講心事。他說他跟布蕾特約好了，在聖塞巴斯提安見。」

「狗雜種竟然撒謊！」

「別這樣嘛，」比爾說：「不要不高興。旅程走到這裡了，不要為小事不高興。對了，你是怎麼認識那傢伙的？」

「別火上加油。」

比爾轉過頭來，鬍子刮到一半，隨即轉頭回去，一面對著鏡子講話，一面在臉上塗泡沫。

「去年冬天，你不是托他帶信去紐約給我嗎？謝天謝地啊，我是個雲遊四海的人。你不能再多帶幾個猶太朋友一起來玩嗎？」他以拇指揉揉下巴，打量著，然後再刮。

「你自己不也有幾個好貨色。」

「對是對啦，我有幾個挺高竿的，可惜跟你這個羅伯特・寇恩沒得比。好笑的是，他做人也挺和氣的。可是，他真的是糟透了。」

「他有時和氣得不得了。」

「我知道。所以才糟糕。」

我笑了。

「好。儘管笑，」比爾說：「昨晚陪他熬夜到兩點的人不是你。」

「昨晚他糟不糟糕？」

「糟糕。他跟布蕾特到底是怎麼一回事？布蕾特跟他有什麼牽連嗎？」

他抬高下巴，左挪右挪。

「有。布蕾特跟他一起去過聖塞巴斯提安。」

「傻過頭了吧。布蕾特幹嘛做那種傻事？」

「她不管去哪兒都要人陪，而她也想離開巴黎透透氣。她也說過，那一趟對他有好處。」

「有些人專做傻到底的傻事。她幹嘛不找自己人陪她去？找你也行啊——」他含糊帶過這一句——「不然找我也行。幹嘛不找我？」他照鏡子，細看自己的臉，在左右顴骨上各抹一大團泡沫。「這張臉挺正直的嘛。是一張能讓任何女人都心安的臉。」

「她有眼無珠。」

「她應該睜大一點。天下女人都應該看上我這張臉。我的臉應該被投射在全國每家戲院的螢光幕上。每個女人在教堂悔婚時，都應該收到這張臉的副本。天下母親應該報這張臉給女兒知道。吾兒呀——」他拿著剃刀指向我——「頂著這張臉西進，與國家共同茁壯。」

他低頭湊向洗手台，以冷水沖走泡沫，然後塗抹酒精，照鏡子看個仔細，揪住長長的上唇往下拉。

「我的天啊！」他說：「這張臉會不會嚇死人啊？」

他看著鏡子。

「至於這個羅伯特．寇恩嘛，」比爾說：「他讓我想吐，他死了算了，他想留在這裡，我高興都來不及了，不必帶他一起去釣魚。」

「你講得太有道理了。」

「我們就要去釣鱒魚了。我們就要去伊拉蒂河釣鱒魚了，午餐就要喝這裡的葡萄酒，喝得醉醺醺，然後搭車搭得高高興興。」

「好了。我們去伊倫尼亞咖啡館開始喝吧。」我說。

第十一章

午餐後，我們提著行李和釣竿盒，步出咖啡館，廣場被烤得暑氣騰騰。已經有人坐到客運車頂上，另外有人正爬梯子上去。比爾上去了，羅伯特坐他身旁，為我占位子，我回飯店買兩瓶葡萄酒帶著上路。我走出飯店時，車上已經擠滿乘客了。車頂上所有行李和箱子全被男女乘客當成座位坐，女人全拿著扇子，在豔陽下猛搧。天氣的確熱。羅伯特爬下車，讓我坐進他在車頂的木製長椅占的位子。

羅伯特．寇恩站在陰涼的拱廊下，等著車子出發。一名巴斯克人橫躺在我們座位前面的車頂，大腿上擺著裝酒的大皮囊，背靠著我們的腿。他舉起皮囊，請我和比爾喝葡萄酒。我拿起皮囊喝酒之際，他模仿汽車喇叭聲，效果惟妙惟肖，也來得太突然，嚇得我灑了葡萄酒一地，引來眾人訕笑。他向我道歉，要我再喝一口。不一會兒，他又模仿喇叭聲，我再度被他愚弄了。他的模仿技巧高檔。在場的巴斯克人也欣賞。比爾的鄰座對比爾講西班牙文，比爾聽不懂，所以遞給他兩瓶葡萄酒當中的一瓶，被那人揮手擋掉。他說天氣太熱，而且午餐喝太多了。比爾再請他接受那瓶酒時，他猛灌一大口，隨後瓶子被傳遍車上的那一區。人人都客氣喝一口，然後他們叫我們把瓶口塞好，收起酒瓶。大家全叫我們喝皮囊裡的酒。他們是一群想上山的莊稼漢。

偽喇叭聲再響兩、三次之後，客運總算啟動，羅伯特・寇恩向我們揮別，所有巴斯克人也對他揮別。車子一出市區，空氣立即轉涼。居高坐車頂，鑽過樹下前進，感覺很不錯。公車速度相當快，激起陣陣舒暢的微風，飛揚的塵土落在樹木上。下坡時，我們回頭看，從樹木空隙看得見市區雄踞河邊峭壁之上。躺在我腳前的巴斯克人舉起酒囊，以瓶頸指著風景給我看，對我們調皮眨眨眼。他點一點頭。

「很不錯吧？」

「巴斯克民族是好人。」比爾說。

躺在我腳前的巴斯克人皮膚被曬成馬鞍色，和其他人一樣穿著黑罩衫，曬黑的頸子皺紋縱橫交錯。他轉身，要比爾接下他的酒囊。比爾給他一瓶酒。巴斯克人對他豎起食指搖一搖，把酒瓶交還給他，以掌心拍拍軟木塞，把皮囊推高。

「阿里巴！阿里巴！」他說，意思是：「舉起來喝。」

比爾舉起皮囊，頭向後仰，把酒射進嘴裡，然後停下來，放下皮囊，幾滴酒順著下巴往下流。

「不對！不對！」幾名巴斯克人說：「不能那樣喝。」酒囊的原主正要示範，卻被另一人搶走酒囊。這年輕人拿著酒囊，伸直手臂，高高舉起來，用手捏皮囊，讓酒咻咻激射進口中。皮囊被遠遠舉起，酒在空中畫出一道平直、剛毅的線條，延伸進他嘴裡，他每隔幾秒穩穩吞嚥一次。

「喂！」皮囊主人吆喝著。「酒是誰的？」

搶酒喝的年輕人豎小指，對他擺一擺，以眉目對我們微笑。隨後，他對準酒柱猛咬一下，倏然舉高皮囊，然後放下來，物歸原主。他對我們眨眨一眼。皮囊主人涮一涮囊中酒，神情哀傷。

車子通過一座城鎮，停在一間客棧前面，司機接收幾份包裹上車，然後再次啟程。來到鎮外，路面開始節節高升，途經農牧地帶，農作物依傍著岩石丘陵地生長，有些農田順著山坡而上。現在地勢高了，風也轉強，對著穀物呼呼吹。車輪下的白色路面塵土飛揚，在車子後方久久不散。上坡路進入丘陵地，將富庶的穀田拋諸於平地，如今在不毛的山腰上僅有少數幾片農地，有些穀物種在水道兩旁。前方有六匹騾子，一隻跟著一隻走，隊伍拖得老長，拉著一輛滿載貨物的高頂貨車，騾子和車子皆灰頭土臉，車子見狀急轉彎，靠邊讓行。緊跟在後的又是一群騾子拖著貨車。這群拖的是原木，趕騾人見車子來，向後仰猛拉厚重的木製煞車，讓我們通行。在這座丘陵地以岩石為主，植物稀少，被烤硬的黏土上有雨水的蝕刻紋。

車子駛過一處彎道，進入一座城鎮，兩旁頓時豁然開朗成碧綠的山谷，一條溪貫穿市中心而過，葡萄田與房舍緊鄰。

車子停在一間客棧前面，許多乘客下車，車頂上被一大張防水布遮蓋的眾多行李也鬆綁，一一被扛下車。比爾和我也下車，進客棧，來到低矮陰暗的一廳，裡面裝飾著馬鞍、馬具、白木製成的乾草叉，天花板垂掛著幾簇繩底布鞋、火腿肉、幾大塊培根、白蒜、長串香腸。室內涼爽昏暗，我們站在木製的長櫃檯前，裡面有兩名婦人供應著飲料。她們背後的架子上堆放著補給品和各式商品。

我們各點一杯火水酒，總價四毛錢，我多加一毛當小費，總共付五毛錢，她卻把一枚銅板退還給我，以為我算錯價格了。

同車的兩名巴斯克人進來，堅持請我們喝一杯，然後我們反過來請他們喝一杯，接著他們拍拍我們的背，再請一杯。然後換我們請客。之後，我們全出去，再承受日曬和暑熱，登上公車頂。乘客銳減，現在座位夠所有人坐了，原本躺在我們腿前的巴斯克人改坐我倆中間。賣酒的婦人走出來，在圍裙上擦擦手，和公車裡面某人交談。接著，司機走出來，提著兩個扁平的皮製郵包上車，所有人揮揮手，再度上路。

馬路立刻脫離碧綠的山谷而去，再一次上山。比爾和酒囊巴斯克人講著話。一名本地人從座位另一端彎腰過來，以不甚流利的英文問：「你們是美國人？」

「對。」

「我是去過的，」他說：「四十個年以前。」

他年紀一大把，皮膚和其他人一樣褐，滿臉白鬍碴。

「那時覺得怎樣？」

「你講啥？」

「那時候，你覺得美國怎樣？」

「喔，我是去過加州的。那是好的。」

「你為什麼離開？」

「你講啥？」

「你為什麼回來這裡？」

「喔！我回來是為了結婚的。我原本是想回美國的，但我妻子她是不喜歡旅行的。你是從哪裡來的？」

「堪薩斯城。」

「我是去過的，」他說：「我是去過芝加哥的，聖路易、堪薩斯城、丹佛、洛杉磯、鹽湖城。」

他細數著地名。

「你在美國住多久？」

「十五個年。然後我回國為了結婚。」

「要不要喝酒？」

「好，」他說：「你們在美國，是喝不到這個吧？」

「有錢的話，酒多得很。」

「你來這裡是為了什麼？」

「我們想去潘普洛納參加慶典。」

「你是喜歡鬥牛的嗎？」

「對。你不喜歡嗎？」

「是的，」他說：「我猜我是喜歡的。」

一小陣子後。

「你現在是去哪裡？」

「去布格帖釣魚。」

「哇，」他說：「我是希望你釣到東西。」

他和我握握手，轉身走回後座。其他巴斯克人很佩服他。他舒舒服服坐回原位，在我轉頭看風景時對我微笑。然而，講美語似乎耗盡了他的元氣。之後他不再啟齒。

客運車持續向上行駛，沿途景致荒蕪，岩石從黏土層拔地而起，路旁不見青草。我們回頭看，底下的荒野一望無垠，更遠處的山坡地有一塊塊農田，或綠或棕黃，天邊矗立著褐色群峰，形狀怪異。隨著車子愈爬愈高，天際線也一變再變。公車緩緩爬坡之際，我們看得見南邊另有高山逐漸展露頭角。接著，車子翻越坡頂，水平進入一座森林。這座森林長滿了俗稱軟木塞橡樹的西班牙栓皮櫟，太陽穿透枝葉灑下斑斕的光影，林深處有牛群正在啃草。車子穿越樹林，繞過一座高地，一片波浪狀的綠色平原呈現眼前，有深色的山巒在背景烘托著。有別於先前那些被烤成褐色的群山，這幾座樹林密集，雲朵從山巔飄降。綠色平原延展著，不時被圍牆攔阻，偏北邊有兩行樹劃過平原，白白的路面在樹幹之間忽隱忽現。行經高地邊緣時，我們看見紅頂白牆的布格帖出現在前方，在平原上擴展，第一座黑山的肩上是以灰色金屬皮為頂的隆塞斯瓦耶斯[35]修道院。

「隆斯沃[36]在那邊。」我說。

「哪裡？」

「遙遠的那邊，在開始有高山的地方。」

「這裡好冷。」比爾說。

「因為地勢高，」我說：「大概一千兩百公尺高。」

「冷死了。」比爾說。

車子走平地，駛上直通布格帖的直路，經過十字路口，渡橋越過小溪。沿途是布格帖的房舍。沒有小巷子。車子經過教堂和中小學校園，然後停下。我們下車，司機把行李和釣竿盒交給我們。一名帽子歪戴、披著黃革交叉肩帶的卡賓槍士兵上前來。

「裡面是什麼？」他指向釣竿盒。

我打開盒子給他看。他要求出示釣魚許可證，我拿出來給他。他檢查日期，然後揮揮手放行。

「可以嗎？」我問。

「是的。當然。」

我們上街，走向客棧，經過刷著白色泥水漆的石屋，有幾戶大人小孩坐在門口看著我們。福態的客棧老闆娘從廚房出來，和我們握手，摘掉眼鏡擦一擦再戴上。客棧裡氣溫低，外面的風勢正逐漸增強。老闆娘派一名女孩帶我們上樓看房間。客房裡有兩張床、一座洗濯台、一座衣物箱、一大幅裱鋼框刻字的《隆塞斯瓦耶斯聖母像》。野風拍擊著窗外的防風板。這間

35 隆塞斯瓦耶斯（Roncesvalles），西班牙山區小鎮，近法國邊境。

36 隆斯沃（Roncevaux），隆塞斯瓦耶斯的法文名。

位於客棧北面。我們盥洗完，加一件毛衣，下樓進飯廳。石地的飯廳天花板低矮，牆壁以橡木板裝飾，窗簾全關好，裡面冷到看得見自己口吐白煙。

「我的天啊！」比爾說：「明天冷到這地步怎麼行？我可不想在這種天氣涉水進溪裡。」

在房間最遠的一角，有一架直立式鋼琴擺在兩張木桌另一邊，比爾過去彈琴。

「我非暖暖身體不可。」他說。

我去找老闆娘，問她食宿費多少。她把雙手伸進圍裙裡，視線迴避我的眼光。

「十二西幣。」

「什麼？我們在潘普洛納才遇到這價碼。」

她不語，僅摘下眼鏡，以圍裙擦拭。

「太貴了，」我說：「我們在大飯店也沒付這麼多。」

「我們加裝了浴室。」

「沒有便宜一點的房間嗎？」

「在夏天沒有。現在是旺季。」

全客棧只有我們兩個客人。我心想，算了，反正只住幾天。

「有沒有附帶酒錢？」

「喔，有。」

「這樣的話，」我說：「可以接受。」

我回去找比爾。他對著我呼白煙，讓我知道他多冷，兩手繼續彈鋼琴。我在桌前坐下，看著牆上的繪畫，一幅畫著幾隻死兔子，一幅畫著幾隻松雞，也是死的，另一幅是死鴨子，全部都缺乏光彩，昏昏茫茫。房間裡有一座滿是酒瓶的櫥櫃。我逐一看著。比爾仍在彈琴。「來一杯熱蘭姆賓治吧？」他說：「再彈琴也不可能一直保暖。」

我離開房間，教老闆娘如何調製熱蘭姆賓治。幾分鐘後，女孩端著熱氣蒸騰的石壺進來。比爾離開鋼琴，和我一同飲用熱賓治，聆聽風聲。

「這裡面摻的蘭姆酒不多。」

我走向櫥子，拿蘭姆酒過來，倒半杯進酒壺。

「直接行動，」比爾說：「比立法還管用。」

女孩進來擺晚餐用的餐具。

「這裡風冷得像地獄。」比爾說。

女孩奉上一大碗熱呼呼的蔬菜湯，也帶葡萄酒過來。然後，我們大啖炸鱒魚、某種燉肉、滿滿一大碗野生草莓。有酒喝，我們值回房價，女孩神色羞赧，但取酒來的態度和氣。老闆娘一度探頭進來看，數著空酒瓶。

晚餐後，我們上樓抽菸，躺床上讀書禦寒。夜裡我曾醒來，聽見疾風呼嘯聲。暖暖窩在床上的感覺真好。

第十二章

一早醒來，我走向窗前往外望。天氣放晴了，高山上不再有雲。窗外樓下有幾台推車和一輛法式公共馬車。這輛驛車的艙頂木板不敵風吹日曬而龜裂，可想而知是被機動式公車淘汰的古物。一隻公山羊跳上推車，再跳上驛車上面，然後甩頭向下看同伴。我大手對他一揮，他蹦下車去。

比爾仍在睡覺，於是我穿好衣服和鞋子，進走廊下樓。樓下不見人影，我直接打開門門外出。大清早戶外涼爽，強風平息之後形成的露珠尚未被陽光蒸散。我進客棧後方的器具室找到一把近似鶴嘴鋤的工具，走向溪畔，想挖蚯蚓當魚餌。溪水淺而清澈，可惜看情況鱒魚不多。我在溪岸選一片濕軟的草地，鋤起一塊土，蚯蚓在底下鑽動，一見我扳開土塊便縮走。我小心挖掘，大豐收一場。我在溼地的邊緣繼續掘土，兩個空菸草盒塞滿了蚯蚓，我在牠們上面撒一些土。山羊群在一旁觀看。

回客棧，我看見老闆娘在廚房裡，我請她為我們準備咖啡，也說我們今天想吃午餐。比爾醒了，在床緣坐著。

「我從窗戶看見你在外面，」他說：「不想干擾你。你剛在忙什麼忙？埋財產嗎？」

「你這條懶蟲！」

「你忙著造福全民嗎？太好了。我希望你每天早上都造福全民。」

「少來了，」我說：「起來吧。」

「什麼？起來？我永遠起不來。」

他窩進床上，蓋被子至下巴。

「儘管嘮叨我吧，看我肯不肯起床。」

我去一一找出釣具，全數放進釣具袋裡集中。

「你沒興趣嘮叨嗎？」比爾問。

「我要下樓去吃飯了。」

「吃飯？幹嘛拖到現在才講『吃』？我還以為你叫我起來是鬧著玩的。好吧。現在是在講道理。你再出去多挖幾條蚯蚓吧，我立刻下樓去。」

「唉，下地獄去吧！」

「為全民福祉著想。」比爾穿上內衣褲。「展現反諷與憐憫。」

我拎著釣具袋、撈網、釣竿盒，正要踏出房門。

「喂！回來啊！」

我探頭進門。

「你不表現一點反諷與憐憫嗎？」

我用拇指撥鼻頭一下。

「那才不算反諷。」

下樓之際，我聽見比爾歌唱著，「反諷與憐憫。當你心情……喔，對他們施展反諷與憐憫。喔，施展反諷。當他們心情……施展些許反諷即可。些許憐憫即可……」他一直唱到他下樓，曲調參照《鐘聲為我與佳人響起》[37]。我正在讀上星期的西班牙文報紙。

「為什麼老講反諷和憐憫？」

「什麼？你不知道反諷與憐憫嗎？」

「不知道。是誰發明的？」

「大家都在講啊。風行全紐約啊。和法拉特里尼馬戲團家族[38]以前那樣時興。」

女孩端咖啡和奶油吐司上桌。奶油吐司其實是塗一層奶油的烤吐司。

「問她有沒有果醬，」比爾說：「對她講反諷語。」

「妳有沒有果醬？」

「那怎麼算反諷？要是我能講西班牙文就好了。」

咖啡滋味可口，我們捧著大碗公喝。女孩端來玻璃碟子盛著的覆盆莓果醬。

「謝謝妳。」

「喂！怎麼講這樣？」比爾說。「講點反諷的東西嘛。酸一酸里威拉[39]幾句嘛。」

「我可以問她，他們在里夫[40]山區踩進什麼果醬陷阱，有什麼感想。」

「低劣，」比爾說：「非常低劣。你壓根子沒這方面的才華。你不懂反諷。你缺乏憐憫心。舉個值得憐憫的例子。」

「羅伯特・寇恩。」

「不賴。這才像話。咦，為什麼寇恩值得憐憫？用反諷語回答。」

他喝一大口咖啡。

「煩死了！」我說：「一大清早的。」

「我就說嘛。你自稱你也想當作家。你不過是個新聞人。一個駐外新聞人。你應該一下床就滿口反諷語。你應該一覺醒來就滿嘴都是憐憫。」

「繼續講啊，」我說：「你是跟誰學的？」

「大家。你不讀東西嗎？你都閉門不跟別人相聚嗎？你知道你是什麼嗎？你是僑胞。你為什麼不住紐約？住紐約才懂得這些東西。你要我怎樣？要我每年來這裡教你嗎？」

「再多喝一點咖啡。」我說。

「好。咖啡有益身心。因為裡面含咖啡因。咖啡因，本山人駕到也。咖啡因讓男人騎到她的馬背上，讓女人躺進他的棺材[41]。你知道你問題出在哪兒嗎？你是個僑胞。是最糟糕的一型。你沒聽過嗎？背離祖國的人絕對寫不出值得出版的作品。連報紙都不肯登。」

37《鐘聲為我與佳人響起》（*The Bells are Ringing for Me and my Gal*），問世於一九一七年並蔚為流行的一首歌曲。

38 法拉特里尼馬戲團家族（Fratillini），一九一〇年代末至二〇年代風靡歐洲的法國馬戲團家族。

39 里威拉（Primo de Rivera, 1870-1930），當時的西班牙貴族獨裁首相。

40 里夫（Riff），摩洛哥北部，一九二〇年代當地柏柏爾民族和西班牙殖民地政府陷入苦戰。

41 原意是「咖啡喝多了，男人活蹦亂跳，女人喝多了死翹翹」，比爾故意把「他」和「她」對調。

他喝著咖啡。

「你是一個僑胞。你不再能感受故土的脈動。你變得心高氣傲。被虛偽的歐洲標準糟蹋了。灌酒灌到死。沉迷於性愛。擺著工作不做，全靠一張嘴。你是個僑胞，懂嗎？只在咖啡館鬼混。」

「聽你這麼講，人生多美好，」我說：「那我什麼時候工作？」

「你不必工作。有一群人聲稱你是個小白臉。另有一群人聲稱你無能。」

「不對，」我說：「我只是發生過意外。」

「甭提了，」比爾說：「那種事知道就好，不能講出來。你應該把那事弄成一團謎。像亨利騎腳踏車發生過意外。」

頭頭是道的他講到這裡，講不下去了。他以無能一事消遣我，我擔心他自認失言傷到人。我想讓他再高談闊論下去。

「不是腳踏車，」我說：「他是騎馬受傷的。」

「我聽說是三輪車。」

「呃，」我說：「飛機也有點像三輪車。操縱桿有同樣的殺傷力。」

「可是，飛機不用踩。」

「對，」我說：「不用踩，也對。」

「話題到此為止吧。」比爾說。

「好。我只是支持三輪車的說法。」

「我認為他文筆也不錯，」比爾說：「而你也是個棒透了的傢伙。有沒有人稱讚過你是個好傢伙？」

「我不是一個好傢伙。」

「聽著。你是一個好得不得了的傢伙，而我對你的好感勝過世上任何人。這話可不能在紐約對你講。會被人以為我是個死玻璃。南北戰爭不就是這麼一回事嗎？林肯是個死玻璃。他跟葛蘭特將軍談戀愛。傑佛遜．戴維斯[42]也是。林肯解放黑奴全是因為他跟人打賭。斯科特[43]案是被反酒聯盟陷害的。從性愛角度看，統統能解釋清楚。上校夫人和茱蒂．歐葛雷迪骨子裡是女同性戀[44]。」

他歇口一陣子。

「想不想再聽？」

「儘管講吧。」我說。

「我知道的就這麼多了。午餐再告訴你。」

「老頭子比爾。」我說。

「你是條懶蟲！」

---

42 傑佛遜．戴維斯（Jefferson Davis），美國南北戰爭時期蓄奴派首長。

43 斯科特（Dred Scott），美國黑奴，曾在一八五七年為一家四口爭取自由，後經大法官裁定敗訴。

44 出自英國詩人吉卜林的詩《The Ladies》。

我們把午餐和兩瓶葡萄酒裝進背包，由比爾揹著。我負責揹釣竿盒和撈網。我們上路，穿越一片牧草地，找到一條橫越原野的小徑，走向第一座山丘的山腰樹林。我們踏著多沙的小徑穿越起伏不定的原野，沿途的青草被羊啃短了。牛群在小山上，牛鈴鐺聲從樹林傳來。

小徑橫越一條溪，以一支表面被切平的樹幹為橋，一株小樹被彎向橋上充當扶手。溪畔有一頃水池，水面平靜，池底的沙地上點綴著一群蝌蚪。我們爬上陡坡，穿越起伏的原野，回首可見布格帖鎮上的紅頂白屋群，也看得見一輛卡車在白路上激起塵土。

走完原野後，我們再渡過一條湍急的溪澗，一條沙路向下通往淺灘，鑽進樹林子。淺灘下的小徑又有一座獨木橋，之後匯入馬路，我們從這條路走進樹林。

這座是山毛櫸林，樹木的歲數非常高，樹根隆出地面，樹枝曲折。一路上，兩旁是老山毛櫸樹的粗幹，滲透枝葉的太陽在草地上灑下斑斑光點。大樹的枝葉濃密，但林子裡不暗。樹下除了青草，沒有其他植被，草長得青翠欲滴，灰色大樹之間的間隔一致，宛如公園裡的樹木。

「這才叫野外。」比爾說。

馬路來到一座山丘，我們走進密林，路面持續爬升，時而向下凹，隨即又是陡坡。我們不斷聽見樹林裡的牛群。最後，我們鑽出樹林，來到山頂。我們曾從鎮上看見一群丘陵林地，這裡正是丘陵區的最高點。在山脈的向陽坡，樹林之間的小空地生長著野草莓。

前方的路鑽出森林，順著山肩走。前方的丘陵不見樹林，長了滿山遍野的黃花荊豆。遠遠我們看見幾座峭壁，林木森森，灰岩暴凸，顯示著伊拉蒂河所經之地。

「我們得順著這道山脊走過去，翻越那幾座小山，鑽過遠山的樹林，然後下山進入伊拉蒂河谷。」我指給比爾看。

「不怕累死人嗎？」

「去那裡釣魚，一天往返太遠了，談不上輕鬆。」

「輕鬆。用詞用得巧。踩破鞋子走到那裡再回來，有沒有力氣釣魚都成問題。」

路很長，沿途景致優美，但我們後來走累了。我們來到一道陡降坡，這條路能帶我們脫離林木密集的丘陵區，進入工廠河的谷地。

馬路從林蔭底鑽進溽暑豔陽下。河谷在前方。河的彼岸有一座陡峭的山丘，山上種植著蕎麥。我們看見山腰的樹蔭有一棟白房子。天氣非常炎熱，我們來到河上一座水壩，在一旁的樹下歇腳。

比爾放下背包，靠樹幹擺著，和我協力組合釣魚竿，裝上捲筒，綁妥導線，準備開始垂釣。

「你確定這水裡有鱒魚嗎？」比爾問。

「滿滿整條河都是。」

「我想用飛蠅釣。你有沒有麥肯提飛蠅？」

「裡面有幾個。」

「你要用餌釣嗎？」

「對。我想在水壩這裡釣。」

「這樣的話，飛蠅盒子給我。」他綁妥一枚飛蠅。「我往哪裡去比較好？上游還是下游？」

「最好是下游。上游也有不少。」

比爾向河邊走下去。

「帶一罐蚯蚓去吧。」

「用不著。要是魚不咬飛蠅，我多甩幾下就好。」

比爾走下去，在河畔觀察水流。

「對了，」他提高嗓門喊，想壓過水壩嘩嘩流水聲。「路上不是有道山泉嗎？把我們那兩瓶酒泡進去冰一冰吧？」

「好。」我大喊回應。比爾揮揮手，開始往下游走。我從背包翻出兩瓶葡萄酒，往上坡走向山泉。泉水由一鐵管導引而出，上方以木板遮蓋。我掀開板子，按緊瓶口軟木塞，將酒瓶泡進泉水中，手指和手腕都被凍得麻木。我蓋回木板，希望酒不會被人撿走。

我拿起靠在樹幹上的釣竿，拾起魚餌罐和撈網，走上水壩頭。興建這水壩的用意在於形成集水區，以利沖刷原木至下游。現在水門開著，我坐在方形的木塊上，看著被攔阻成圍裙狀的無紋水面傾瀉成一道瀑布。壩底水花飛濺，深不見底。在我勾著蚯蚓之際，一條鱒魚從白花花的水裡騰躍進瀑布，繼而被沖走。在我還來得及勾好魚餌之前，又有一條鱒魚跳出水面，在空中劃出同樣優美的弧線，衝進轟隆隆沖刷著的瀑布。我綁好一只相當大的鉛錘，連同魚餌拋向木造水壩底部旁邊的白水裡。

不知不覺中，第一條鱒魚上鉤了，我拉竿時才發現，趕緊收竿，鱒魚掙扎的力道差點讓釣竿折腰。我把魚釣出瀑布尾澎湃的水面，甩上岸來，魚掉在水壩上。這條是一尾好鱒，我敲他的頭撞水壩面，他抖幾下躺平，被我收進袋子裡。

在我忙著收拾他的當兒，另有幾條鱒魚爭先蹦向瀑布。我補上魚餌再釣，轉瞬間再釣上一條，以同樣的方式甩上岸。不消一會兒，我已釣到六條，尺寸全差不多。我讓他們頭全朝同一方向並排。我看著自己的漁獲。這幾條鱒魚色澤華麗，魚身被冷水泡得豐實。天氣熱，所以我把魚肚子一一剖開，清除內臟和魚鰓抛向河裡，把清乾淨的魚帶至水邊，以壩頂穩重的冷水洗滌，然後摘幾片蕨葉墊進袋子裡，擺三條魚，上面覆蓋一層蕨葉，再擺三條魚進去，最上面再以蕨葉覆蓋。蕨葉上的鱒魚很中看。袋子變得沉甸甸，被我放進樹蔭。

水壩上熱得很，所以我把蚯蚓罐收進樹蔭，和魚袋擺一起。我從背包取出一本書，打算坐進樹蔭讀書，等比爾回來吃午餐。

正午過不久，樹蔭所剩無幾，但我找到兩株合抱的樹，背靠樹幹坐下閱讀。這本的作者是梅森[45]，故事引人入勝，描寫著一名男子在阿爾卑斯山上受凍，然後墜入冰河失蹤，新娘準備等他整整二十四年，盼能等到遺體在冰積層上重見天日，而她的真愛也苦苦等著她。比爾出現時，他們還在等。

「有沒有釣到？」他揮汗問，單手拿著釣竿、魚袋和撈網。瀑布聲震天，我剛沒聽見他的腳步。

「六條。你釣到幾條？」

---

45 梅森（A.E.W. Mason, 1865-1948），英國多產推理作家，作品曾改編成電影。海明威引用的是《Miranda of the Balcony》一書。

比爾坐下，打開魚袋，取出一條大鱒魚，擺在草地上，隨即再取出三條，一條比上一條稍大一些，並排在樹蔭下。他一臉熱汗，表情快樂。

「你的魚怎樣？」

「比較小。」

「拿出來看看吧。」

「全收好了。」

「到底多大條嘛？」

「全跟你最小的那條差不多。」

「你該不會釣到大魚，想瞞我吧？」

「是就好了。」

「全用蚯蚓釣到的嗎？」

「是的。」

「你這個懶蟲！」

比爾把鱒魚放回魚袋，拎著走向河畔，魚袋蓋子開著。他腰部以下濕淋淋，我知道他剛才必定涉水進河裡垂釣。

我走向泉水處，取出水中兩瓶葡萄酒。冰冰涼涼。我走回樹下，瓶身凝聚著水珠子。我擺出午餐，以報紙墊著，然後打開一瓶酒，另一瓶靠在樹幹上擺著。比爾從河邊回來，擦乾雙手，魚袋多了蕨葉而變得飽滿。

「嘗嘗這酒滋味怎麼樣，」他說。他拔掉軟木塞，舉瓶灌一口。「哇！喝到眼窩痠痛。」

「我們來喝喝看。」

這酒沁心涼，微帶鏽味。

「這葡萄酒不算劣質品嘛。」比爾說。

「冷涼能促進風味。」我說。

我們解開三小包午餐。

「雞肉。」

「有幾顆水煮蛋。」

「有沒有找到鹽巴？」

「先有蛋，」比爾說：「然後才有雞。連布萊恩[46]都懂這道理。」

「他死了。我昨天在報上讀到。」

「不會吧。不是真的吧？」

「是真的。布萊恩死了。」

蛋殼剝一半的比爾暫停動作放下。

「在座諸君，」他邊說邊打開報紙包住的雞腿。「為了布萊恩，本人在此顛倒順序，以向偉

46 布萊恩（William Jennings Bryan, 1860-1925），曾任美國國務卿，主張上帝創世論。

大庶民家[47]致敬。先吃雞，然後才吃蛋。」

「雞是上帝在星期幾創造的？想過嗎？」

「唉，」比爾吸吮著雞腿說：「我們哪曉得？凡人不應該質疑。我們在俗世上的日子不多，且讓你我歡慶、虔信並感恩。」

「吃顆蛋吧。」

比爾一手拿雞腿、另一手拿酒瓶比劃著。

「且讓你我為恩典歡慶。且讓你我善用天上的飛禽。且讓你我善用藤上的果實。兄弟，你願善用一些嗎？」

「你先請，兄弟。」

比爾長長灌一口。

「善用一點吧，兄弟，」他遞酒瓶給我。「你我切勿懷疑，兄弟。你我切勿伸出靈長類手指，勿探究雞籠中的神聖奧祕。且讓你我事事誠信之，說一聲——你跟我一起說吧——該怎麼說呢，兄弟？」他拿著雞腿指向我，繼續說：「這樣吧，我們可以說——我能挺胸說——你跟我一起說吧，跪著說，兄弟。世人切勿恥於下跪在大自然之中。要記得，樹林乃是上帝創始的第一座殿堂。且讓我們下跪說：『那可吃不得啊，夫人——那是門肯啊[48]』」

「來，」我說：「善用一點這個。」

我們再開另一瓶葡萄酒。

「怎麼了？」我說：「你不欣賞布萊恩嗎？」

「我愛布萊恩，」比爾說：「他在世時，我們情同兄弟。」

「你跟他是在哪裡認識的？」

「他和門肯和我全是聖十字的同學。」

「法蘭基・弗里許[49]也是。」

「騙人。法蘭基・弗里許讀的是福坦莫[50]。」

「我嘛，」我說：「在洛約拉大學，曼寧主教[51]和我是同窗。」

「騙人，」比爾說：「我和曼寧才是洛約拉大學的同窗。」

「你醉了。」我說。

「喝葡萄酒？」

「怎麼不會？」

「是濕度太重了，」比爾說：「應該把可惡的濕氣全趕走才對。」

「再喝一口吧。」

---

47 偉大庶民家（Great Commoner），布萊恩因推崇老百姓的智慧而有此稱號。

48 勸女讀者不可盡信門肯的作品。

49 法蘭基・弗里許（Frankie Frisch, 1898-1973），美國大聯盟棒球名人。

50 福坦莫（Fordham），當時是預科中學。

51 曼寧主教（Bishop Manning, 1866-1949）。

「我們只帶這一點兒嗎？」

「只帶這兩瓶。」

「你是什麼人，你知道嗎？」比爾看著酒瓶，充滿愛意。

「不知道。」我說。

「你被反酒聯盟收買了。」

「我和韋恩．惠勒[52]在聖母院是同學。」

「騙人，」比爾說。「韋恩．惠勒和我是奧斯丁商學院的同學。他是班代。」

「哼，」我說：「非剷除反酒聯盟不可。」

「有道理，老同窗，」比爾說：「非剷除反酒聯盟不可，至於酒，我可以帶著走。」

「你醉了。」

「喝葡萄酒？」

「喝葡萄酒。」

「搞不好真的醉了。」

「要不要睡個午覺？」

「好。」

我們躺下，頭在樹蔭裡，仰望著樹上。

「你睡著沒？」

「沒，」比爾說：「我剛在想東西。」

我閉上眼睛。躺在地上的感覺很好。

「對了，」比爾說：「布蕾特是怎麼一回事？」

「怎麼說？」

「你跟她是不是談過戀愛？」

「對。」

「多久？」

「斷斷續續拖了好久。」

「唉，可惡！」比爾說：「對不起了，老兄。」

「沒關係，」我說：「我已經不在乎了。」

「真的嗎？」

「真的。只不過，我倒寧願不提也罷。」

「被我問，你該不會不高興吧？」

「我幹嘛不高興？」

「我要睡了。」比爾說。他用報紙遮臉。

「聽著，杰克，」他又說：「你真的是天主教徒嗎？」

「嚴格說是。」

---

52 韋恩．惠勒（Wanye B. Wheeler, 1869-1927），美國律師，反酒聯盟領導人。

「『嚴格說』是什麼意思？」

「我不知道。」

「好吧，我可要睡了，」他說：「別囉哩囉嗦的，害我睡不著。」

我也睡了。醒來，我看見比爾正在收拾背包。傍晚了，樹影拖長，延伸到水壩上。席地而睡的我肢體變遲鈍。

「你剛怎麼了？醒來了嗎？」比爾問：「幹嘛不在這兒睡過夜？」我伸伸懶腰，揉揉眼。

「我剛做了一場美夢，」比爾說：「內容不記得了，總之是一場美夢。」

「我好像沒做夢。」

「你應該多多做夢嘛，」比爾說：「事業最成功的男人全是夢想家。看看福特。看看柯立芝[53]。看看洛克斐勒。看看喬．大衛森[54]。」

我拆解兩人的釣竿，放回釣竿盒，把捲軸放回釣具袋。比爾已經收拾好背包，我們把魚袋之一放進去，另一袋由我提著。

「好了，」比爾說：「全帶齊了沒？」

「還有蚯蚓。」

「你的蚯蚓。放進這裡吧。」

背包已上他的肩，我把蚯蚓罐放進有摺蓋的側袋。

「這下子全帶齊了吧？」

我四下看看榆樹下的草地。

「齊全了。」

我們走上坡，進入樹林裡。回鎮上的路途漫長，下山橫越原野時已天黑，進市區前往客棧的路上兩旁民房窗戶裡亮著燈火。

我們在鎮上住了五天，魚釣得暢快。夜冷日熱，即使暑熱當空也總有涼風習習。天氣夠熱，所以涉水入河泡冷水感覺舒暢，出水坐岸上，太陽一曬即乾。我們找到一條溪，水深能游泳。每晚，我們和英國人哈里斯玩三人橋牌。哈里斯從聖尚皮耶德波爾[55]徒步走來布格帖，投宿這間客棧想釣釣魚。他為人非常和善，曾隨同我倆去伊拉蒂河垂釣兩次。羅伯特・寇恩不曾捎來隻字片語，布蕾特和麥可亦然。

---

53 柯立芝（Calvin Coolidge, 1872-1933），當時的美國總統。

54 喬・大衛森（Jo Davidson, 1883-1952），美國雕塑家。

55 聖尚皮耶德波爾（Saint Jean Pied de Port），法國庇里牛斯山小鎮。

第十三章

有天早晨，我下樓用早餐，英國人哈里斯已在餐桌就座，戴著眼鏡閱報，見我下來，舉頭對我微笑。

「早安，」他說：「有封你的信。我剛去郵局，他們連同你的信一起交給我。」

信在我的桌位上，靠著咖啡杯立著。哈里斯繼續看報紙。我拆信看。信是從潘普洛納轉寄而來的，日期是週日，發自聖塞巴斯提安。

親愛的杰克，

我們週五抵達此地，因為布蕾特在火車上暈倒了，只好帶她來向老友借住三天休息。我們週二即將前往潘普洛納的蒙托亞飯店，時辰未定。請你藉公車捎信告知週三如何與你們會合。在此致上愛與歉意，遲到實在是因為布蕾特身體不好，到週二應能康復。現在的她其實已大有起色。我對她清楚得很，能盡可能照料她，但實際上不太容易。敬祝各位安好。

麥可

「今天星期幾？」我問哈里斯。

「星期三吧。對，沒錯。星期三。人在深山裡，住到今天星期幾都糊塗了，感覺真棒。」
「是的。我們住了將近一個星期。」
「希望你們該不會想走了吧？」
「是的。我們搭下午的客運走，很遺憾。」
「太不巧了吧。我本來還指望能再一起去伊拉蒂河釣魚一次。」
「我們趕著去潘普洛納。我們和人約在那裡見面。」
「我運氣太背了。來布格帖遇到你們，玩得正開心啊。」
「一起去潘普洛納吧。我們可以打打橋牌，而且那裡就要舉辦一場慶典，好玩得不得了。」
「我是樂意去。有你邀我去，太榮幸了。可惜我最好還是待在這兒。魚還沒釣個盡興。」
「你想多釣幾條河裡的大魚。」
「的確想啊，你知道。特大號的鱒魚游來游去。」
「我也想再試試身手。」
「儘管試。改天再回來吧。行行好。」
「我們真的非去潘普洛納不可。」我說。
「多可惜啊。」
早餐後，比爾和我曬太陽取暖。我們坐在客棧門外的長椅上談行程。一名女孩從市中心的路上走來，停在我倆面前，從掛在裙子上的皮夾子取出一份電報。
「是給兩位的嗎？」

我看著電報上注明：「巴恩斯，布格帖。」

「正是。」

她取出一本冊子，要我簽名。我賞她兩枚銅板。電報以西班牙文寫著：

VENGO JUEVES COHN

我交給比爾看。

「『寇恩』這字是什麼意思？」他問。

「發什麼爛電報嘛！」我說：「同樣的價錢可以發十個字，卻只發『我週四來』。神祕兮兮的，對吧？」

「讓寇恩能盡情搞他的神祕。」

「反正我們就要過去了，」我說：「慶典快到了，犯不著勞駕布蕾特和麥可來這裡再回潘普洛納。要不要回覆？」

「也好，」比爾說：「我們沒必要耍大牌。」

我們走去郵局，索取一張電報單。

「該怎麼回？」比爾問。

「寫『今晚抵達』就可以。」

我們繳完費，走回客棧。哈里斯在裡面，陪我們一同散步去隆塞斯瓦耶斯逛修道院。

離開修道院時，哈里斯說：「很特別的地方。可是你們知道，我對這種地方不太感興趣。」

「我也是。」比爾說。

「不過，這地方是很特別沒錯，」哈里斯說：「我自己一個人，絕對不會來這兒參觀。幾天前，我就天天想來這裡逛了。」

「只不過，滋味跟釣魚不一樣，對吧？」比爾問。他很欣賞哈里斯。

「不一樣。」

我們站在修道院的舊禮拜堂前面。

「對面那間是不是小酒館？」哈里斯問：「還是我眼睛花了？」

「看起來是小酒館沒錯。」我說。

「好啊，」哈里斯說：「且讓你我加以善用吧。」他被比爾的用語傳染到了。

我們各點一瓶葡萄酒。哈里斯堅持請客。

他的西班牙語說得相當溜，客棧老闆不願收我們的錢。

「對了。能與你們兩個同在，我感覺多麼受用，你們一定不知道。」

「我們玩得開懷，哈里斯。」

哈里斯有點醉意。

「對了。真的，你們不曉得多麼受用。大戰至今，我開心的日子不多。」

「我們有空可以再一塊兒釣魚。你可別忘記，哈里斯。」

「一言為定。我們的確是玩得很開心。」

「再合喝一瓶吧。」

「好主意。」哈里斯說。

「這瓶算我的，」比爾說：「不然就別喝。」

「但願你能讓我請客。請客是我一大榮幸啊，你知道。」

「我請這瓶也感到榮幸。」比爾說。

老闆帶第四瓶過來。我們的酒杯照舊。哈里斯舉杯。

「對了。你知道，這能善用再善用啊。」

比爾拍拍他的背。

「好漢子哈里斯。」

「對了。你知道，我的姓其實不是哈里斯，而是威爾森-哈里斯。複姓。中間加個連字號，懂吧？」

「好漢子威爾森-哈里斯，」比爾說：「我們稱呼你哈里斯，是因為我們看重你。」

「對了，巴恩斯。你不曉得，這對我有多麼受用。」

「好了，再善用一杯吧。」我說。

「巴恩斯。真的，巴恩斯，你不可能明白的。就這樣。」

「乾杯吧，哈里斯。」

我們從隆塞斯瓦耶斯往回走，哈里斯走在我倆之間。我們在客棧吃午餐，哈里斯送我們去客運站。他留名片給我們，上面注明著倫敦住址以及俱樂部和公司地址。我們坐進公車後，他再給我們一人一信封。我打開我的，裡面有十幾枚飛蠅，全由哈里斯自製。哈里斯用的飛蠅全由他親手精製。

「對了，哈里斯——」我說到一半。

「不，不！」他說。他正要下公車。「不是什麼一流的飛蠅啦。我只認為，改天你去釣魚，也許這飛蠅能勾起眾樂樂的往事。」

公車啟動了。哈里斯站在郵局前。他揮揮手。車子上路後，他轉身走回客棧。

「那個哈里斯很棒吧，對不對？」比爾說。

「我覺得他是真的玩得很開心。」

「哈里斯？絕對是。」

「要是他能一起去潘普洛納就好了。」

「他想多釣一些魚。」

「是的。英國同胞如果被湊一起，能不能和好相處也不一定。」

「也對。」

傍晚，車子駛進潘普洛納，停在蒙托亞飯店前。廣場上，商家為迎接慶典而牽電線打燈。幾名兒童見公車來，蜂擁而至，市府海關人員命令下車乘客全打開行李，放在人行道上。我們進旅館，在樓梯上遇見蒙托亞。他和我們握握手，尷尬微笑著。

「你的朋友們來了。」他說。

「坎貝爾先生？」

「是的。寇恩先生和坎貝爾先生和艾敘理夫人閣下。」

他意有所指地微笑著。

「他們什麼時候到？」

「昨天。我為兩位預留了你們住過的房間。」

「很好。你有沒有給坎貝爾先生面對廣場的房間？」

「有。房間我們全看過了。」

「現在他們在哪裡？」

「好像去打回力球了。」

「鬥牛呢？」

蒙托亞微笑著。「今天晚上，」他說：「今天晚上七點鐘，韋亞爾牛會被載過來，明天的品種是繆拉。你們全想去看嗎？」

「是啊。他們從沒看過鬥牛出籠。」

蒙托亞一手放在我肩膀上。

「到時候見。」

他再一次微笑。他的笑容總意味著，鬥牛是我倆心照不宣的天機，是驚天動地卻唯獨我倆知道的大祕密。他的笑總意味著，這祕密帶有淫穢的成分，不足為外人道，我們卻能會心明瞭。向不諳此道者透露也是白搭。

「你這位朋友，他也是aficionado（熱中者）嗎？」蒙托亞微笑說著，意指比爾。

「是的。他遠道從紐約過來，特地要看聖費爾明節[56]。」

「是嗎？」蒙托亞禮貌性質疑著。「可是，他不如你熱中吧。」

他一手又落在我肩膀上，態度尷尬。

「不對，」我說：「他是真正的熱中者。」

「可是，他不如你熱中。」

西班牙文afición指的是沉迷熱愛。「熱中者」是熱愛鬥牛賽的人士。優秀的鬥牛士無不投宿蒙托亞飯店，換言之，有熱中才住這裡。銅臭味重的鬥牛士或許也會來住，住過一次就再也不上門。優秀鬥牛士年復一年都來。蒙托亞的房間裡掛滿鬥牛士相片，致贈對象是胡安尼托．蒙托亞或他的姊妹。蒙托亞真正重視的鬥牛士，一個個全裱框。缺乏熱中的鬥牛士，相片全被蒙托亞收進辦公桌抽屜裡。通常這類相片的獻詞溢美，卻不具任何意義。有一天，蒙托亞把抽屜裡的相片全清出來，扔進廢紙簍。他嫌占地方。

我和他常聊蠻牛和鬥牛士。我已連續數年光顧蒙托亞了。我們不曾長談闊論。雙方發現彼此心靈相通，樂在心中而已。遊客自遠方來潘普洛納，臨行前不忘和蒙托亞聊聊鬥牛經，片刻即止。這些人屬於熱中者。即使飯店爆滿，熱中者照樣有房間可住。蒙托亞介紹我認識幾位。初相識，他們對我總是十分客套，得知我是美國人，他們大感興趣。不知何故，他們主觀認定美國人不可能熱中鬥牛。美國人是可能故作熱中，也可能誤以為興奮即熱中，但美國人絕無可

56 聖費爾明節，費爾明（Fermín）是西元三世紀潘普洛納首位主教，聖績已不可考。

能真的熱中鬥牛。熱中者相由心生，無需暗號，用不著問特定的問題即能套出關鍵，比較像是口頭上驗證信仰是否堅貞，問話總是語帶防禦問，從不開門見山問。他們一見我真心熱中，總尷尬伸手放我肩膀上，或者以「好傢伙」稱呼我。但幾乎每次必定有實際上的碰觸，感覺像他們想摸摸你，以確定真有其人。

熱中的鬥牛士犯再大的錯，蒙托亞都能原諒。鬥牛士如果怯場、恐慌、使出無法解釋的劣招、各種疏失頻頻犯，蒙托亞無不寬容以待。對方如果心懷熱中，蒙托亞什麼都原諒。因為我是熱中者，我的朋友再怎麼不稱頭，他全能原諒我。此事僅僅是我倆心知的小醜事一樁，好比鬥牛場上馬匹被戳得肚破腸流，他無需多言。

我和蒙托亞進來時，比爾已上樓去了。我去比爾房間找，他正在盥洗換裝。

「怎樣？」他說：「劈裡啪啦聊了一堆西班牙文嗎？」

「他告訴我，猛牛今晚會進來。」

「我們去找那夥朋友，一起過去看吧。」

「好。他們大概正在咖啡館坐。」

「你買了入場券嗎？」

「買了。我幫他們買票去看蠻牛出籠，看個夠。」

「有什麼看頭？」他照著鏡子，扯一扯臉頰皮，查看腮幫子外圍是否刮乾淨。

「相當精采，」我說：「鬥牛被放出籠子，一次放一隻，圍欄裡有幾隻閹牛迎接牠們，防止牠們互鬥，牠們會反過來衝撞閹牛，閹牛會像老處女到處奔走，努力安撫牠們。」

「牠們會不會刺中閹牛？」

「會。有時候，蠻牛會衝著牠們而來，刺到牠們死。」

「閹牛拿不出對策嗎？」

「對。牠們會盡量想交朋友。」

「既然這樣，為什麼把閹牛和鬥牛關在一起？」

「為了安撫鬥牛，預防鬥牛亂戳石牆，把牛角戳斷了，也防止牠們彼此亂刺一通。」

「當閹牛的滋味一定爽翻天。」

我們下樓外出，穿越廣場至伊倫尼亞咖啡館。廣場上有兩座狀極寂寞的售票亭，店名是「陽陽影影」的窗戶關著。慶典前一日才開張。

伊倫尼亞咖啡館的白色藤桌椅向外擴散，超出拱廊，蔓延至路旁。我尋找布蕾特和麥可坐的一桌。有了。布蕾特和麥可和羅伯特．寇恩。布蕾特戴巴斯克民族的貝雷帽。麥可也是。羅伯特．寇恩戴眼鏡不戴帽。見我們接近中，布蕾特招招手。我們來到桌前，她眉開眼笑。

「哈囉，你們兩個！」她高聲說。

布蕾特好快樂。麥可握手，總有法子握出一份勁道。羅伯特．寇恩握手是因為我們回來了。

「你溜去什麼鬼地方了？」我問。

「我帶他們來這裡。」寇恩說。

「什麼鬼話，」布蕾特說：「要不是你來找我們，我們早就來了。」

「要不是我，你們永遠不會來。」

「什麼鬼話！你們兩個曬得好黑呀。看看比爾。」

「釣魚釣得開心吧？」麥可問：「我們本來也想一起去。」

「還不賴。遺憾你們沒來。」

「我是很想去，」寇恩說：「不過，我想我最好還是去接他們過來。」

「你接我們。什麼鬼話。」

「真的釣得開心嗎？」麥可問：「釣到很多嗎？」

「有幾天，我們一人釣上十幾條。那裡另外有個英國人。」

「姓哈里斯，」比爾說：「認不認識他啊，麥可？他也打過大戰。」

「算他命好，」麥可說：「我們打得多風光啊。我多麼但願能重溫那段日子。」

「少驢了。」

「麥可，你打過大戰嗎？」寇恩問。

「沒打過才怪。」

「他可是功勳彪炳呢，」布蕾特說：「快告訴他們，你的馬亂跑、衝進皮卡迪利鬧區逛大街那次。」

「不提。我已經講過四遍了。」

「我怎麼沒聽你提過。」羅伯特・寇恩說。

「我不想再提了。有損我名譽。」

「那就提一提你的動章吧。」

「不提。那件事大大損害我名譽。」

「哪一件事？」

「布蕾特改天會告訴你們。有損我名譽的事，全被她講盡了。」

「快點，講給我們聽聽，布蕾特。」

「要我講嗎？」

「我親自講吧。」

「你領過什麼勳章，麥可？」

「我一個勳章也沒有。」

「你一定有幾個吧。」

「常見的那幾種，我大概有吧。不過我從來沒去領回家。有一次，有人辦了一場好盛大的晚宴，邀請到威爾斯親王，邀請函規定要佩戴勳章。我當然是沒勳章可戴。我去找裁縫師，他覺得獲邀是件不得了的大事，我認為他很會做生意，於是我對他說：『你幫我張羅幾個勳章吧。』他說：『什麼樣的勳章，先生？』我說：『隨便什麼勳章都行。找幾個給我就是了。』他聽了說：『你領過什麼勳章，先生？』我說：『我哪曉得？』他難不成以為，本大爺沒事做，成天看報紙？我說：『多幫我找幾個就是了。你自己挑。』於是，他給我幾個勳章，你知道，就是迷你勳章，把整盒子交給我，我放進口袋就忘了。後來，我出席晚宴，那天晚上亨利·威爾遜准男爵[57]正好中彈，結果威爾斯親王沒來，國王也沒來，更沒人戴勳章，大家忙著摘勳章收起來，而我的勳章擺口袋裡。」

他歇口，等我們哈哈笑。

「就這樣而已？」

「就這樣而已。可能是我講得不夠精采。」

「對，」布蕾特說：「算了吧，沒關係。」

大家全笑了。

「啊，對，」麥可說：「我記起來了。那場晚宴悶透了，我坐不住，所以走了。那天後來，我發現口袋有個盒子。什麼東西？我說。勳章？什麼鬼軍徽？勳章不是全縫在一條布上面嗎？我拿出來，一個個全剪掉，全被我送走了。見一個女孩就送一個。當成紀念品送。她們以為我是個了不起的軍人啊。在夜總會送走勳章。夠瀟脫吧。」

「接下來的部分也要講。」布蕾特說。

「你們不覺得好笑嗎？」麥可問。大家全笑了。「是很好笑。我發誓是很好笑。後來，裁縫師寫信給我，想討勳章回去。還派一個男人過來討。好幾個月一直發信催我。據說勳章是顧客留下來請他清洗的。某個很威風的軍人。對勳章重視得半死。」麥可稍事停留。「裁縫師倒大楣了。」他說。

「才不會，」比爾說：「我倒覺得裁縫師走運了。」

「高明得不得了的裁縫師。現在死也不肯見我了，」麥可說：「以前，我每年付一百英鎊請他保密。所以他不寄帳單給我。我破產以後，他受到天大的打擊啊。是在勳章事件之後。他的信寫得很怨。」

「你是怎麼破產的？」比爾問。

「方式有兩種，」麥可說：「先是漸進式，然後是突發式。」

「癥結是什麼？」

「朋友，」麥可說：「我交了好多朋友。偽友。然後我也有一大群債權人。我的債權人之多，在英國可能沒人能比。」

「法庭上的事也提一提吧。」布蕾特說。

「我不記得了，」麥可說：「在法庭上，我只有點醉。」

「醉！」布蕾特驚呼。「你都醉瞎眼了！」

「提一件不得了的大事，」麥可說：「前幾天我遇到以前的合夥人。他請我喝一杯。」

「也提一提你那位博學律師。」布蕾特說。

「不提，」麥可說：「我的博學律師也醉瞎了眼。對了，這檔子事太哀怨了。我們到底要不要去看蠻牛下車啊？」

「我們走吧。」

---

57 亨利．威爾遜准男爵（Henry Wilson, 1864-1922），一次大戰英國陸軍大將，在自家門口遭愛爾蘭共和軍刺客襲擊身亡。

我招侍應過來，付完費，開始穿越市區。起初，我陪布蕾特走，不料羅伯特．寇恩跟過來，走在她另一邊，變成三人行，走過市政廳，見陽台上掛著橫幅旗幟。我們路過市場，行經陡降坡，下至亞爾嘉河上的橋。步行前往的人群眾多，也有馬車由坡頂而下，行駛過橋，有馬伕，有馬匹，高高舉起的皮鞭露在路人上方。過橋後，我們踏上前往牛欄的路，途經一家葡萄酒商行，櫥窗廣告著：美酒一公升三毛錢。

「將來資金快見底時，我們就來這裡。」布蕾特說。

葡萄酒商行的門口站著一婦人，看著我們路過，隨即轉頭對店內呼喚一聲，三女孩湊向窗口向外望。全盯著布蕾特看。

在圍欄區的柵門口，兩男收著入場券。我們入內。圍欄裡有幾株樹，也有一棟矮小的石屋，盡頭是石牆。每一座圍欄石牆岩磚表面有一排類似狹孔的裝置，有梯子供人登上石牆，民眾紛紛爬梯上牆頭，各自找空位站在兩座圍欄之間。我們走向梯子途中，先走過樹下的草地，隨後經過幾座漆成灰色的大籠子，裡面關著蠻牛，每個運送箱裡各關一隻，剛下火車，全來自卡斯提爾一座繁殖蠻牛的牧場。在火車站，牠們被搬上平板卡車運送至此地，等著被釋放進圍欄中。每一籠都模印著飼主姓名與牲口烙印圖案。

我們登梯而上，在牆頭找到看得見圍欄內部的位置。石牆塗著白色泥水漆，地上鋪著乾草，牆腳是木造飼料箱和水槽。

「看那邊。」我說。

河另一邊聳立著市區所在的高地。老石牆和土牆上站滿人。三道城牆上站著黑黑三條人龍。比城牆更高處，民房窗口也有人頭蠢動。在高地最遠的一側，幾個男孩爬到了樹上。

「他們一定以為有大事快發生了。」布蕾特說。

「他們想看蠻牛。」

麥可和比爾在圍欄另一邊的牆上。他們對我們招手。晚一步來的觀眾擠在我們背後，被人推擠時緊貼我們。

「為什麼還不開始？」羅伯特・寇恩問。

一頭騾子被拴在牛籠上，將籠子拖向圍欄門，再由幾名壯漢拿撬槓拖抬，靠在柵門邊。柵門兩旁的牆頭站著幾名男人，等著向上開啟圍欄門，然後打開牛籠子。圍欄另一頭的柵門打開了，兩隻閹牛進來，甩著頭，小跑進場，抖著精瘦的腹脅肉。牠們遠遠站一起，面向蠻牛即將進場的那道門。

「牠們看起來不太高興。」布蕾特說。

牆頭人彎腰使勁拉起柵門，然後打開牛籠。

我彎腰向前，想看清籠內動態，只見裡面漆黑一片。有人拿鐵桿亂敲籠子。籠裡似乎有東西炸開了。一匹蠻牛在裡面橫衝直撞，牛角猛戳著木板，發出極大的聲響。隨即，我看見黑黑的牛鼻和牛角的黑影，接著空籠子的木板轟隆一聲，蠻牛奪籠而出，進入圍欄，緊急止步時，前蹄在乾草上打滑，頭高高抬起，望著牆頭上的人群，繃緊粗頸上的大塊肌肉，渾身肌肉跟著顫抖。兩頭閹牛急忙靠邊站，垂頭觀察著蠻牛。

蠻牛看見牠們，對牠們衝刺而去。一名男子躲在籠子後面吆喝，拿著帽子拍打籠子上的木板，眼看即將撞擊閹牛的蠻牛轉身，鼓起力氣，衝向籠子後面的男子，以右角急戳木板五、六下試探。

「我的天啊，牠好美，不是嗎？」布蕾特說。我們直盯著蠻牛。

「看牠多麼懂得怎麼用牛角，」我說：「有左有右，像拳擊手一樣。」

「不太像吧？」

「妳等著瞧。」

「太快了。」

「等著。待會兒另外有一條。」

另有一籠子被推向柵門口。最遠一角落有個男人，躲在木板避風港後面吸引蠻牛注意，趁蠻牛轉頭看其他地方的時候，男人趕緊拉開柵門，放第二頭蠻牛進入圍欄。

牠對準閹牛直奔而去，兩人從木板後面衝出來，大喊大叫，希望牠轉身。見牠方向不變，兩人再呼喊：「哈！哈！蠻牛！」揮舞著手臂。兩頭閹牛轉身側對著牠，準備接受撞擊，其中一隻被蠻牛刺中。

「不要看。」我對布蕾特說。她看得出神。

「無所謂，」我說：「如果妳沒被嚇到的話。」

「我看見了，」她說。「我剛看見牠左角換右角。」

「厲害吧！」

閹牛不支倒地了，脖子伸直，牛頭扭來扭去，就地躺著。忽然，蠻牛掉頭就走，矛頭對準遠遠站著的另一隻閹牛。閹牛甩著頭，全看在眼裡。閹牛拔腿跑，動作彆扭，被蠻牛追上，腹脅部位被牛角輕輕頂一下。蠻牛隨即轉頭，仰望牆頭上的民眾，鼓起雄壯的肌肉。閹牛走向牠，作勢以鼻頭磨蹭牠，蠻牛以牛角頂一頂牠，態度敷衍。接著，牠也以鼻子磨蹭閹牛，然後兩牛一同朝著另一隻蠻牛小跑而去。

又有一隻蠻牛出籠後，兩蠻牛和一閹牛一起並肩站著，牛角全對準新來的蠻牛。不消幾分鐘，閹牛和新牛接觸了，安撫牠，讓牠成為牛群的一員。最後兩隻蠻牛進場後，整群牛全站在一起。

被捅傷的閹牛已重新爬起來，倚著石牆站，整群牛不願接近牠，牠也沒有加入牛群的意圖。我們隨民眾下石牆，透過圍欄狹孔再看牛群最後一眼。現在，牠們全鎮靜下來了，頭低低的。我們在圍欄外招到一輛馬車，前往咖啡館。麥可和比爾於半小時後抵達。剛才他們半路下車去喝了幾杯。

我們一同坐在咖啡館裡。

「那場面不同凡響啊。」布蕾特說。

「後來進場的那幾隻，戰力能和第一隻相比嗎？」羅伯特．寇恩問：「牠們好像三兩下就鎮定了。」

「牠們彼此都認識，」我說：「牠們只在落單時，或者是在只有兩三隻的時候才凶猛。」

「才凶猛？什麼意思？」比爾說：「依我看來，牠們每一頭看起來都好凶猛。」

「牠們只在落單時才開殺戒。當然，假如你進裡面去，大概會從牛群引來其中一隻，牠就會變凶。」

「太複雜了吧，」比爾說：「麥可，你可別害我離群喔。」

「對了，」麥可說：「那幾頭蠻牛真的很不錯，是吧？看見牠們的牛角沒？」

「沒看見才怪，」布蕾特說：「我今天才見識到牛角多厲害。」

「那隻閹牛被捅倒了，看見沒？」麥可問：「不得了。」

「閹牛真命苦。」羅伯特．寇恩說。

「可不是嗎？」麥可說：「羅伯特，我本來還以為你愛當閹牛。」

「這句話是什麼意思，麥可？」

「閹牛的日子多麼平靜。牠們一句話也不說，成天當跟屁蟲。」

我們聽了好尷尬。比爾哈哈一笑。羅伯特．寇恩動怒了。麥可還沒講完。

「我猜你喜愛閹牛人生。你一句話也用不著講。怎麼了，羅伯特，快講話啊。別呆呆坐著嘛。」

「我剛有開口啊，麥可。你不記得嗎？我提到閹牛的事。」

「是嗎，再多講一點嘛。講點風趣話。大家在這裡開心坐一起，你沒看見嗎？」

「好了好了，麥可。你醉了。」布蕾特說。

「我才沒醉。我相當認真。羅伯特．寇恩真的像閹牛，成天黏著布蕾特到處跑，對不對？」

「住嘴，麥可。盡量表現出一點教養吧。」

「教養個屁。這世上誰有教養？人養的蠻牛除外。那批蠻牛很中看，對不對？你不喜歡牠們嗎？比爾？羅伯特，你幹嘛不講話？別坐在那裡如喪考妣似的。布蕾特跟你上過床又怎樣？跟她上過床的人當中，比你強的多得是。」

「住嘴，」寇恩說。他站起來。「住嘴，麥可。」

「唉，別站起來裝得像你想揍我。我才不怕。告訴我，羅伯特。你為什麼學該死的閹牛，跟著布蕾特到處跑？人家不要你，你難道不懂嗎？人家不要我的時候，我一看就懂。人家不要你的時候，你為什麼不懂？人家不要你，你卻跑去聖塞巴斯提安，像一頭該死的閹牛，黏著布蕾特到處跑。你覺得像話嗎？」

「住嘴。你醉了。」

「醉了又怎樣。你為什麼不醉？你為什麼從來都不醉，羅伯特？你自己清楚，你去聖塞巴斯提安玩得不開心，是因為我們的朋友沒有一個肯邀你聚會。你總不能怪罪他們吧，對不對？我請他們邀你。他們不願意。你總不能怪罪他們吧，對不對？快回答我啊。你能怪罪他們嗎？」

「下地獄去吧，麥可。」

「我不能怪罪他們。你能怪罪他們嗎？你幹嘛黏著布蕾特到處跑？你不懂得禮儀嗎？我的心情會怎樣？你想過嗎？」

「你配談禮儀嗎？臉皮真厚，」布蕾特說：「你現在的言行舉止太迷人了。」

「我們走吧，羅伯特。」比爾說。

「你幹嘛一直黏著她？」

比爾起身，拉著寇恩。

「別走別走，」麥可說：「羅伯特．寇恩打算請喝一杯。」

比爾帶著寇恩離去。寇恩面如土色。麥可繼續講。我坐著聽一會兒。布蕾特面露嫌惡。

「我說啊，麥可，你可以不要那麼刁難人嘛，」她打斷他的話，隨即改面對我說：「你知道，我並不是說他講的沒道理。」

麥可語氣不再激動。大家又恢復朋友一場。

「我剛講醉話，人其實沒爛醉成那樣。」他說。

「我知道你沒醉。」布蕾特說。

「我講的沒有一句不是真心話。」

「只怪你措辭不當。」布蕾特笑著說。

「不過，他是個混帳沒錯。人家不要他，他偏偏去聖塞巴斯提安，黏著布蕾特，對著她**看個不停**。我看了噁得半死。」

「當時他確實舉止不當。」布蕾特說。

「所言甚是。布蕾特不是沒跟野男人有過一腿，她全對我老老實實交代過了。寇恩寫給她的信，她也給我看過。是我不願意看而已。」

「你好高尚喔。」

「才不是。杰克，聽著。布蕾特跟野男人跑掉不只一次。差別在於，那幾個沒有一個是猶太人，而且事後他們也不會回來纏人。」

「那幾個傢伙好得不得了，」布蕾特說：「提這全是鬼話。麥可和我彼此很了解。」

「她讓我看羅伯特．寇恩寫的信。我不願意看。」
「親愛的，不管是誰的信，你都不肯看。我寫的信，你也不肯看。」
「我沒辦法讀信，」麥可說：「很怪吧？」
「不管是什麼，你都沒辦法讀。」
「妳錯了。我常讀東西。我在家常常閱讀。」
「接下來你會說，你文筆很好，」布蕾特說：「得了吧，麥可。看開一點嘛。你現在一定要忍著點。他都已經來了。別掃慶典的興。」
「可以啊，叫他規矩一點。」
「他會守規矩的。我會勸他。」
「你去勸他，杰克。叫他守規矩，不然滾蛋。」
「對，」我說：「由我去勸比較好。」
「對了，布蕾特。羅伯特是怎麼稱呼妳的，講給杰克聽聽。太絕了。」
「唉，不好啦。我講不出口。」
「快講快講。我們全是好朋友。杰克，我們不全是好朋友嗎？」
「我講不出口。太荒唐了。」
「我來講。」
「不要啦，麥可。少驢了。」
「他說她是希臘神話裡的瑟西女神，」麥可說：「他聲稱，她會把男人變成豬玀。妙透了。

要是我也能文謅謅該多好。」

「他能成氣候的，你知道，」布蕾特對我說：「他信寫得不錯。」

「我知道，」我說：「他在聖塞巴斯提安寫過一封信給我。」

「那算什麼？」布蕾特說：「他的信能寫得妙筆生花。」

「那封是她逼我寫的。因為她裝病。」

「我那天是真的身體不舒服。」

「我們走吧，」我說：「該回去吃飯了。」

「我該怎麼面對寇恩？」麥可說。

「假裝若無其事就好。」

「我倒是無所謂，」麥可說：「我不覺得丟臉。」

「如果他提起，你就推說你講的是醉話。」

「沒錯。好笑的是，我現在覺得剛才確實是醉了。」

「走吧，」布蕾特說：「這幾杯毒酒付過錢了嗎？我想在晚餐前洗個澡。」

我們穿越廣場。天黑了，拱廊下的各家咖啡館全亮著燈。我們踩著碎石子，從樹下走向飯店。

他們上樓，我去找老闆蒙托亞聊幾句。

「怎樣？你覺得那幾頭牛如何？」他問。

「很不錯。全是好牛。」

「牠們還好而已——」蒙托亞搖搖頭——「還不算太好。」

「牠們哪一點讓你看不上眼？」

「不清楚。直覺上，牠們不太好。」

「我懂你的意思。」

「牠們還可以。」

「是的。牠們還可以。」

「你的朋友們喜歡牠們嗎？」

「還好。」

「那就好。」蒙托亞說。

我上樓去。比爾站在他房間的陽台上，瞭望著廣場。我站到他身旁。

「寇恩哪裡去了？」

「在樓上，他自己的房裡。」

「他心情怎樣？」

「爛透了，那還用講嗎？麥可剛才太過分了。他醉的時候很可怕。」

「他沒那麼醉。」

「騙鬼。我和他到咖啡館之前，就喝了好幾杯了。」

「他後來酒醒了。」

「那就好。剛才他好可怕。天知道我不喜歡寇恩，而我認為寇恩跑去聖塞巴斯提安是搞無聊的把戲，話說回來，誰也沒權利用麥可那種話數落人。」

「你喜歡那幾頭牛嗎？」

「喜歡。放牠們進場的方式很特別。」

「明天換繆拉品種的牛出場。」

「慶典什麼時候開始？」

「後天。」

「我們絕對不能讓麥可再爛醉。講那種話太可怕了。」

「我們最好盥洗一下，準備晚餐了。」

「是的。這一頓應該會吃得和和氣氣。」

「可不是嗎？」

結果，晚餐竟然吃得和和氣氣。布蕾特穿著黑色無袖晚禮服，姿色不俗。麥可佯裝若無其事。我上樓去請羅伯特・寇恩下來。他顯得含蓄拘謹，臉皮仍僵，面如土色，但他最後心情好轉了。他忍不住一直看布蕾特。一直看，他似乎因而開懷。見布蕾特如此風姿綽約，自己曾偕她同遊一事變得人盡皆知，寇恩心裡必定喜孜孜。誰也無法奪走這份喜悅。比爾言談非常風趣。麥可亦然。這兩人合得來。

這頓飯很像我記憶裡的特定幾場戰時晚餐。葡萄酒一杯接一杯，大家無視檯面下的暗潮，心知無法迴避的狀況即將降臨。酒精淹沒了我內心的反感，我感到愉快。感覺上，他們全是善良到極點的好人。

第十四章

幾點上床的，我沒印象了，只記得卸下衣褲，換上浴袍，站上陽台。我知道自己相當醉，進房間打開床頭燈，開始讀閒書。我讀的是屠格涅夫[58]短篇小說選集《獵戶手記》。可能同兩頁反覆讀了數次。我以前讀過這一則故事，現在卻覺得另有一番新意，鄉間情境變得異常清晰，頭殼裡的壓力也似乎鬆弛下來。我喝得醉醺醺，不想閉眼，怕整個房間天旋地轉。如果我繼續讀書，那種感覺會消失。

我聽見布蕾特和羅伯特・寇恩走樓梯上來。寇恩在門外道晚安，繼續上樓回自己房間。我聽見布蕾特進我隔壁。麥可已就寢。早在一小時前，他已經和我一起上樓來。布蕾特進房，麥可醒了，兩人交談著。我聽見他們有說有笑。我熄燈，試試能否成眠。沒有必要再讀書了。現在我能閉眼，不至於再覺得天旋地轉。但我睡不著。陷入黑暗，看待事物的眼光不同，有別於開燈看？豈有此理。啐！我曾悟透這道理，後來一連六個月，我夜夜開著燈睡覺。這又是一個聰明的想法。去他的女人。去妳的，布蕾特・艾敘理。

和女人交朋友很棒。棒透了。一開頭，你得先愛上女人，以此奠定友誼的根基。我一直把

58 屠格涅夫（Ivan Turgenieff, 1818-1883），俄國寫實主義文豪。

布蕾特當成朋友看待。我沒有設身處地為她想。我一直有獲得而無付出。這麼做，只會拖延帳單遞上桌的時刻。帳單遲早總會來。這是人盼得到的美事一樁。

我以為我已全部付清了。又不是讓女人一直付一直付一直付。無關報應或懲罰，只是交換一下價值罷了。你交出某物，以換取某物。或者，你為了得到某物而努力。為了取得某物，哪怕只換得一點好處，你總要付出。為我喜歡的事物付出，這是我常做的事，我因而換來一陣開心。付出的方式不外乎學到教訓、習得經驗、冒險嘗試、或繳錢。享受人生，就是學習如何值回票價、明瞭何時才值回票價。值回票價並非辦不到的事。這世界是個購物的好地方。感覺上，這套哲理完善。我認為，再過五年，這一套勢必和我曾奉行的其他好哲理一樣蠢。

只不過，這樣說或許不是事實。也許，走在人生路上，你確實能學到東西。學到什麼，我不在乎。我只想知道如何好好活在世上。也許，如果你能領悟好好活在世上的真諦，你就能從中體認到人生大道理。

只不過，我但願麥可對待寇恩的言行不是那麼殘酷。麥可酒品差。布蕾特酒品好。比爾酒品好。寇恩從不醉。麥可一醉到某種程度，言行會變得討人厭。看他出言中傷寇恩，我看得暗地裡叫好。只不過，我但願麥可不要傷人，因為事後我會因此討厭自己。能讓人事後恨自己的東西叫做道德。不對，背德才正確。講得堂而皇之。夜闌人靜時分，我能思考出來的狗屁太多了。什麼鬼話，我依稀聽得見布蕾特說。什麼鬼話！和英國人相處，難免養成用英式英語思考的習慣。英國人的口語——以中上階級而言——字彙一定比愛斯基摩語更少。我當然對愛斯基摩語一竅不通。說不定愛斯基摩語是一種優美的語言。改拿印地安的契羅基族打比方好了。我也對契羅基語一竅不通。英國人談吐以抑揚頓挫強調，能一言抵萬語用。只不過，我欣賞英國人。我喜歡他們的談吐。哈里斯就是。儘管如此，哈里斯不屬於中上階級。

我再開燈讀書。我讀著屠格涅夫。我喝多了白蘭地，如今腦筋過度敏感，讀過屠格涅夫以後會覺得似曾相識，好像自己親身經歷過。我能一生一世擁有。付出之後擁有，這又是好事一樁。接近破曉時分，我終於睡著了。

接下來兩天，潘普洛納一片寧靜，不再有人鬧事。市區正為了慶典而做準備。鬥牛賽當天早晨，蠻牛從圍欄衝刺而出，被趕向鬥牛場，在馬路上橫衝直撞。為防止牛群誤入巷弄，工人在巷口豎立門柱。工人挖坑植入木柱，每根都標明號碼站定位。市區外的高地上，在鬥牛場後面的操場上，員工練著長矛士[59]的座騎，命令駿馬在被烈日烤硬的地上踢正步奔馳。鬥牛場的大門開著，裡面有人正在打掃露天鬥牛場。有人在場子裡梳地灑水，木匠換掉保護牆上裂開或支撐力變弱的木板。一個人如果站在梳得平整的沙地邊緣，抬頭能看見冷清的看台上有幾名老嫗正在打掃包廂。

場外，從市區盡頭最後一條街到鬥牛場入口，圍牆已架設完畢，形成長長一道圍欄。在首場鬥牛當天一早，民眾將在這道圍欄裡被蠻牛追得滿街跑。在平原上，在牛馬園遊會的場地上，有幾名吉普賽人已在樹下席地而居。葡萄酒和火水酒的攤販正在擺設攤位。其中一攤標榜

59 長矛士（picador），騎馬以長矛刺傷牛，能激怒牛並耗損牛力，以利鬥牛士和牛對決。

著：牛茴香酒。布做的招牌掛在驕陽下的木板上。市中心的大廣場尚未做準備。我們坐在咖啡館院子的白色藤椅上，觀看公車一輛輛進來，卸下一群群前來趕集的鄉下人。我們看著公車滿載乘客再啟動，座位上莊稼漢的鞍囊各個圓鼓鼓，裡面滿是在市區採買的成果。除了高大的灰色客運車之外，廣場上唯一的動靜只有一群鴿子，以及拿水管對著廣場砂石地和路面灑水的一名男子。

入夜後是散步時光。晚餐後有一個鐘頭的光景，無論是漂亮的女孩、駐地前來的軍官、時髦的市民，大家全在廣場一側的街上散步，咖啡館則坐滿餐後的常客。

上午，我通常坐在咖啡館，閱讀幾份馬德里的報紙，然後進市區或出郊外散步。有時候比爾會跟著去。有時候，他會在自己房間閉門寫作。羅伯特・寇恩上午學習西班牙語，或去理容院刮鬍子。布蕾特和麥可從不在正午之前起床。我們全在咖啡館喝一杯苦艾酒。這段期間，日子過得平靜，沒有人醉酒。我上教堂兩、三次，一次由布蕾特陪同。她說她想聽我告解，但我告訴她，她不僅不可能聽告解，實際上的告解也不如她想像那麼有趣，更何況，她也聽不懂告解用的語言。走出教堂之際，我們遇見寇恩，儘管他明顯是尾隨我們而來，他的態度卻非常親和。我們三人結伴走向吉普賽人的營地，布蕾特請人為她算命。

這天上午天氣宜人，高山上空飄著幾朵高空白雲。昨天夜裡下過一場小雨，現在高地上涼爽，空氣清新，景觀也賞心悅目。我們都心情舒暢，也覺得安康，我對寇恩的態度也相當友善。在這樣的日子裡，遇到再大的壞事也不可能不悅。

這是慶典前的最後一天。

第十五章

七月六日星期天正午，慶典「爆發」了。沒有其他動詞能形容。一整天，人群不斷從鄉下湧進，但他們能融入市區，所以一般人不會留意到。廣場在烈日下平平靜靜，和往日並無二致。莊稼漢光顧著外圍的葡萄酒商行，喝酒等著迎接慶典。他們甫從平原和丘陵區趕來，價值觀無法在一夕之間改變，只能漸次適應。他們不能一開始就進咖啡館消費。在葡萄酒商行，他們才有物超所值的感受，因為他們現有的錢是按時計酬賣命掙得的，是靠著販售一桶桶穀物換來的。到了慶典近尾聲時，他們付多少、在哪裡消費，就不重要了。

在聖費爾明節慶典開跑的這一天，他們從大清早就光顧巷弄裡的葡萄酒商行。早晨我去大教堂望彌撒途中，路過商行門口，聽見他們在店內高歌。他們正在熱身。十一點的彌撒來了很多人。聖費爾明節也屬於宗教節日。

我從大教堂下坡去，踏上前往廣場咖啡館的路。再過幾分鐘就是中午了。羅伯特．寇恩和比爾在咖啡館坐一桌。大理石桌面的餐桌和白藤椅不見了，取而代之的是鑄鐵桌和樸素無華的摺疊椅。咖啡館宛如一艘嚴陣以待的戰艦。往常，你在這裡坐一整個上午讀東西，不會被侍應打擾，今天他們會纏著你，問你想不想點什麼。我一坐下，侍應立刻上前來。

「你們喝的是什麼？」我問比爾和羅伯特。

「雪利。」寇恩說。

「荷樂茲。」我以西班牙名稱吩咐侍應。

侍應端酒過來之前，有人在廣場上施放一支沖天炮，宣布慶典正式展開。沖天炮在空中爆炸，廣場另一頭的蓋亞雷劇場上空頓時出現一團灰色煙霧，滯留在高空，猶如砲彈剛引爆。我看得出神，另一支沖天炮這時候也升空，在耀眼的陽光下劃出一道煙。我看它爆炸的瞬間亮光一閃，再形成另一團煙霧。等到第二支沖天炮爆炸時，頃刻前冷清的拱廊變得人滿為患，侍應不得不把酒瓶舉到頭上，差點鑽不到我們這桌。人群從四面八方湧入廣場。我們聽見街上有人吹著橫笛和牧笛，敲著鼓，漸行漸近。他們演奏的是「嘹嘹」[60]音樂，笛聲尖銳，鼓聲咚咚響，後面跟著一群老少皆有的男舞者。橫笛聲停止，他們全當街蹲下。牧笛和橫笛又齊奏時，單調空洞的鼓聲再起，舞群全騰空大舞特舞。觀眾只見舞者的頭與肩起起落落。

廣場上有一名男子彎腰吹著牧笛，一群孩童尾隨，叫鬧著，拉扯著他的衣服。他走出廣場，小孩們繼續跟著他，一起隨笛聲路過咖啡館，進入巷子裡。他經過時，我們看見他吹著牧笛，木然的臉上滿是痘疤，孩童們緊跟在後叫鬧著，拉扯著他。[61]

「他一定是本地傻子王，」比爾說：「我的天啊！快看那邊！」

一群舞者從街尾走來。舞者塞得整條街水泄不通，清一色是男人。這隊伍也自備橫笛手和鼓手，由他們領軍，後面的舞者全照著節拍起舞，全屬於某民間社團，全穿工人藍罩衫，圍著紅頸巾，以兩支桿子打著一幅大標語，進入圍觀民眾之中，標語隨之上上下下舞動。

「為美酒歡呼！為外國人歡呼！」標語畫著。

「哪裡有外國人？」羅伯特．寇恩問。

「我們就是外國人。」比爾說。

沖天炮不停升空。咖啡館的桌子已無虛席。廣場上的人群漸稀，萬頭向咖啡館聚集。

「布蕾特和麥可去哪兒了？」比爾問。

「我去找。」寇恩說。

「帶他們過來。」

慶典正式登場了。一連維持七天，日夜不休。舞一直跳，酒一直喝，喧囂聲綿延不息。這期間發生的事，唯有在慶典期間才發生。一切終於變得虛幻不實，恍若再大的事也無關緊要了。慶典方夯卻為後果設想，似乎不太搭調。慶典自始至終，即使在安靜時，你總覺得講話非扯嗓不可，否則對方聽不見。任何行為亦然。這是一場慶典，一連維持七天。

盛大的宗教遊行在這天下午舉行。聖費爾明從一座教堂移駕至另一座，主角全是民間與宗教界大人物，我們看不見，因為人太多了。前方是正式遊行隊伍，後面跟著大批黃衫「嘹嘹」舞者，在人群中跳上跳下。巷口和路邊人山人海，前胸貼後背，我們只看得見遊行隊伍中的巨大肖像，有的是高達三十英尺的雪茄店印地安人[62]，有的是摩爾人，也有國王和皇后，在嘹嘹

---

60 嘹嘹（riau-riau），傳統音樂與舞蹈，為聖費爾明鬥牛節的代表性歌舞活動。

61 花衣魔笛手的表演活動。

62 雪茄店印地安人，雪茄店擺門口廣告用的木雕，進入二十世紀後漸漸絕跡。

音樂中莊嚴迴旋著，曼舞著。

聖費爾明和大人物移駕至禮拜堂裡，民眾全在外面立定，隊伍中的衛兵和大肖像也不入內。躲在肖像裡跳舞的男人鑽出來，站在靜止的肖像空殼旁，拍打著氣囊的侏儒也穿越人群而過。我們向禮拜堂內踏進幾步，嗅到焚香氣息，人們魚貫回教堂裡面去，但由於布蕾特沒戴帽子，被拒於門外，我們只得離開，走回市區。沿途，兩旁有不少民眾占好位子，想在遊行隊伍回程時看個夠。有幾名舞者圍繞布蕾特，跳起舞來，頸子掛著大串白蒜頭。他們挽起我和比爾的手臂，拉我們進圈子裡。比爾也跳起舞來了。大家全載歌載舞。布蕾特想跳舞，卻被他們勸阻。他們只想圍繞她的芳顏跳著舞。曲終，眾人吶喊「嘹嘹！」，把我們趕進一家葡萄酒商行。

我們站在櫃檯前，他們讓布蕾特坐上酒桶。店內昏暗不明，擠滿了粗嗓子高歌的漢子。櫃檯裡有人從酒桶倒酒出來。我掏錢擺櫃檯上，卻被一男子塞回我口袋。

「我想要一個皮做的酒囊。」比爾說。

「這條街上有一家，」我說：「我這就去買兩個。」

舞者不想讓我出去。有三人高高坐在布蕾特旁的酒桶上，向她示範酒囊飲酒功，在她頸子掛上一串蒜頭當花環。有人堅持給她酒杯。有人正在教比爾唱一首歌。對著他耳朵唱。在比爾背上打節拍。

我向他們解釋，我出去一會兒就回來。來到街上，我沿路尋找製作真皮酒囊的店家。人行道上人擠人，許多商店都關門了，我找不到酒囊店。我一路走到教堂，左看右看都找不到。後來，我找人問，他拉我手臂帶我進店。窗簾關著，但店門敞開。

店內，剛鞣好的皮革和火燙的焦油氣味撲鼻。一男子正在酒囊成品上模印商標。酒囊成串掛在屋頂下面。他拿一個下來吹氣，旋緊壺嘴，然後跳起來踩踏。

「看！不漏。」

「我想再買一個。大一點的。」

他從屋頂下面摘來一個能容納一加侖以上的大酒囊，對著瓶口吹氣，兩頰先鼓漲，接著換酒囊鼓起，然後他扶著椅子，把酒囊放地上踩。

「你想怎樣？拿去巴詠納轉賣嗎？」

「不是。買來喝酒用。」

他拍拍我的背。

「好傢伙。兩個西幣八元。最低價。」

忙著在新品上模印的男人把成品丟成一堆，這時停手。

「是真的，」他說：「八元很便宜。」

我付完錢出店，循原路走回葡萄酒商行。店內比剛才更昏暗，也擁擠不堪。我沒看見布蕾特和比爾，有人說他們進後廳去了。櫃檯小姐為我裝滿兩皮囊的酒。其中一個容量是兩公升，另一個五公升。兩瓶總價三點六西幣。櫃檯有個我沒見過的人搶著付錢，最後我還是自己付了。搶著付錢的男子改請我喝一杯，我想回請，被他婉拒，但他說他不妨喝一口新酒囊射出來的酒。他舉起五公升裝的酒囊，握一握，葡萄酒激射進他的咽喉。

「好。」他說著遞還酒囊給我。

在後廳裡，布蕾特和比爾坐在木桶上，舞者包圍著他們，所有人手臂全搭在別人肩膀上，齊聲歡唱著。麥可和幾名襯衫男同坐一桌，吃著一碗醋香碎洋蔥鮪魚。大家全喝著葡萄酒，撕下小塊麵包沾著碗裡的油和醋吃。

「哈囉，杰克。哈囉！」麥可高呼：「過來。我想介紹幾個朋友給你認識。我們全在吃開胃菜。」

他介紹我認識全桌。他們輪流向麥可報告自己的名字，請人送一支叉子給我用。

「不要再吃他們的晚餐了，麥可。」布蕾特從酒桶上面大喊。

有人遞給我叉子時，我說：「我不想吃光你們的正餐。」

「吃，」他說：「不然這碗擺這裡幹嘛？」

我旋開大酒囊的壺嘴，傳給全桌飲用。人人都喝一口，方式是伸直手臂舉高，射酒入喉。在歌聲之上，我們聽得見遊行音樂通過店外的街上。

「外面不是正在遊行嗎？」麥可問。

「沒事，」有人講著西班牙文。「喝吧。瓶子舉起來。」

「他們是去哪裡找到你的？」我問麥可。

「有一個人帶我來的，」麥可說：「說你在這兒。」

「寇恩呢？」

「他暈倒了，」布蕾特大喊：「不曉得被人扶去哪裡休息了。」

「在哪裡？」

「我不知道。」

「我們哪曉得呢？」比爾說：「我猜他死翹翹了。」

「他才沒死，」麥可說：「我知道他沒死。他只是喝了猴茴香醉倒了。」

一聽猴茴香，同桌有人猛抬頭，從罩衫裡抽出一瓶酒遞給我。

「我不要，」我說：「謝了！」

「要。要。阿里巴！喝吧！」

我喝一口，嘗到甘草味，感覺一路暖進胃腸。

「寇恩死到哪裡去了？」

「不知道，」麥可說：「我可以問問。那個喝醉的同伴在哪裡？」他以西班牙文問。

「你想見他？」

「是的。」我說。

「我可不想，」麥可說：「是這位紳士想。」

請喝猴茴香酒的男子擦擦嘴，起立。

「跟我來。」

在另一間後廳裡，羅伯特·寇恩躺在酒桶上，睡得香甜。裡面幾乎暗到看不清他臉孔。有人為他蓋上一件外套，摺另一件外套作為枕頭。一大串扭曲的蒜頭從脖子垂到他胸口。

「讓他睡吧，」男人低語。「他沒事。」

過兩小時後，寇恩露臉了。他進前廳時，仍戴著蒜頭項鍊。見他進來，西班牙人全叫囂起來。寇恩揉揉眼睛，咧嘴傻笑一下。

「我大概是睡著了。」他說。

「唉，哪有那回事。」布蕾特說。

「你剛只是死翹翹了。」比爾說。

「我們不出去吃晚餐嗎？」寇恩問。

「你想吃嗎？」

「想啊，為什麼不想？我餓了。」

「吃大蒜吧，羅伯特，」麥可說：「我建議。吃大蒜吧。」

寇恩站著。睡完這一覺，他精神好多了。

「我們還是去吃東西吧，」布蕾特說：「我得洗個澡。」

「走吧，」比爾說：「我們把布蕾特移駕到飯店吧。」

我們向無數人道別，和無數人握手，走出店門。戶外一片漆黑。

「你認為，現在幾點了？」寇恩問。

「都明天了，」麥可說：「你足足睡掉兩天。」

「不對，」寇恩說：「現在幾點？」

「十點鐘。」

「我們喝多了。」

「你的意思是，**我們**喝多了。你呢？你睡著了。」

摸黑走回旅館途中，我們見沖天炮從廣場升空。通往廣場的巷子裡，我們見廣場擠滿人，位於中心的人全在熱舞。

我們在飯店享用大餐。慶典期間餐點加倍收費，這是我們的第一餐，另外也有幾道新菜。晚餐後，我們逛市區。我記得當時曾下決心，為了防止睡過頭錯過清早六點的奔牛盛事，今晚索性通宵不睡算了。結果我實在太睏，凌晨四點左右上床睡了。其他人熬夜。

我找不到自己房間的鑰匙，只好上樓，進寇恩房間，睡其中一張床鋪。外面連夜狂歡，但我睏到不為所動，照睡不誤。後來，我被沖天炮聲吵醒，知道市郊的圍欄即將釋放蠻牛，讓他們奔馳上街至鬥牛場。由於我睡太熟了，醒來覺得自己錯過了好戲。我找一件寇恩的外套穿，站到陽台上。樓下的窄街無人蹤。所有陽台都擠滿人。冷不防，一群人從街尾狂湧而來，全擠成一團狂奔，經過我陽台，繼續朝鬥牛場衝刺，後面有更多男人比他們跑得更急，殿後的零星幾人是真的沒命狂奔。最後這幾人背後有一小段空檔，緊接著是一群奔騰中的蠻牛。有人跌倒了，翻滾進水溝，趴著不敢動，牛群沒注意到他，只顧著前進。整群牛一同奔跑著。

牛群脫離視線後，鬥牛場傳來一陣熱烈的歡呼聲，持續不休。接著，沖天炮終於再度升天，宣布牛群正穿越鬥牛場中的人群，已進入圍欄。我回房裡，鑽進被子裡。剛才在陽台上，我一直赤腳站著。我知道，同行的友人必定已經在鬥牛場裡。我睡個回籠覺。

寇恩進房間，叫醒我。他開始脫衣服，過去關窗戶，因為對面陽台上有幾雙眼睛正對著我們望。

「看到好戲了嗎？」我問。

「看到了。我們全都去了。」

「有沒有人受傷？」

「一頭牛在場子裡衝進人群，有六個或八個人被撞飛了。」

「布蕾特覺得怎樣？」

「來得太突然了，沒人有害怕的閒工夫。」

「要是我也熬夜就好了。」

「我們不清楚你去哪裡了。我們去你房間找，門卻鎖著。」

「你們去哪裡熬夜？」

「我們去一間舞廳。」

「我太睏了。」我說。

「天啊！我現在也好睏，」寇恩說：「這活動一刻也不休息嗎？」

「連續一個星期無休。」

比爾開房門，探頭進來。

「你溜去哪兒了，杰克？」

「我在陽台上看見他們通過。你覺得怎樣？」

「棒。」

「你想去哪裡？」

「去睡覺。」

沒有人在正午之前起床。我們在拱廊下用餐。全市萬頭鑽動。等一陣子才等到桌位。吃完午餐，我們過去伊倫尼亞咖啡館，這裡已經擠滿人，隨著鬥牛賽即將展開，全店更加爆滿，各桌愈推愈近。每一天，在鬥牛賽展開前，這裡總響起一種人擠人的嚶嚶嗡嗡聲。平日無論客人再多，伊倫尼亞不曾有過這種聲響。嚶嚶嗡嗡持續著，我們置身其中，融入其中。

我事先為所有賽程買六張票，三張是場子邊的前排區，另外三張位於露天鬥牛場半高處，木椅有椅背供人休息。由於布蕾特沒看過鬥牛，麥可建議她坐遠一點，而寇恩想和他們同坐。比爾和我打算坐前排，剩下一張票托侍應代售。比爾向寇恩介紹鬥牛該怎麼看，以免他被場中的馬分心。比爾曾觀賞過一季鬥牛。

「我不怕受不了，只擔心場面恐怕太無聊。」寇恩說。

「是嗎？」

「馬被蠻牛刺中的時候別看，」我對布蕾特說：「可以注意看牛衝過去，看長矛士趕牛走，然後等馬被戳死以後再看。」

「我有點緊張，」布蕾特說：「我正擔心我沒辦法看完一整場。」

「沒什麼大不了的。可能讓妳看不下去的只有馬的那階段，而且牛馬對決只維持幾分鐘。太可怕的時候別看就是了。」

「她不會有事的，」麥可說：「我會好好照顧她。」

「我不認為你會嫌無聊。」比爾說。

「我回飯店拿望遠鏡和酒囊過來，」我說：「在這裡等我。別喝醉了。」

「我跟你去。」比爾說。布蕾特對我們笑吟吟。

為避免進廣場挨日曬，我們走拱廊。

「那個寇恩煩死我了，」比爾說：「他猶太優越感太強了，以為看鬥牛只會看到無聊。」

「我們可以用望遠鏡觀察他。」我說。

「哼，他下地獄去吧！」

「他常在地獄打混。」

「希望他留在那裡別上來。」

在飯店樓梯上，我們遇到老闆蒙托亞。

「跟我來，」蒙托亞說：「你們想不想認識貝德羅．羅美洛？」

「好，」比爾說：「我們去見他。」

我們跟隨蒙托亞上一層樓，進入走廊。

「他在八號房間，」蒙托亞解釋。「他正在穿鬥牛服裝。」

蒙托亞敲敲門，打開來，房裡採光不佳，僅有微光從窄街穿窗而入。房裡有兩張床，以僧侶用的屏風隔開。電燈開著。男孩貝德羅．羅美洛身穿鬥牛服，站得直挺挺，沒有表情，外套掛在椅背上。助手才剛為他繞好肩帶。他的黑髮在電燈下烏黑亮麗。他穿著亞麻白襯衫，護劍士為他戴肩帶，戴好後起身向後退下。與我們握手時，貝德羅．羅美洛點點頭，態度相當疏遠莊嚴。蒙托亞介紹說我們極為熱中鬥牛，說我們想祝他好運。羅美洛十分認真聽著。然後，他轉向我。他是我見過最好看的男孩。

「你去看鬥牛。」他講英文。

「你懂英文。」我說著，暗罵自己是白痴。

「不。」他回答後微笑。

原本坐床緣的三名男子之一走來，問我們是否通法語。「需要我為您們傳譯嗎？兩位是否有問題想問貝德羅．羅美洛？」

我們謝謝他。是否有問題想問？這孩子才十九歲大，身旁只有護劍士以及三名跟班，而鬥牛即將在二十分鐘後展開。我們以西班牙語預祝他好運連連，握手後離去。我們閉門之際，他直挺挺站著，姿態俊俏自持，房裡只剩他和跟班。

「他是個好男孩，你不認為嗎？」蒙托亞問。

「他是個好看的孩子。」我說。

「他具有西班牙鬥牛人[63]的模樣，」蒙托亞說：「他有這方面的資質。」

「他是個好男孩。」

「我們等著看他在鬥牛場上的表現。」蒙托亞說。

在我房間裡，我們找到大酒囊靠牆立著，帶走酒囊，也帶著望遠鏡，鎖門後下樓。

這場鬥牛很精采。比爾和我興沖沖期待看貝德羅．羅美洛的表現。蒙托亞和我們相隔十個座位。羅美洛刺死第一頭牛後，蒙托亞捕捉住我的眼神，對我點點頭。這位是玩真的。長久以

---

63 鬥牛人（torero），包括長矛士、短矛士、護劍士、鬥牛士在內。

來，鬥牛場上不曾出過一位正宗鬥牛士。這天另有兩名鬥牛士出場，其中一位表現非常不錯，另一位尚可，但和羅美洛相比，兩人都難以望其項背，只不過，羅美洛面對的兩頭牛都不算太猛。

鬥牛進行中，我幾度舉高望遠鏡看麥可和布蕾特和寇恩。他們似乎還好。布蕾特並未露出懼色。三人全倚在座位前的水泥欄杆上。

「望遠鏡借我看。」比爾說。

「寇恩有沒有一臉無聊相。」我問。

「那個死猶太！」

鬥牛結束，想離場的眾人根本寸步難行。我們鑽不動，只好被緩如冰河的人群漂流回市區，抱著看完鬥牛後總有的那份不寧的心情，抱著看完精采鬥牛後總有的欣快。慶典持續中。鼓聲砰砰，笛樂激昂，人流之中穿插著塊狀的舞群。由於舞者混入群眾中，民眾看不見他們花稍的舞步，只見頭頸忽上忽下，忽上忽下。最後，我們脫人群而出，走向咖啡館。我們坐下後，侍應為其他人保留位子。我們大家各點一杯苦艾酒，觀看著舞蹈和廣場上的人群。

「跳的是什麼舞，你知不知道？」比爾問。

「是一種霍塔舞。」

「他們跳的舞全都不太一樣，」比爾說：「曲子不同，舞也變另一套。」

「跳得真棒。」

我們前方的街頭有一處空地，一群男孩正在勁舞中，舞步非常華麗，表情聚精會神，無不低著頭跳。他們穿繩底鞋，在路面上踢踢躂躂。鞋尖互撞。鞋跟互撞。腳掌互撞。接著，樂曲狂亂起來，勁舞結束，整群人上街繼續跳舞。

「上流人士來了。」比爾說。

他們正要過馬路。

「哈囉，各位男士。」我說。

「哈囉，紳士們！」布蕾特說：「你們保留位子給我們了嗎？真好心。」

「對了，」麥可說：「那個姓羅美洛的小子真厲害。我沒搞錯名字吧？」

「對啊，他很可愛吧，」布蕾特說：「那件綠長褲也真是的。」

「布蕾特的眼珠子離不開他。」

「對了，我明天非向你借望遠鏡不可。」

「看得怎樣？」

「棒極了！簡直十全十美。真是一大奇觀啊！」

「牛馬大對決呢？」

「我忍不住一直看。」

「她的眼珠子也離不開馬，」麥可說：「她是個人間奇女子。」

「那幾匹馬確實被整得相當淒慘，」布蕾特說：「可是，我就是沒辦法移開視線。」

「妳不怕嗎？」

「我看了一點也不怕。」

「羅伯特‧寇恩就怕，」麥可插嘴。「剛才你嚇得臉都綠了，羅伯特。」

「第一匹馬的確嚇到我了。」寇恩說。

「你不嫌無聊吧？」比爾問。

寇恩呵呵一笑。

「沒有。我不覺得無聊。你就放過我一馬吧。」

「沒事沒事，」比爾說：「只要你沒悶得發慌就好。」

「剛才他沒有顯得無聊，」麥可說：「我倒以為他快吐了。」

「從頭到尾，我沒怕到那地步。那臉色只維持一分鐘而已。」

「我呢，我還以為他快吐了。你沒覺得無聊吧，羅伯特？」

「得了吧，麥可。我剛說過我後悔講那種話。」

「他是後悔了，你們知道吧。他的臉都綠翻了。」

「唉，留點口德吧，麥可。」

「他剛說布蕾特是個虐待狂，」麥可說：「布蕾特才不是虐待狂。她只是一個健康俏麗的奇女子。」

「妳是虐待狂嗎，布蕾特？」我問。

「希望不是。」

「只因為布蕾特有個健康的鐵胃，就被他罵是一個虐待狂。」

「再鐵也鐵不久了。」

比爾叫麥可換個話題，不要再唸寇恩。侍應端來幾杯苦艾酒。

「你剛真的看出興趣了嗎？」比爾問寇恩。

「不能說是看出興趣了。我覺得表演得很精采而已。」

「哎唷，是啊！人間奇景啊！」布蕾特說。

「我倒但願牛馬對決能省略。」寇恩說。

「馬不重要，」比爾說：「看過一陣子，你就不會再覺得噁心了。」

「只在最開頭的時候嫌太激烈了，」布蕾特說：「牛對準馬衝過去的那一瞬間，我是心驚膽顫了一下。」

「那幾頭牛不錯。」寇恩說。

「牠們好得很。」麥可說。

「下次我想改坐前排。」布蕾特喝著自己杯裡的苦艾酒。

「她想近一點看鬥牛士。」麥可說。

「他們好強喔，」布蕾特說：「那個姓羅美洛的小子不過是個孩子。」

「他是個很中看的男孩，」我說：「我們上樓去他房間認識過他，當時我就覺得一輩子沒見過比他更好看的小孩。」

「你猜他大概幾歲？」

「十九或二十。」

「不可思議。」

第二天的鬥牛比首日加倍精采。在前排，布蕾特坐在我和麥可之間，比爾和寇恩高高坐後面。羅美洛技驚全場。我不認為布蕾特眼裡容得下其他鬥牛士。其他人亦然，唯獨鐵石心腸、專注技術層面的觀眾例外。全是羅美洛的獨角戲。這天另有兩名鬥牛士出場，但他們沒得比。我坐在布蕾特身旁，向她解釋戰況。牛對準長矛士進攻時，我教她焦點放在牛身上，不要看長矛士胯下的馬。我也教她盯緊長矛士的矛尖落點，以便看清狀況，如此一來，觀賞的重點能擺在即將演變出一個特定結局的場面上，不至於一味盯著無由來的慘象。我教她觀看羅美洛揮舞披肩斗篷[64]引牛離開，不讓牛攻擊已倒地的馬，也教她看羅美洛如何以斗篷控制牛，如何以流暢而文雅的動作引牛轉身，從不枉費牛力。她見到羅美洛避做魯莽的動作，把牛留到必要的最後一刻，不讓牛累得喘不過氣、煩躁不安，只讓牛循序消耗體力。她看見羅美洛多麼接近蠻牛，我也為她點出其他鬥牛士如何假造人牛擦身而過的場面。她看懂了，明白自己為何獨鍾羅美洛揮舞斗篷的技巧，不把其他鬥牛士看在眼裡。

羅美洛從不扭身造作，身段始終挺拔，線條自然而單純，其他鬥牛士的身手卻扭成S形，手肘抬得老高，牛角通過身邊時倚向牛的側腹，以鋪陳出一份險象環生的錯覺。事後，假象發餿了，徒留一份不良印象。羅美洛的鬥牛術之所以能觸發真情，是因為他舉止讓線條維持得絕對清爽，每次總氣定神閒讓牛角近身撲空而過。他不刻意凸顯人牛多接近。布蕾特看懂了，擦身而過的動作如果稍有偏差，美感頓時變得荒腔走板。我告訴她，自從小荷西[65]身亡後，後進鬥牛士無不磨練這套險象環生法，只求以假動作勾起觀眾情緒，其實鬥牛士本身安全無比。羅美洛走的是傳統路線，以暴露弱點到極致的方法維持清爽的曲線，同時讓牛明瞭他只可遠觀，以這方式制牛，同時準備賜牛一死。

「我一次也沒見他做出彆扭的動作。」布蕾特說。

「等他害怕的時候才看得到。」我說。

「他永遠不會害怕，」麥可說：「他懂的東西多得要命。」

「打從一開始，他就摸清所有東西了。其他人壓根兒學不到他與生俱來的本能。」

「而且，天啊，那幅模樣。」布蕾特說。

「我相信，告訴你們好了，她快愛上那個鬥牛小子了。」麥可說。

「愛上了，我也不會吃驚。」

「行行好，杰克。別再向她提那小子的事了。改告訴她，鬥牛士都怎麼揍老媽。」

「快告訴我，鬥牛士都是酒鬼。」

「唉，可怖啊，」麥可說：「成天醉醺醺的，可憐的老媽子一天到晚挨他們揍。」

「他看起來是那種人。」布蕾特說。

「可不是嗎？」我說。

蠻牛氣絕後，工作人員牽騾子進場，扣上牛屍，皮鞭一揮，工作人員跑起來，騾子也奮力向前邁步，漸漸小跑起來，牛一角朝天，側臉拖地，在沙子上壓出一道痕跡，被拖出紅門離開。

---

64 披肩斗篷（cape），鬥牛士脫下披肩對牛揮舞，有別於最後階段使用的帶劍紅布 muleta。

65 小荷西（Joselito，本名 José Gómez Ortega, 1895-1920），西班牙鬥牛士。

「下一個是最後一個。」

「不見得。」布蕾特說。坐前排的她彎腰向前。羅美洛揮手請長矛士就定位，然後起立，披肩斗篷裹胸，遠遠望著蠻牛即將衝出的位置。

結束後，我們退場，受人群擠壓。

「看鬥牛有害身心啊，」布蕾特說：「我都變成一條軟趴趴的抹布了。」

「唉，妳待會兒喝杯酒就好。」麥可說。

翌日，貝德羅．羅美洛不上場。這天出場的牛屬於繆拉，表演得非常差勁。隔天表定不鬥牛。然而，慶典照舊熱鬧，日夜不休止。

第十六章

早晨下著雨。海霧蒙上山區，遮住山頭。高地顯得沉悶陰鬱，樹木與房舍的形狀全變了。我散步去市郊看雨。壞天氣正從海上蒙上山頭。

廣場的旗子在白旗桿上無力下垂，橫幅標語也被淋得濕答答，貼在民房的門面上。在一陣又一陣細雨之間，大雨滂沱而下，打得所有人躲進拱廊，廣場上積水處處，街上陰溼寂寥，慶典卻一刻不曾停歇，差別只在移師屋簷下。

鬥牛場內能遮雨的座位上擠滿民眾，欣賞著巴斯克和納瓦拉舞者與歌者大會師，隨後是瓦爾卡洛斯[66]舞群穿著民俗服裝，冒雨舞街而去，鼓聲水水而空洞，樂團領導人騎著步伐沉重的大馬帶頭，衣服濕答答，駿馬的皮毛也被淋得濕答答。民眾進咖啡館，舞者也進來坐，纏緊緊的白腿收進桌子下，摘掉鐘形帽甩甩水，紅紫夾克攤開在椅背上風乾。外面的雨勢很強。

我離開咖啡館，走回飯店，想刮鬍子準備吃晚餐。我進房裡刮到一半，聽見有人敲門。

「進來。」我高聲說。

蒙托亞走進門。

---

66 瓦爾卡洛斯（Val Carlos），位於法國邊界的巴斯克小鎮。

「你好嗎？」他說。

「還好。」我說。

「今天沒有鬥牛。」

「對，」我說：「只有雨，別的沒有。」

「你的朋友們去哪裡了？」

「在伊倫尼亞咖啡館。」

蒙托亞露出他的招牌尷尬微笑。

「是這樣的，」他說：「你認不認識美國大使？」

「認識，」我說：「大家都認識美國大使。」

「他來本地了。」

「是的，」我說：「大家都看見過他們。」

「我也看見他們了。」蒙托亞說。他不再說什麼。我繼續刮鬍子。

「坐下吧，」我說：「我請人端酒來。」

「不用了，我該走了。」

我刮完鬍子，臉伸進洗濯台，以冷水沖洗。蒙托亞站著，一臉更加尷尬。

「是這樣的，」他說：「大使他們住在格蘭德飯店，我剛接到他們留言說，他們想在晚餐後請貝德羅．羅美洛和馬習爾．拉蘭達過去喝咖啡。」

「嗯，」我說：「馬習爾一定求之不得。」

「馬習爾整天都在聖塞巴斯提安。他今早和馬奎斯開車一起去了，晚上可能趕不回來。」

蒙托亞尷尬站著。他要我講句話。

「不要介紹羅美洛給大使。」我說。

「你這麼認為嗎？」

「絕對。」

蒙托亞喜上眉梢。

「因為你是美國人，所以我想來問你一下。」他說。

「換成我，我不會介紹他。」

「是這樣的，」蒙托亞說：「外人遇到他那樣的孩子。他們不懂他的資質。他們不懂他的潛力。隨便一個外國人都能把他捧上天。一開始就請他進大飯店，玩一年就沒戲唱了。」

「像亞哥班紐[67]那樣。」我說。

「是的，像亞哥班紐那樣。」

「這裡來了一群這種外人，」我說：「這飯店裡就住著一個美國女人，專門收集鬥牛士。」

「我知道。她們專找年輕的。」

「是的，」我說：「鬥牛士老了會變胖。」

---

67 亞哥班紐（Algabeño, 1875-1947），西班牙鬥牛士。

「不然就是發瘋，像公雞[68]那樣。」

「很簡單啊，」我說：「乾脆你就不要轉告羅美洛，不就好了？」

「他是個很優秀的孩子，」蒙托亞說：「他應該跟自己人繼續來往。他不該跟那些人去瞎攪和。」

「你不想喝一杯嗎？」我問。

「不用了，」蒙托亞說：「我該走了。」他離開我房間。

我下樓出飯店門，繞著拱廊走。雨依然下著。我探頭進伊倫尼亞找我那夥人，找不到，於是繼續繞行廣場，兜回到飯店。他們正在樓下飯廳吃晚餐。

他們已經吃喝得差不多了，我沒必要追上。比爾出錢幫麥可請擦鞋匠。靠街的門打開，擦鞋匠進來，比爾逐一付錢，他們開始為麥可擦鞋子。

「我的靴子擦過十遍了，這是第十一次，」麥可說：「我說啊，比爾是個混帳。」

擦鞋匠顯然是對同業大宣傳了。又來一名擦鞋匠。

「擦鞋子嗎？」他以西班牙語問比爾。

「不是我，」比爾說：「是這位先生。」

擦鞋匠正在忙，新來的擦鞋匠在他旁邊跪地，開始為麥可擦拭著電燈下已經啵亮的另一鞋。

「比爾能笑破人肚皮。」麥可說。

我喝著紅酒，醉意太落後他們，對擦鞋笑話略感不自在。我四下看著飯廳內。鄰桌坐著貝德羅．羅美洛。見我點頭，他起身請我過去，說要介紹朋友給我認識。他那桌幾乎和我們互碰。他介紹給我認識的是一位馬德里來的鬥牛評論家。這人矮個子，臉色憔悴。我稱讚羅美洛的鬥牛術，他聽了大喜。我們以西班牙語交談，評論家也略通法語。我伸手回桌上，想拿我那瓶紅酒過來，手臂卻被評論家握住。羅美洛笑笑。

「喝這裡。」他以英語說。

他對自己的英語能力至為難為情，但他其實非常得意，我們一直聊，他提幾個不太懂的單字問我。他迫切想知道「奔牛」的英語怎麼說，想弄懂確切的翻譯。在他心裡產生疑慮的是英文裡的「鬥牛」。我用西班牙文向他詮釋「打鬥」。西班牙文裡的「奔牛」在英文是「牛奔」，評論家插嘴說，法文翻譯成 course des taureaux。西班牙文裡沒有「鬥牛」一詞。

貝德羅．羅美洛說，他在直布羅陀學過一點英語。他出生在隆達鎮，在直布羅陀以北不遠處。馬拉加市[69]鬥牛學校是他的養成地，他只在校學三年。他常用馬拉加方言，被鬥牛評論家揶揄。他說他今年十九歲。他的兄長擔任他的短矛士[70]，但不住同一間飯店，而是和羅美洛的跟班一起住一家較小的飯店。他問我見過他出場幾次。我說只有三次。我其實只見過兩次，講錯了收不回來，不想多加解釋，只得將錯就錯。

「你上次是在哪裡看見我的？在馬德里嗎？」

---

68 公雞（Gallo，本名 Rafael Gómez Ortega, 1882-1960），西班牙鬥牛士，小荷西之兄。

69 馬拉加市（Málaga），和隆達同樣位於西班牙南部。

70 短矛士（banderillero），和鬥牛士搭檔耍牛，在牛肩插短矛或旗子。

「是的。」我騙他。我曾在鬥牛報上讀過他在馬德里登場的新聞，所以還好。

「第一場或第二場？」

「第一場。」

「我表現得非常差，」他說：「第二次比較好。你記得嗎？」他轉向評論家。

他絲毫不靦腆。提起鬥牛，他能置身事外，不顯得自負或吹噓。

「你喜歡我的表現，我是非常喜歡的，」他說：「但是你還沒看到真正精采的。明天，如果我遇到一隻好的牛，我將試著表演給你看。」

說這句話時，他面帶微笑，迫切希望我和評論家不要認為他在講大話。

「我迫切想看，」評論家說：「希望你能打動我。」

「他不是很喜歡我的表現。」羅美洛轉向我。他說的是實在話。

評論家解釋他非常欣賞羅美洛，只不過目前為止他的表現不夠完整。

「等明天吧，如果有一隻好牛出場。」

「你見過明天出場的那幾頭牛嗎？」評論家問我。

「是的。我見過牠們出籠。」

貝德羅．羅美洛倚身向前。

「你覺得牠們如何？」

「非常好，」我說：「體重差不多二十六阿羅巴[71]。角非常短。你沒見過牠們嗎？」

「喔，見過。」羅美洛說。

「牠們沒有二十六阿羅巴那麼重。」評論家說。

「對。」羅美洛說。

「牠們的牛角是香蕉做的。」評論家說。

「你認為是香蕉做的？」羅美洛問。他轉向我，微笑說：「你呢？你不會覺得像香蕉吧？」

「不會，」我說：「是不折不扣的牛角。」

「牠們的角非常短，」貝德羅．羅美洛說：「非常非常短。再短也不是香蕉。」

「對了，杰克，」布蕾特從鄰桌喚我，「你怎麼能拋棄我們呢？」

「短時間而已，」我說：「我們正在談牛經。」

「你們確實是高人一等。」

「告訴他，牛沒有卵蛋。」麥可大喊。他醉了。

羅美洛一臉問號看著我。

「醉了，」我說，然後改用西班牙語：「醉了！醉得很厲害！」

「怎麼不介紹朋友給我們認識？」布蕾特說。她一直看貝德羅．羅美洛，看得目不轉睛。我問他們願不願意一起喝咖啡。麥可點一瓶芬德多，要侍應端酒杯給所有人。席間有許多醉話。

「告訴他，我覺得寫作是件鳥事，」比爾說：「去啊，告訴他。告訴他說，我覺得身為文人很丟臉。」

71 阿羅巴（arroba），二十六阿羅巴相當於三百公斤。

貝德羅．羅美洛坐在布蕾特身旁，聽著她講話。

「去啊。告訴他啊！」比爾說。

羅美洛望過來，微笑著。

「這位紳士，」我說：「是個作家。」

羅美洛面露欽佩狀。「另外這位也是。」我指向寇恩說。

「他長得像威亞達[72]，」羅美洛說，眼睛正對著比爾。「拉法葉，他長得是不是很像威亞達？」

「我看不出來。」

「真的，」羅美洛以西班牙文說：「他看起來很像威亞達。喝醉的那位做哪一行？」

「什麼也不做。」

「所以他才猛喝酒？」

「不是。他等著娶這位女士。」

「告訴他，蠻牛沒卵蛋！」桌尾的麥可吆喝著，酩酊大醉。

「他說什麼？」

「他醉了。」

「杰克，」麥可大聲說：「告訴他，蠻牛沒卵蛋！」

「你懂嗎？」我說。

「懂。」

我確定他是在裝懂，所以沒關係。

「告訴他，布蕾特想看他穿上那件綠色長褲。」

「別再大小聲了，麥可。」

「告訴他，布蕾特巴不得想知道他怎麼擠得進那件褲子。」

「別再大小聲了。」

在此同時，羅美洛撫弄著自己的酒杯，和布蕾特交談著。布蕾特講著法語，他講西班牙語，穿插些許英文，呵呵笑著。

比爾為大家添酒。

「告訴他，布蕾特想進去——」

「唉，別再大小聲了，麥可，看在上帝的份上！」

羅美洛望過來，面帶微笑。「別再大小聲，這我懂。」他說。

就在這時候，蒙托亞進飯廳。他起先是對我微笑，隨即看見貝德羅．羅美洛一手握著一大杯干邑酒，坐在我和露肩女郎中間，有說有笑，全桌都是酒鬼。蒙托亞甚至連點頭示意都省了。

蒙托亞離開飯廳。麥可站起來，提議敬酒。「我們敬一杯給——」他說著。我說：「敬貝德羅．羅美洛。」大家都站起來。羅美洛以非常認真的態度接受敬酒，大家舉杯互碰，一飲而盡。我催得有點急，是因為麥可想澄清敬酒的對象另有他人。幸好一切順利，貝德羅．羅美洛

72 威亞達（Nicanor Villalta, 1897-1980），西班牙鬥牛士。

和每人握握手，然後偕評論家離去。

「我的天啊！那男孩長得真可愛，」布蕾特說。「我多麼想見他那些衣服是怎麼穿進去的。他一定是用鞋拔子。」

「我本來想告訴他，」麥可開始說：「一開口卻一直被杰克打斷。你幹嘛打斷我？你自以為西班牙文講得比我溜嗎？」

「唉，住嘴，麥可！又沒人打斷你。」

「不行，我想擺平這檔子事。」面對我的他轉頭。「你以為你有什麼了不起嗎？寇恩？你以為你配跟我們相處嗎？夠格跟我們出來玩嗎？看在上帝份上嗎，別再囉哩八嗦了，寇恩！」

「唉，別再講了，麥可。」寇恩說。

「你以為布蕾特希望你來這裡嗎？你以為你是這群人裡的一份子嗎？你幹嘛裝啞巴？」

「該講的話，我在那天晚上全講完了，麥可。」

「我不像你們那樣文縐縐的。」麥可挨著桌子站著，重心不太穩。「我不是聰明人。不過，別人不要我的時候，我心裡有數。人家擺明不要你，你怎麼不長眼睛，寇恩？走吧。快走啊，看在老天的份上。帶走你那張悲哀的猶太臉。你不覺得我講的有道理嗎？」

他看著我們。

「好了，」我說：「我們所有人一起去伊倫尼亞。」

「不要。你不覺得我講的有道理嗎？我愛那女人。」

「唉，別再來那一套了。趕緊住嘴啦，麥可。」布蕾特說。

「你不覺得我講的有道理嗎，杰克？」

寇恩仍坐著。遭人羞辱時，他的臉色常轉成土黃，這時他有相同的情況，但不知為何，他似乎被罵得別有一番滋味在心頭。醉得想冒險犯難，不知天高地厚。和有爵位的貴婦有過一段露水姻緣的他沾沾自喜。

「杰克，」麥可說，語氣近乎哭嗓。「你知道我講的很有道理。你給我聽好！」他轉向寇恩：「走啊！趕快走！」

「可惜我不想走，麥可。」寇恩說。

「那我就趕你走！」麥可正要繞過桌子，寇恩起身，摘掉眼鏡，等著迎戰，面色土黃，雙手放低，姿態驕傲剛毅，等候對方進犯，準備為情人赴戰場。

我揪住麥可。「我們去咖啡館吧，」我說：「你不能在飯店裡面打他。」

「好！」麥可說：「好主意！」

我們開始離去。我回頭看見麥可踉踉蹌蹌上樓，寇恩把眼鏡戴回臉上，比爾坐在桌前為自己再加一杯芬德多，布蕾特坐著茫然直視前方。

外面的廣場上，雨停了，月亮正努力撥雲露臉。風呼呼颳著。軍樂隊演奏中，民眾聚集在廣場另一端，等候煙火專家父子施放煙火型熱氣球。在陣風吹襲下，熱氣球起飛時偏角過大，顫悠悠升空後不是被風颳破，就是撞上廣場上的屋舍。有幾座墜落進人群中，發光劑閃閃燃燒，炸開的煙火追得人們四處竄。廣場上不再有人跳舞。砂石地面太濕了。

布蕾特和比爾出來，和我們會合。我們佇立人群裡，看著煙火大師曼努埃．歐基多站在一座小平台上，悉心以棍子撐起熱氣球，準備讓熱氣球隨風飄走。台下一片頭海。熱氣球悉數不敵強風而墜地，構造複雜的煙火掉進人群，激起火光照亮大師汗涔涔的臉。觀眾被腳下劈啪響的煙火追著跑。每當一座熱氣球打斜、浴火墜毀時，民眾紛紛叫罵。

「他們在為大師曼努埃喝倒彩。」比爾說。

「你怎麼知道他叫大師曼努埃？」布蕾特說。

「他的姓名列在節目單上。曼努埃·歐基多大師，本市煙火師。」

「火氣球，」麥可以西班牙語說。「報上報導過，一組火氣球。」

強風颳走了軍樂隊的演奏聲。

「唉，我好希望其中一個能順利升上去，」布蕾特說：「大師快被氣炸了。」

「為了讓熱氣球升空拼出『聖費爾明萬歲』，他八成忙了好幾個星期。」比爾說。

「火氣球，」麥可說：「一大群可惡的火氣球。」

「我們走吧，」布蕾特說。「總不能一直站這裡。」

「夫人閣下想喝一杯呢。」麥可說。

「你真懂芳心。」布蕾特說。

咖啡館裡生意興隆，非常嘈雜。沒有人注意到我們進來。我們找不到空桌可坐。裡面鬧哄哄一片。

「算了，我們走吧。」比爾說。

拱廊下，民眾正在散步。有幾名來自比亞里茲、身穿休閒服的英美人士分坐幾桌，其中幾名女士拿著眼鏡直盯著路人猛瞧。比爾有位朋友艾德娜和她的一位女性朋友一同投宿在格蘭德飯店，艾德娜的朋友今天頭痛回房就寢了，已和我們混熟的艾德娜目前與我們同在。

「小酒館在這兒。」麥可說。這家小酒吧名叫米蘭諾，供應餐點，後廳備有舞池，出入份子複雜。我們全坐一桌，點一瓶芬德多。店內有許多空桌。場面寂寥。

「這是什麼鬼地方啊。」比爾說。

「時候太早了。」

「不如我們帶走這瓶酒，待會兒再來，」比爾說：「這麼好玩的晚上，我可不想傻傻坐這裡。」

「我們去瞧瞧那些英國人吧，」麥可說：「我愛瞧英國人。」

「他們很差勁，」比爾說：「到底是哪裡來的？」

「從比亞里茲來的，」麥可說：「他們想來湊最後一天的熱鬧，看看這場不知名的西班牙小慶典。」

「我去慶給他們看，」比爾說。

「妳是個姿色脫俗的美女。」麥可轉向比爾的朋友。「妳什麼時候來的？」

「別鬧了，麥可。」

「我說嘛，她真的是個可愛的女孩。我是死到哪裡去了？這幾天我有眼無珠是嗎？妳是個可人兒。我們有沒有互相介紹過？跟我和比爾一起走吧。咱們一起去慶一慶那些英國人。」

「我去慶給他們看，」比爾說：「他們來這場慶典，想湊什麼鬼熱鬧？」

「走吧，」麥可說：「就我們三個去。我們去慶一慶那幾個臭英國人。妳不是英國人吧？希望？我是蘇格蘭人。我討厭英國人。我想去慶一慶他們。我們走吧，比爾。」

透過窗戶，我們看見他們三人手挽手，走向咖啡館。廣場上施放著沖天炮。

「我想坐這裡。」布蕾特說。

「我坐這裡陪妳。」寇恩說。

「哎唷，不要！」布蕾特說：「看在老天爺份上，去別的地方啦。我跟杰克有話談，你看不出來嗎？」

「我沒注意到，」寇恩說：「我只是想說，我覺得有點醉，想在這裡坐坐。」

「想跟人坐，還編這種鬼理由。你醉的話，乾脆回房睡。快去睡覺啊。」

「我剛對他夠不夠凶？」布蕾特問。寇恩走了。「我的天啊！他倒盡我胃口了。」

「他為我們助興的功能不大。」

「他讓我心情糟到底。」

「他的言行非常差勁。」

「差勁透頂了。他錯過一個守規矩的良機了。」

「他現在八成守在門外站崗。」

「對。一定是。你知道嗎，我是真的懂他的心情。他不敢相信那次不代表什麼。」

「我知道。」

「別人都不會像他這麼差勁。唉，我好厭倦這整個爛攤子。麥可也是。麥可也滿守規矩的。」

「麥可一定很難受。」

「對。可是，他沒必要耍牛脾氣吧。」

「大家的言行都很差勁，」我說：「只要時機對的話。」

「你的言行就不會差勁。」布蕾特看著我。

「我會變得和寇恩一樣可惡。」我說。

「親愛的，我們不要再談鬼話了。」

「好吧。妳喜歡談什麼，我奉陪。」

「別鬧彆扭嘛。我只剩你一個，而我今晚情緒很糟。」

「你有麥可。」

「是的，麥可。這幾天他不是很乖巧啊？」

「他嘛，」我說：「麥可這幾天也很難受，因為他看見寇恩一直黏著妳。」

「我難道不清楚嗎，親愛的？我心情夠糟了，拜託不要讓我更難過。」

我不曾見過布蕾特如此浮躁。她頻頻錯開我的目光，凝望著前方的牆。

「想不想去散散步？」

「好。我們走吧。」

我塞緊芬德多，交給酒保。

「我們再喝一杯吧，」布蕾特說：「我的神經亂糟糟。」

我們兩人再飲一杯爽口的芬德多。這酒的主要成份是阿蒙蒂亞多[73]白蘭地。

「我們走吧。」布蕾特說。

步出門之際，我看見寇恩從拱廊下走出來。

「他的確是守在那裡，」布蕾特說。

「他沒法子遠離妳。」

「可憐的討厭鬼！」

「我倒不同情他。我自己也恨他。」

「我也恨他，」她哆嗦著。「我恨他那副苦得不得了的樣子。」

我們勾著手臂，步入巷內，脫離廣場上的人群和燈火。巷子裡黑暗潮濕，我們一路散步至市郊的碉堡。我們路過幾家葡萄酒商行，門口透著光，照射在濕黑的路面，音樂一陣陣傳來。

「想不想進去？」

「不想。」

我們踏過濕潤的草地，登上碉堡的石牆。我在岩磚上鋪報紙，請布蕾特坐下。平原上一片漆黑，遠山看得見。高山上颳著強風，雲被趕向月亮。我們底下可見碉堡的一座座黑窟，後方有幾棵樹，大教堂的陰影可見，也有月光烘托出的市區輪廓。

「別難過了，」我說。

「我心情糟透了，」布蕾特說：「我們別再聊了。」

我們眺望著平原。月光下，長排的樹木顯得陰森。路上有一輛車正爬坡上山，亮著車燈。

我們看得見山頂的碉堡亮著燈。左下方是河，水位遇雨而高漲，黑漆漆的水流平順。沿岸的樹也幽暗。我們坐著瞭望。布蕾特凝望前方。倏然間，她打一陣哆嗦。

「好冷。」

「想不想回去？」

「穿過公園走。」

我們下去。雲再度遮天。公園裡樹下黑壓壓。

「你還愛我嗎，杰克？」

「是的。」我說。

「因為，我完了。」布蕾特說。

「怎麼說？」

「我完了。我愛上那個姓羅美洛的男孩。我愛上他了，我覺得。」

「假如我是妳，我就不會。」

「我忍不住啊。我完了。我內心掙扎個半死。」

「別亂來。」

「我忍不住啊。我一向都沒辦法忍。」

「妳應該喊停。」

---

73 阿蒙蒂亞多（amontillado），一種中酸度雪利酒。

「我怎麼喊停？我止不住自己啊。摸摸看。」

小手顫抖著。

「我一直像這樣。」

「妳不應該去做那種事。」

「我忍不住啊。反正，這下子我是完了。你難道看不出差別在哪裡嗎？」

「對。」

「我非想辦法不可。我非做我真正想做的事不可。我對自己不再自尊自重了。」

「妳沒必要做那種事。」

「唉，親愛的，別鬧彆扭。那個該死的猶太人糾纏不清，麥可也在胡鬧，我的心情你懂嗎？」

「懂。」

「我總不能從早醉到晚吧。」

「對。」

「唉，親愛的，拜託你守在我身邊，陪我渡過這一關。」

「好。」

「我並不是說這樣做是對的。不過，對我而言，這是對的。天知道，我從來沒覺得自己這麼下賤。」

「妳要我怎麼辦？」

「我們走吧，」布蕾特說：「我們去找他。」

她與我一同摸黑，踩著公園樹下的砂石步道，然後鑽出樹下，走出公園門，進入通往市區的馬路。

貝德羅．羅美洛在咖啡館裡。他和幾名鬥牛士以及鬥牛評論家同坐一桌，一起抽雪茄。我們一進咖啡館，他們全望過來。羅美洛微笑鞠躬。我們隔半廳找位子坐下。

「叫他過來喝一杯。」

「還不是時候。等他自動過來。」

「我沒辦法正眼看他。」

「他很中看。」我說。

「我這人老是想做什麼就做什麼。」

「我知道。」

「我真覺得自己好賤。」

「嗯。」我說。

「我的天啊！」布蕾特說：「女人家受的苦難啊。」

「什麼？」

「唉，我真覺得自己好賤。」

我目光投向貝德羅．羅美洛那一桌。他微笑著。他對桌友講一聲，站起來，走向我們這桌。我起立和他握握手。

「你想不想喝一杯？」

「你們一定要和我喝一杯。」他說。坐下前，他先默默請求布蕾特同意。他非常注重禮儀。

但他雪茄抽個不停。雪茄很能搭配他的臉型。

「你喜歡雪茄？」我問。

「是啊。我總是抽雪茄。」

雪茄是他建立威信的手法。雪茄能顯得他老成。我注意到他的肌膚。透光、平滑、褐得發亮。顴骨上有一個三角形的疤痕。我見他在觀察布蕾特。他感應到兩人之間的情愫了。方才布蕾特伸手讓他握，他一定感應到了。目前的他步步戒慎。我認為他敢篤定，只是不願走錯任何一步。

「你明天有鬥牛嗎？」我說。

「有，」他說：「亞哥班紐今天在馬德里受了傷。你聽說沒？」

「沒有，」我說：「嚴重嗎？」

他搖搖頭。

「沒事。這裡。」他露出一手。布蕾特伸手攤開他的掌心。

「哇！」他用英語說：「妳算命嗎？」

「有時候。你不介意吧？」

「不。我喜歡。」他在桌面上攤平一手。「告訴我，我活永遠，變百萬富翁。」

他仍表現得十分禮貌，但現在的他多了一分自信。「看，」他說：「妳在我手心看見牛嗎？」

他笑了。他的手皮非常雅緻，手腕纖細。
「我看見好幾千頭牛。」布蕾特說。她現在絲毫不緊張了。她顯得俏麗。
「好。」羅美洛笑著說：「一頭牛一銀元。」他改以西語對我說：「再告訴我更多。」
「這手生得不錯，」布蕾特說：「我認為他能長命百歲。」
「對我說。不要對妳的朋友說。」
「我剛說，你會長命百歲。」
「我是知道的，」羅美洛說：「我永遠不會死。」
我用指尖敲一敲桌面[74]。羅美洛看見了。他搖搖頭。
「用不著。牛是我最要好的朋友。」
我翻譯給布蕾特聽。
「那你怎麼能狠心殺你的朋友？」她問。
「總是，」他以英文笑說：「以免牠們殺我。」他望著對面的布蕾特。
「你的英文不錯嘛。」
「是的，」他說：「相當好，有時候。但我必須不能讓任何人知道。因為，鬥牛士會講英文，是會非常糟糕的。」
「為什麼？」布蕾特問。

---

74 敲木頭能逆轉鐵齒。

「是會糟糕的。人們聽了會不高興。還不會。」

「為什麼不高興？」

「他們是不會高興的。鬥牛士不能像那樣。」

「不然鬥牛士該怎樣？」

他哈哈一笑，拉帽簷遮眼，改變叼雪茄的斜角，換一個表情。

「像那桌，」他說。我瞄他一眼。他學著那桌的納雄拿爾的神態，模仿得逼真。他微笑一下，恢復自然表情。「是的。我必須忘記英語。」

「還不到忘記的時候。」布蕾特說。

「為什麼？」

「不能。」

「好的。」

他又笑起來。

「我想要一頂你那種帽子。」布蕾特說。

「好。我去幫妳弄一個。」

「好啊。麻煩你。」

「我會的。我今晚會幫妳弄到一個。」

我站起來。羅美洛也起身。

「坐下，」我說：「我該去找我們的朋友了。我想帶他們過來。」

他看著我。他以最後這一眼問我是否明瞭。我確實瞭然於胸。

「坐下嘛，」布蕾特對他說：「你一定要教我西班牙文。」

他坐下，看著對面的布蕾特。我走了。鬥牛士坐的那桌幾雙無情的眼珠子看著我走。我被盯得不舒服。事隔二十分鐘，我回咖啡館找人，發現布蕾特和貝德羅．羅美洛不知去向。桌上只剩咖啡杯和三只干邑酒的空杯。一位侍應拿抹布過來，收走杯子，擦桌。

第十七章

在米蘭諾酒吧外，我找到比爾、麥可和比爾友人艾德娜。

「我們被趕出來了。」艾德娜說。

「被警察趕的，」麥可說：「裡面有一些人不喜歡我。」

「我已經勸架四次了，」艾德娜說：「你非得幫幫我不可。」

比爾的臉紅通通。

「我們再進去吧，艾德娜，」他說：「進去陪麥可跳舞。」

「什麼蠢話，」艾德娜說：「進去只會再打一架。」

「該死的比亞里茲豬玀。」比爾說。

「走吧，」麥可說。「再怎麼說，這家不過是個小酒館。他們總不能占據整個小酒館吧。」

「好兄弟麥可，」比爾說：「該死的英國豬竟敢來這裡侮辱麥可，還想掃慶典的興致。」

「他們太可惡了，」麥可說：「我恨英國人。」[75]

「他們不能侮辱麥可，」比爾說。「麥可是個大好人。他們不能侮辱麥可。我看不下去。他有沒有破產，干誰家的事啊？」他的嗓子喊岔了。

「干誰家的事啊？」麥可說：「我不在乎。杰克不在乎。妳在乎嗎？」

「不在乎，」艾德娜說：「你破產了嗎？」

「我當然。你不在乎吧？比爾？」

比爾伸一手勾麥可肩膀。

「要是我破產就好了。我想給那群狗雜種一點顏色瞧瞧。」

「他們不過是英國人罷了，」麥可說：「英國人講什麼，從來都不重要。」

「臭豬一群，」比爾說：「我想去整得他們滿地找牙。」

「比爾，」艾德娜看著我，「拜託，不要再進去了，比爾。他們蠢透了。」

「正是，」麥可說：「他們蠢。我早就明白了。」

「他們不能對麥可講那種話。」比爾說。

「你認識他們嗎？」我問麥可。

「不認識。從沒見過他們。他們自稱認識我。」

「我看不下去。」比爾說。

「走吧。我們去瑞士風咖啡館。」我說。

「他們是艾德娜的朋友，從比亞里茲來的。」比爾說。

「他們根本就是蠢。」艾德娜說。

「其中一個名叫查理．布萊克曼，芝加哥人。」比爾說。

---

75 部分蘇格蘭人主張兩國兩制。

「我從沒去過芝加哥。」麥可說。

艾德娜笑了起來，狂笑不止。

「帶我離開這裡吧，」她說：「你們兩個破產人。」

比爾走了，我們三人一同穿越廣場，走向瑞士風。「剛才在裡面吵什麼？」我問艾德娜。

「我不曉得發生了什麼事，只知道有人叫警察來，把麥可趕出後廳。裡面有幾個人在坎城認識麥可。麥可是怎麼一回事啊？」

「八成是他欠他們錢，」我說：「錢通常是結怨的主因。」

民眾在廣場售票亭前排成兩行，等售票口打開。他們有些坐在椅子上，有些鋪著毛毯和報紙，躺在地上，等著明早買票看鬥牛。夜空的雲散去，月亮出來了。有幾名排隊的民眾正在睡覺。

進入瑞士風咖啡館，我們坐下，才點一瓶芬德多，羅伯特．寇恩就出現。

「布蕾特去哪裡了？」他問。

「我不清楚。」

「剛才她明明和你在一起。」

「她大概是上床了。」

「不對。」

「我不知道她去哪裡。」

燈火下，他的臉色土黃。他站起來。

「告訴我，她在哪裡。」

「坐下，」我說：「我不知道她在哪裡。」

「屁話！」

「閉上狗嘴。」

「告訴我，布蕾特在哪裡。」

「老子一個字也不告訴你。」

「你知道她在哪裡。」

「我就算知道，也不會告訴你。」

「唉，下地獄去吧，寇恩，」坐桌前的麥可大罵。「布蕾特跟那個鬥牛傢伙跑了。他們正在度蜜月。」

「你住嘴。」

「唉，下地獄去吧！」麥可懶洋洋說。

「她是真的跟人跑了嗎？」寇恩轉向我。

「下地獄吧！」

「她剛才和你在一起。現在真的跑了嗎？」

「下地獄吧！」

「不講？看我逼你講——」他上前一步——「該死的龜公。」

我對他揮一拳，被他躲掉。在燈火下，我看見他臉縮向一旁。他一拳揮過來，打得我一屁股坐在地上。我正想爬起來，卻再挨他兩拳，向後栽進桌子下面。我想站起來，發現兩腿都飛了。我覺得非站起來回擊不可。麥可扶我起來。有人捧著一壺水對著我的頭澆下來。麥可一手摟住我，我發現自己坐在椅子上。麥可拉扯著我的雙耳。

「你呀，剛才被打暈了，」麥可說。

「你死到哪裡去了？」

「我嘛，在旁邊。」

「你見死不救嗎？」

「麥可也被他打昏了。」艾德娜說。

「哪有被他打昏？」麥可說：「我只不過是躺在地上罷了。」

「你們慶典每晚都出這種事嗎？」艾德娜問：「打人的那個是不是寇恩先生？」

「我沒事了，」我說：「腦袋有點昏昏沉沉而已。」

有一群人觀望中，其中幾個是侍應。

「走開！」麥可先講西班牙語，然後補上英語：「走開。快走啊。」

侍應勸走圍觀民眾。

「剛剛場面滿精采的，」艾德娜說：「他一定是個拳擊手。」

「對。」

「但願比爾在場就好了，」艾德娜說：「我也想看看比爾被打昏。我老早就想看比爾被打昏了。他那麼高壯。」

「我倒希望他打昏侍應，」麥可說：「然後被扭送。我倒想看看羅伯特・寇恩先生坐牢。」

「不會吧。」我說。

「不好啦，」艾德娜說：「你是說著玩的吧。」

「是真心話，」麥可說：「我可不是沒事被人打著玩的那種人。我甚至從來不玩遊戲。」

麥可喝一口酒。

「告訴你們好了，我向來不喜歡打獵。騎馬摔一跤，人難免會被馬壓到。你還好吧，杰克？」

「還可以。」

「你真好心，」艾德娜告訴麥可。「你真的破產了嗎？」

「我是破得慘兮兮，」麥可說：「人人都是我的債主。妳沒欠人錢嗎？」

「多的是。」

「人人都是我的債主，」麥可說：「我今晚向蒙托亞借了一百西幣。」

「才怪。」我說。

「我會還錢的，」麥可說：「我有借必還。」

「所以你才破產，對不對？」艾德娜說。

我站起來。他倆的對話聲彷彿遠在天邊。感覺像歹戲一場。

「我想回飯店去。」我說。就在這時候，我聽見他倆在談我。

「他沒事吧？」艾德娜問。

「我們最好陪他回去。」

「我沒事，」我說：「不要跟。稍後見。」

我離開咖啡館。他們坐著。我回頭望他們，看著店內幾張空桌子，其中一張坐著一名雙手抱頭的侍應。

穿越廣場之際，我覺得萬物變了樣，顯得新穎。我從沒看過這幾棵樹。我從沒看見這幾支旗桿、這間戲院的門面。全變了一個模樣。相同的感覺，我以前有過。那年我去外地參加美式足球賽，回家途中就有同樣的現象。當時我提著裝滿球具的行李箱，從車站走回家，沿途所見全是新景象。我從小到大都住這地方，回鄉看見居民耙著草坪，在路邊燒著樹葉，我駐足看了好久好久，每個景象竟然都顯得陌生。我繼續走，兩腳似乎和我隔了一重山，腳步聲也像遠在天邊。原因是，球賽開打沒多久，我被人踹到頭。如今，我穿越廣場正有那種感受。回飯店上樓，也是那種感受。上樓費了我好長的時間。我也覺得手裡拎著行李箱。房間裡有燈光。比爾走出來，在走廊上迎接我。

「嗯，」他說：「上樓去找寇恩。他心情很亂，他說他想見你。」

「管他去死。」

「去嘛。上樓去找他。」

我不想再爬一層樓梯。

「你幹嘛用那種眼神看我？」

「我沒有看你。你快上樓去找寇恩吧。他狀況很差。」

「你前不久有點醉。」我說。

「我現在還醉，」比爾說：「不過，你快上去找寇恩吧。他想見見你。」

「好吧，」我說。只需再爬一樓。我一階階上去，提著無形的行李箱。我進走廊，走向寇恩房間。門關著，我敲一敲。

「誰啊？」

「巴恩斯。」

「進來吧，杰克。」

我開門入內，放下行李箱。房間裡不見燈光。寇恩面朝下趴在床上。

「哈囉，杰克。」

「別叫我杰克。」

我站在門口。那次我回到家，也有相同的感覺。現在，我最需要的是泡個熱水澡。滿滿一大缸熱水，等我躺進去。

「浴室在哪兒？」我問。

寇恩正在哭。他正趴在床上哭泣。他穿著白色馬球衫，像他在普林斯頓大學穿的那款。

「對不起，杰克。請原諒我。」

「原諒個屁。」

「請原諒我，杰克。」

我不語。我站在門口。

「我瘋了。你應該看得出當時的情況。」

「唉，沒事了。」

「布蕾特讓我受不了。」

「你罵我龜公。」

我不在意。我想泡熱水澡。我想泡滿滿一缸熱水澡。

「我知道。請忘記吧。我當時瘋了。」

「沒事了。」

他邊說邊哭。他的語調奇怪。他穿著白襯衫，在暗室裡趴在床上。他的馬球衫。

「我一早就走。」

他無聲哭泣著。

「布蕾特讓我簡直受不了。我最近受盡了煎熬，杰克。簡直像下地獄。在這裡和布蕾特見面，她根本把我當成從沒認識過的陌生人。我真的無法忍受了。我們在聖塞巴斯提安住一起。我猜你知道了。我再也受不了了。」

他趴在床上。

「嗯，」我說：「我想去泡個澡。」

「你是我僅有的朋友，而我愛過布蕾特，愛得太深了。」

「嗯，」我說：「再會。」

「我猜是沒用了，」他說：「我猜是一點屁用也沒有。」

「什麼？」

「一切。拜託你原諒我，說啊，杰克。」

「可以，」我說：「沒事了。」

「我最近心情好亂。我受盡了煎熬，杰克。而現在，一切都沒了。一切。」

「嗯，」我說：「再會。我該走了。」

他翻身坐在床緣，然後下床。

「再會了，杰克，」他說：「你肯和我握手吧？」

「可以。有什麼不可以？」

我們握個手。在暗室中，我不太能看清他的臉。

「嗯，」我說：「明天早上見。」

「我一早就走。」

「喔，對。」我說。

我出門。寇恩站在門口。

「你沒事吧，杰克？」他問。

「喔，沒事，」我說：「我沒事。」

我找不到浴室。再找了一會兒，找到了。裡面有一座深深的岩磚浴缸。我打開水龍頭，沒水。我在浴缸邊緣坐下。起身想走時，我發現鞋子脫了。我找鞋子穿，找到了，拎著下樓。我找到自己的房間，進去脫衣褲，然後上床。

我醒來頭疼，聽見街頭有喧囂的樂隊經過。我記得曾應允比爾的友人艾德娜，今天帶她去看牛奔街頭進鬥牛場的盛事。我穿上衣服，下樓，踏進清晨的寒風中。許多人穿越廣場，匆忙走向鬥牛場。在廣場上，兩條人龍從售票亭前面延伸而出，仍在靜候售票口在七點整開張。我匆忙過街進咖啡館。侍應告訴我，我的朋友們已經走了。

「他們有多少人？」

「兩位男士和一位女士。」

沒關係。艾德娜有麥可和比爾陪伴。昨夜她唯恐這兩人會一覺不醒。所以我才保證帶她去。我喝完咖啡，和人群一同趕赴鬥牛場。現在我頭腦不昏沉了。只剩嚴重頭疼。景象全顯得鮮明，市街裡充滿清晨的氣息。

從市郊到鬥牛場的路面泥濘不堪。沿途，人們靠著圍牆站，外樓台和鬥牛場最上層也爆滿。我聽見沖天炮聲，知道來不及看蠻牛進場了，於是我擠向圍牆，被推得貼緊圍牆上的木板。在兩道圍牆之間的跑道上，警察正在驅趕民眾前進。他們或走或跑，進入鬥牛場。隨即，民眾開始跑步衝過來。一名醉漢失足跌倒。兩名員警揪他起來，趕他過去圍牆邊。民眾跑得更快了。人群的叫囂聲震天。我湊進木板空隙看，見牛群剛從街頭出來，奔進長條形的封閉式跑道。牠們腳程快，步步進逼人群。就在這當兒，又有一名醉漢從圍牆邊走出來，手裡拿著一件罩衫當成鬥牛布，想要弄蠻牛。兩名員警箭步向前逮捕他，賞他一棒子，拖他靠向圍牆，罰他貼緊圍牆站，這時最後一批民眾和牛群通過。由於跑在牛群前方的民眾太多，鬥牛場門口人群過於密集，拖垮了進場的速度。牛群進場了，一同奔跑著，渾身泥濘，腳步沉重，甩著牛角，其中一隻猛衝向前，戳中狂奔人群中的一名男子背部，頂得他騰空。牛角刺入背部時，男子雙臂貼身體兩側，頭向後仰，被牛頂起之後落地。猛牛看上前方另一人，幸好這人一溜煙遁入人海中，順著群眾進場，牛群跟在後面。鬥牛場的紅門關上，外樓台的觀眾擠向裡面，叫囂聲此起彼落。

被戳中的男子趴在爛泥地上。有些人翻牆進去。男子周遭的人太密集，我無法看清他。鬥牛場內傳來陣陣喊叫聲。每一聲代表蠻牛攻進人群裡，聽叫聲激烈程度即可明瞭事態輕重。隨即，沖天炮升空，意味著牛群已離開鬥牛場，進入圍欄。我離開圍牆邊，開始走回市區。

進市區後，我去咖啡館，再喝一杯咖啡，也點一客奶油吐司。侍應正在掃地擦桌子。其中一名走過來聽我點餐。

「場子裡有什麼狀況嗎？」

「我沒看清楚。有個男人被刺中，傷得很重。」

「哪裡？」

「這裡。」我一手放在後腰上，另一手擺胸口，比著牛角可能刺穿之處。侍應點點頭，拿抹布清走桌面上的殘渣。

「傷得很重，」他說：「全為了運動。全為了找樂子。」

他走了，回來時一手拿著長柄咖啡壺，另一手是牛奶，長長的壺嘴流出一黑一白的兩道液體，一同注入大咖啡杯中。侍應點點頭。

「背後被捅，傷得很重。」他說。他把兩壺擺在桌上，在我這桌坐下。「被牛角捅出一個大傷口。全為了好玩。只為了好玩。你有什麼感想？」

「我不知道。」

「就這樣。全為了好玩，你了解。」

「你不熱中鬥牛？」

「我？牛是什麼？動物。野蠻的動物。」他站起來，一手伸向後腰。「從背後貫穿。一角從背後捅進去，從肚皮出來。為了好玩——你了解。」

他搖搖頭走開，帶走咖啡壺。兩名男子從路上走過。侍應對他們叫嚷。他們面色凝重，一人搖著頭，以西班牙語喊：「死了！」

「慘。」

侍應點頭。兩人繼續走。他們有事要辦。侍應走來我這桌。

「聽見沒？死了。他死了。被牛角戳穿。全為了晨間娛樂。歌舞效果好得很。」

「我可不要，」侍應說：「我不覺得有什麼好玩。」

當天我們後來得知，死者名叫威森特．吉隆尼斯，家住塔法亞市附近。次日，我們閱報知道，死者得年二十八歲，留下一座農場和一妻兩子。他婚後繼續每年參加這場慶典。隔天，遺孀從塔法亞趕來認屍，次日在聖費爾明禮拜堂舉行喪禮，塔法亞市酒舞友社團成員抬棺至火車站，送葬隊伍由鼓手領頭，横笛手緊跟在後，遺孀與兩名小孩走在抬棺陣容後方……。潘普洛納、艾斯特亞、塔法亞、桑格薩四地的酒舞友社團成員若能待到葬禮，也全數跟在隊尾一同送葬。棺材進入貨運車廂，妻小三人上車坐露天三等艙。火車抖一陣，啟動了，接著平穩行駛，下坡繞過高地邊緣，駛進平原上隨風搖曳的穀田，前往塔法亞。

捅死他的那頭蠻牛名叫黑嘴，在桑切斯．塔貝諾繁殖場編號一一八，是同日下午第三隻出場的牛，最後命喪貝德羅．羅美洛劍下。在眾人歡呼聲中，牛耳被斬斷後交給貝德羅．羅美洛，由他轉贈給布蕾特。她把牛耳裹進我的手帕，連同幾根穆拉蒂菸屁股，全塞進潘普洛納的蒙托亞飯店房間床頭櫃抽屜的最深處。

回到飯店，夜班看守員坐在門內長椅上，鎮夜守門的他十分睏倦，見我進來便起身。三名女侍應同時進來。她們剛去鬥牛場看完晨間表演。她們哈哈笑著上樓去。我跟隨她們上樓回我房間。我脫掉鞋子，躺在床上。通往陽台的落地窗開著，陽光照亮房間。我沒有睡意。大概到了三點半，我才睡著，樂隊在六點吵醒我。我的左右腮幫子都痛。我用手指頭摸一摸。可惡的寇恩。第一次遭人羞辱時，他就應該揍人，然後一走了之。他執迷認定布蕾特愛他。他黏在這裡不走，以為真愛能克服萬難。有人敲我門。

「進來吧。」

是比爾和麥可。他們在床緣坐下。

「場子好熱鬧，」比爾說：「場子好熱鬧。」

「對了，你沒去嗎？」麥可問：「搖鈴叫啤酒來，比爾。」

「今天早上太精采了！」比爾說。他擦拭著臉。「我的天啊！早上太精采了！好杰克在這裡。好杰克，練拳用的人體沙包。」

「場子裡發生了什麼事？」

「天啊！」比爾說：「發生了什麼事，麥可？」

「有幾頭牛衝進來，」麥可說：「正前方有一堆觀眾，其中一個摔了個跤，絆倒一整票人。」

「挨整群牛亂踩一通。」比爾說。

「我聽見他們的慘叫聲。」

「那是艾德娜在叫。」比爾說。

「一直有人衝進場，脫上衣甩呀甩。」

「有一頭闖進前排區，見人就頂。」

「差不多二十人被送醫。」麥可說。

「早上太精采了！」比爾說：「不停有人想自殺，跳進場玩牛，可惡的警察見一個抓一個。」

「最後牛全被閹牛安撫了。」麥可說。

「花了差不多一個鐘頭。」

「其實差不多才十五分鐘。」麥可反駁。

「唉，下地獄吧，」比爾說：「你上過戰場。我呢，我只待兩個半小時。」

「啤酒怎麼還沒來？」麥可問。

「可人兒艾德娜被你們怎麼了？」

「我們剛送她回房了。她睡了。」

「她看得高興嗎？」

「還好。我們告訴她，每天早上都這麼熱鬧。」

「她覺得大開眼界。」麥可說。

「她叫我們也進場子，」比爾說：「她喜歡熱鬧的場面。」

「我跟她說，假如我被捅死，對債權人怎麼交代？」麥可說。

「早上太精采了，」比爾說：「晚上也精采！」

「你的腮幫子怎樣，杰克？」麥可問。

「痛。」我說。

比爾笑了起來。

「你當時怎麼不拿椅子砸他？」

「說得可輕鬆，」麥可說：「你要是槓上他，也會被他打昏。我根本沒看見他揮拳頭。我好像只看見他揮拳前一秒，然後一眨眼的工夫，我就坐在馬路上了，看見杰克倒進桌子底下。」

「他打完人，溜去哪裡了？」我問。

「她來了，」麥可說：「美女端啤酒來了。」

女僕端來一托盤，上面有幾瓶啤酒，附幾只酒杯，放到桌上。

「好，再端三瓶上來。」麥可說。

「寇恩打我之後去哪裡了？」我問比爾。

「你不知道嗎？」麥可邊說邊開瓶，倒啤酒進一杯，讓杯子和酒瓶併攏。

「真的嗎？」比爾問。

「假不了。他進那個鬥牛小子房間，找到布蕾特和鬥牛小子，把可憐又可惡的鬥牛小子打得屁滾尿流。」

「不會吧。」

「錯不了。」

「多精采的一夜！」比爾說。

「可憐又可惡的鬥牛士險些沒命了。後來，寇恩想帶走布蕾特。想把她變成一個老老實實的女人吧，我想。媽的，場面好感人。」

他長長灌一口啤酒。

「他是混帳一個。」

「結果呢？」

「布蕾特給他一點顏色。罵他。我猜她罵得相當不錯。」

「我敢打賭是。」比爾說。

「然後，寇恩崩潰了，哭起來，想跟鬥牛小子握手。他也想跟布蕾特握手。」

「我明白。他跟我握過手。」

「是嗎？哼，他們才不理他。鬥牛小子挺厲害的。他話不多，不過他被打倒了又站起來挨揍。寇恩怎麼揍都揍不死他。場面一定笑死人了。」

「你是從哪裡聽來的？」

「布蕾特。我今早見過她。」

「最後怎麼了？」

「據說最後鬥牛小子坐在床上。他被打倒大概十五遍，還想再戰，被布蕾特勸阻。布蕾特不許他再站起來。他被打得沒力，不過布蕾特還是攔不住他，他站起來。接著寇恩說，他不想再揍人了。說他動不了手。說再揍會鬧出人命。所以鬥牛小子跌跌撞撞走向他，寇恩後退到背貼著牆壁。」

「『你不想打我嗎？』

『不打了，』寇恩說：『再打會丟盡我的臉。』」

「鬥牛小子聽了，使盡全力對他的臉揮一拳，然後坐在地板上。布蕾特說他爬不起來。寇恩想扶他到床上。他說如果寇恩過來扶，一定宰了寇恩。要不是寇恩一早就走，現在早就沒命了。寇恩哭著，挨布蕾特臭罵，他還想握手。這我剛講過了。」

「接下來的事情也講吧。」比爾說。

「據說鬥牛小子坐在地板上，等著力氣恢復，想再打寇恩。布蕾特才不想握手呢，寇恩哭訴說自己有多愛她，她罵他是個死混帳。然後，寇恩彎腰跟鬥牛小子握手。一握泯千仇嘛，對不對？寬恕至上。沒想到，鬥牛小子再賞他的臉一拳。」

「那小子不是蓋的。」比爾說。

「揍垮了寇恩，」麥可說：「告訴你好了，我認為寇恩這輩子不會想再亂打人了。」

「你見到布蕾特是什麼時候的事？」

「今天早上。她進來拿東西。她正在照顧那個姓羅美洛的小伙子。」

他再倒一瓶啤酒。

「布蕾特挺心疼的。不過，她愛照顧人。所以我們才湊成一對。她本來很會照顧我。」

「我知道。」我說。

「我醉醺醺的，」麥可說：「我考慮**繼續**醉醺醺。整件事的趣味性高得很，可惜滋味不是挺好。滋味對我而言不是挺好。」

他喝乾整瓶。

「我罵過布蕾特，你知道。我說如果她喜歡跟猶太人和鬥牛士和三教九流瞎打混，就應該等著麻煩上身。」他彎腰向前。「對了，杰克，不介意我喝你那瓶吧？她會再端一瓶給你。」

「請便，」我說：「反正我本來就不想喝。」

麥可想打開瓶蓋。「介意幫我開瓶嗎？」我摁開金屬線圈，為他倒酒。

「你知道，」麥可繼續，「布蕾特聽了，反應相當好。她的態度總是相當好。我罵她跟猶太人和鬥牛士和三教九流往來，她被我罵得狗血淋頭，你知道她怎麼回應嗎？她說：『對。我跟英國貴族的婚姻生活美滿得半死！』」

他喝一口酒。

「她說得對。她嫁給艾敘理，沾到爵位。艾敘理是海軍，你知道吧。第九世准男爵。他打完仗回家，不肯睡床上。每晚都逼布蕾特睡地板。最後他情況變得很糟，竟然口口聲聲對她說想宰了她。睡覺也帶著子彈上膛的軍用左輪。布蕾特常趁他睡著後拿掉子彈。布蕾特她的人生並不是一切幸福快樂。可憐透了。她好熱愛人生。」

他站起來，兩手發著抖。

「我想回房了。想盡量睡點覺。」

他微笑著。

「慶典玩瘋了，我們常拖太久沒睡。我想現在去多睡一點。睡眠不足太傷身了。讓人變得神經兮兮。」

「我們正午在伊倫尼亞見。」比爾說。

麥可走出門。我們聽見他進隔壁房間。

他搖鈴，女僕過去敲他的門。

「再端半打啤酒上來，加一瓶芬德多。」麥可吩咐她。

「是的，先生。」她以西語回應。

「我想睡了，」比爾說：「可憐的麥可。昨晚我為了他，跟人大吵一架。」

「在哪兒？在米蘭諾酒吧嗎？」

「是的。在那裡遇到一個傢伙，他以前在坎城出錢救過布蕾特和麥可。他的態度爛極了。」

「我知道那件事。」

「我本來不知道。人不應該有權利罵麥可罵得那麼難聽。」

「所以情況才那麼糟。」

「人不應該有那種權利。但願沒那種權利該多好。我想去睡了。」

「鬥牛場上有沒有出人命？」

「印象中是沒有。只有人受重傷。」

「有一個男人死在場外的跑道上。」

「有嗎？」比爾說。

第十八章

正午時分，我們全在咖啡館碰頭。我們吃著蝦子，喝著啤酒。市區人滿為患。每條街擠滿人。來自比亞里茲和聖塞巴斯提安的大汽車接二連三駛進來，停在廣場周邊，載來鬥牛觀眾。觀光車也來了。其中一輛載來二十五名英國婦女。她們坐在白色的大車子上，拿著望遠鏡看慶典。舞者全喝得大醉特醉。今天是慶典落幕的日子。

慶典活動安排緊湊，毫無空檔，但汽車和觀光車形成一座座孤島，島民看著好戲。觀光客下車後，紛紛被群眾吞噬，再也不見人影，只見他們穿的休閒服在密集的黑罩衫莊稼漢之中顯得礙眼。慶典甚至能胃納比亞里茲來的英國人，不靠近他們的桌子無法辨識他們。在此同時，街頭音符片刻不間斷。鼓聲持續咚咚，笛聲伴奏著。咖啡館內，男人不是手握著桌子，就是互相勾肩搭背，扯著粗嗓子引吭歡唱。

「布蕾特來了。」比爾說。

我看她穿越廣場人群而來，抬頭挺胸的姿態宛如這場慶典以她為中心，她的心田因此雀躍著。

「哈囉，各位！」她說：「對了，我好渴啊。」

「再來一大杯啤酒。」比爾交代侍應。

「也來一盤蝦子吧？」

「寇恩走了嗎？」布蕾特問。

「是的，」比爾說：「他包車子走了。」

啤酒來了。布蕾特正想舉杯，手卻不住顫抖。她見狀笑笑，索性直接低頭大吮一口。

「好啤酒。」

「非常好喝。」我說。我正為麥可捏一把冷汗。他大概沒睡。肯定是一直在喝酒，但他目前舉止還算能自制。

「聽說你被寇恩打傷了，杰克。」布蕾特說。

「錯。打昏了。就這麼一回事。」

「告訴你，他打傷了貝德羅．羅美洛，」布蕾特說：「傷得好嚴重。」

「他現在情況怎樣？」

「他沒事。他不肯出房門。」

「他外表傷得重不重？」

「很難看。他真的傷得很重。我剛告訴他，我只過來跟你們聊兩句就好。」

「他還會出場嗎？」

「會的。你不介意的話，我想跟你一起去看鬥牛。」

「妳的男朋友情況怎樣？」麥可問。布蕾特剛講的話一句也沒進他的耳裡。

「布蕾特交到一個鬥牛士，」麥可又說：「她交過一個姓寇恩的猶太人，可惜演變得很丟臉。」

布蕾特站起來。

「我不想聽你再滿口鬼話，麥可。」

「妳的男朋友情況怎樣？」

「好得不得了，」布蕾特說：「下午我會照顧他。」

「布蕾特交到一個鬥牛士了，」麥可說：「一個俊美又可惡的鬥牛士。」

「你介意陪我走回去嗎？我想跟你聊幾句，杰克。」

「對他談談妳那個鬥牛士，」麥可說：「哼，去妳的鬥牛士！」桌子被他按翻了，啤酒和一盤蝦轟然墜地碎裂。

「我們走，」布蕾特說：「快離開這裡。」

穿越廣場上的人群之際，我說：「情況怎樣？」

「吃完午餐後，我在他出場之前不想再看他。他的跟班會去幫他著裝。他說他們對我很生氣。」

布蕾特容光煥發。她很快樂。太陽出來了，陽光普照。

「我覺得從頭到腳都變了，」布蕾特說：「告訴你，你也沒法子體會的，杰克。」

「要我幫什麼忙嗎？」

「沒有，只要你陪我去看鬥牛。」

「那我們午餐見？」

「不了。我跟他一起吃。」

來到飯店門口，我們站在拱廊下。幾人忙著抬桌進拱廊擺設。

「想不想去公園散散步？」布蕾特問：「我還不想上樓。我猜他正在睡覺。」

我們走過戲院，離開廣場，穿過園遊會的帳幕，隨人群在攤位之間的走道行進。走出園遊會後，我們在路口轉彎，走上通往薩拉薩提步道的路。我們看得見步道上的行人全打扮得時髦。他們在公園高處轉彎。

「我們別去那兒，」布蕾特說：「我現在不想引人注目。」

我們在陽光下站定。經過海上來的雨和雲洗禮後，天氣熱得愜意。

「我希望風勢能減弱，」布蕾特說：「強風對他很不利。」

「我也希望如此。」

「他說今天的牛不錯。」

「牠們很好。」

「那座是聖費爾明嗎？」

布蕾特看著禮拜堂的黃牆壁。

「是的。星期日慶典就是從那裡開始的。」

「我們進去吧。你介意嗎？我滿想為他禱告或什麼的。」

禮拜堂的皮門沉甸甸，動起來卻異常輕盈。裡面很暗。許多人正在祈禱。在半暗不明的環境下，視覺適應後才看得見民眾。我們跪在長木板上。過了一會兒，我察覺身邊的布蕾特怔了一怔，見她緊盯著前方。

「我們走吧，」她壓低嗓門說：「我們快離開。可惡，這地方害我神經質。」

出來走在炎熱的街上，布蕾特仰望風中的樹梢。祈禱起不了太大的作用。

「不曉得怎麼的，進教堂總害我神經質，」布蕾特說：「對我一點好處也沒有。」

我們繼續散步。

「宗教氣氛對我太傷了，」布蕾特說：「我的臉和教堂不搭調。」

「你知道嗎，」布蕾特又說：「我一點也不為他擔憂。我一想到他就高興。」

「那就好。」

「只不過，要是風能轉弱該多好。」

「到五點應該能減弱。」

「希望如此。」

「妳不妨祈禱看看。」我笑說。

「對我一點好處也沒有。我的祈禱從來沒靈驗過。你有嗎？」

「喔，有。」

「唉，鬼話，」布蕾特說：「有些人覺得很靈驗，只不過，杰克，看你的樣子，你信教不是很虔誠。」

「我滿虔誠的。」

「唉，鬼話，」布蕾特說：「今天少在我面前傳教了。今天的情況已經夠糟了。」

布蕾特恢復老樣子了。上一次見她如此歡欣無憂，是在她跟寇恩私奔之前。我們回到飯店前面。所有餐桌都已擺設完畢，幾桌已有客人進餐中。

「去照顧麥可吧，」布蕾特說：「別讓他醉得太厲害。」

「寧的友人已今上樓。」德籍領班的英語不甚標準。他有在一旁偷聽客人講話的惡習。布蕾特轉向他：

「謝謝你，太感謝了。你沒別的東西好講嗎？」

「沒有，**夫人**。」

「沒有就好。」布蕾特說。

「幫我們保留一張三人座的桌子。」我對領班說。他唇紅齒白的微笑顯得猥瑣。

「夫人似否在此用餐？」

「不。」布蕾特說。

「那麼我想二人座的桌子基可。」

「不要交代他，」布蕾特說：「麥可的情況想必很糟，」她邊上樓邊說。我們在樓梯上和蒙托亞錯身而過。他鞠躬一下，臉上無笑。

「待會兒咖啡館見，」布蕾特說：「太感謝你了，杰克。」

上到我們房間的樓層，她直接進羅美洛的房間，不敲門。她只伸手開門入內，把門帶上。

我站在麥可房門外，敲敲門，沒有回應。我試試門把，門開了。房間裡雜亂不堪，所有行李箱開著，衣物散置各處，床邊有幾個空瓶。麥可躺在床上，直如一副石膏遺容像。他睜開眼睛，望著我。

「哈囉，杰克，」他慢吞吞說：「我正在補一——點覺。我好久就想要睡一——點覺了。」

「我幫你蓋被子吧。」

「不用。我暖得很。」

「別走。我還沒睡——著。」

「你會睡著的，麥可。別擔心，好小子。」

「布蕾特交到一個鬥牛士，」麥可說：「不過，她的猶太人跑了。」

他轉頭看我。

「天大的好事，不是嗎？」

「是的。好了，你快睡吧，麥可。你應該多睡一點。」

「我正要開始。我正要睡一——點覺。」

他闔上眼皮。我離開他房間，關門時放輕聲音。比爾在我房間裡閱報。

「見麥可沒？」

「見了。」

「我們去吃飯。」

「只要那個德國領班在，我就不去樓下吃。我扶麥可上樓的時候，他一臉瞧不起人的樣子。」

「他剛也瞧不起我們。」

「我們進市區覓食吧。」

我們下樓，在樓梯見到一女孩端著覆蓋式托盤上樓。

「布蕾特的午餐來了。」比爾說。

「也是那小子的午餐。」我說。

來到拱廊下的台座，德國領班上前來。他的臉頰紅亮。他硬裝著禮貌。

「我有一個二人桌，可給二位坐。」他說。

「你自己去坐吧。」比爾說。我們過馬路而去。

我們在廣場旁巷子裡找到一家餐廳，食客清一色是男性，煙霧繚繞，大家暢飲高歌著。餐點可口，葡萄酒亦然。我們話不多。餐後，我們去咖啡館，看著慶典熱鬧至沸點。午餐後未久，布蕾特來了。她說她剛回房看，麥可已經睡著。

慶典沸騰之際，人群湧向鬥牛場，我們隨波逐流而去。布蕾特坐在場邊的前排區，兩旁是我和比爾。我們正下方有一條西班牙文稱為「巷道」（callejon）的通路，連結看台和前排區的紅圍牆。我們後方的水泥看台座無虛席。前方，在紅圍牆外面，鬥牛場的沙地已經梳整得平坦，遍地黃沙。地面因雨略顯泥濘，但已被陽光曬乾了，堅實而平順。幾名護劍士和鬥牛場服務人員扛著藤籃下巷道，裡面裝著染血的披肩斗篷和紅色鬥牛布[76]，緊緊摺疊進籃中。厚重的皮製寶劍盒靠在圍牆上，護劍士掀開盒蓋，顯露裹著紅巾的一綑劍柄。他們打開黑漬斑斑的紅色鬥牛布，以一根棍棒固定撐開，以利鬥牛士握穩。布蕾特全看見了。她沉醉在這些專業步驟中。

「他在他的每一件斗篷和鬥牛布都印名字，」她說：「鬥牛布為什麼叫做muleta？」

「我不清楚。」

「從來都不洗嗎？」

「好像是。可能怕洗了脫色。」

「沾血會讓布硬邦邦。」比爾說。

「好奇怪，」布蕾特說：「怎麼有人不怕血。」

在狹窄的巷道裡，護劍士將所有物品放至定位。座位全坐滿了。上面的包廂全滿。除了總統包廂之外，全場見不到一個空位。等總統一到場，鬥牛即刻展開。在平坦的沙地上，在通往牛欄的大門裡，三名鬥牛士雙手插進斗篷下，彼此交談著，等候進場的訊號。布蕾特手持望遠鏡觀看著。

「給你。你想不想看？」

我用望遠鏡看見三名鬥牛士。羅美洛站中間，左邊是貝爾蒙特，右邊是馬習爾。跟班站後面。在走道和圍欄空地上，我看見短矛士後面有幾名長矛士。羅美洛穿著一套黑色衣褲，水餃帽壓得很低，遮住雙眼，我看不清他的臉，但看得出他的臉傷得嚴重。他直直看著前方。馬習爾正在抽菸，握菸的姿態顯露防人之心。貝爾蒙特看著前方，黃臉有病容，狼型的長下巴突出。他的眼睛視而不見。羅美洛和他和馬習爾似乎彼此毫無共通點。三人全孤伶伶。總統到場

76 muleta，鬥牛士在最後階段揮舞的紅布，上緣包裹著劍，有別於前一階段使用的披肩斗篷capote de brega。

了，我們後方的正面看台觀眾報以掌聲，我把望遠鏡交還給布蕾特。現場鼓掌著。樂隊開始演奏。布蕾特拿著望遠鏡看。

「來，給你。」她說。

我用望遠鏡看見貝爾蒙特對羅美洛講話。馬習爾打直身體，扔掉香菸，直視前方。三位鬥牛士昂首挺胸，邁入鬥牛場中，手臂自然擺動，後面跟著大批人馬齊步走，分散開，斗篷全收攏，人人手臂自由擺動著，隨後長矛士騎馬進場，高舉著像魚叉的長矛。最後進場的是兩隊騾子和鬥牛場工作人員。鬥牛士扶著帽子，對著總統包廂鞠躬，隨即來到我們下方的前排區。貝德羅．羅美洛脫掉金絲沉重的錦緞斗篷，遞給圍牆另一邊的護劍士，對護劍士講一句話。我們近看到羅美洛嘴唇浮腫，雙眼青紫，臉也青紫而腫脹。護劍士接下斗篷，抬頭望布蕾特，朝我們走過來，遞斗篷給她。

「攤開在妳前面。」我說。

布蕾特向前彎腰。布滿金線的斗篷沉甸甸，平滑僵硬。護劍士回頭看，搖搖頭，講一句話。我鄰座的男人靠向布蕾特。

「他不希望妳攤開它，」他說：「妳應該把它摺好，擺在大腿上。」

布蕾特把沉重的斗篷摺好。

羅美洛不抬頭看我們。他正在對貝爾蒙特講話。貝爾蒙特剛把他的禮儀斗篷交給幾名友人。他朝友人望去，微笑著，表情像狼，嘴笑臉不笑。羅美洛靠向前排區討水壺。護劍士帶水壺過來，羅美洛對著密織棉布的鬥牛斗篷淋水，讓下圍碰觸沙地，然後用穿著拖鞋的腳踩踏幾下。

「為什麼踩斗篷？」

「加點重量，風比較吹不動。」

「他的臉看起來很慘。」比爾說。

「他的身體非常差，」布蕾特說：「他該上床休息才是。」

第一頭牛衝著貝爾蒙特而來。貝爾蒙特非常高竿。然而，由於他有三萬西幣可領，徹夜排隊購票想看他的觀眾要求他比高竿更棒才行。貝爾蒙特表演的一大看頭是他能非常接近蠻牛。鬥牛場講究地盤，牛有牛的地盤，鬥牛士也有地盤。只要鬥牛士留在自己的地盤上，人身就能相對安全，每次一進蠻牛的地盤就面臨極大的風險。在全盛時期，貝爾蒙特總是入侵蠻牛的地盤，以此營造悲劇將至的氛圍。前來鬥牛場觀看貝爾蒙特的人，求的是這份悲劇將至的氛圍，或許也為了爭睹貝爾蒙特一命歸陰。在十五年前，鬥牛迷說，想看貝爾蒙特就要快一點，趁他還活著。十五年來，死在他手下的蠻牛不下一千隻。他引退後，他的鬥牛傳奇與日俱增，如今他復出了，民眾反而失望，因為沒有任何血肉之軀能像傳說中的貝爾蒙特那麼靠近牛，當然連貝爾蒙特本人都望塵莫及。

此外，貝爾蒙特也開出多項條件，既堅持牛不能太壯，牛角也不能太凶猛，如此一來，導致悲劇的元素盡失，悲劇將至的氛圍不再有。貝爾蒙特最近罹患瘻管，民眾卻要求他的表現比全盛時期更強兩倍，因此覺得受騙上當了，而傲慢的貝爾蒙特下巴抬得更高，臉色變得更黃，隨著病痛加劇，動作也更加困難，最後觀眾積極唱衰他，他也一概以傲慢冷淡回應。今天下午，他出場本想歡喜走一遭，豈料竟然落得滿場喝倒彩，辱罵聲連連，最後全場對著他抛投座墊、麵包、蔬菜，在他曾叱吒風雲的場合奚落他。他的下巴只比以前舉得更高。幾度，觀眾罵得特別難聽，他回眸一笑，修長的下頷露出滿口白牙。任何一個舉動都令他更加病痛難忍，痛到最後黃臉變羊皮紙色。他刺死第二頭牛，在觀眾不再怒扔麵包和座墊之後，在他向總統敬禮、再亮出狼似的微笑和傲慢的目光之後，在他遞劍至前排區擦拭並收回寶劍盒之後，他走進巷道，在我們下方的前排區坐下，以雙臂墊下巴，視而不見，置若罔聞，只隱忍著病痛。他總算抬頭時，為的是喝一口水。他吞了一點入喉，漱漱口吐掉，帶著斗篷走回鬥牛場。

由於民眾反貝爾蒙特，民眾因此擁戴羅美洛。從羅美洛離開前排區、走向蠻牛的那一刻起，觀眾以掌聲支持他。貝爾蒙特也觀察著羅美洛，總冷眼觀察著，不理會馬習爾。貝爾蒙特對馬習爾那一套瞭若指掌。他復出是為了和馬習爾一較長短。他自知在這場競賽裡他搶先對方一步。原本他指望和馬習爾這種近十年來的鬥牛新秀一較長短，以為憑個人真摯鬥牛情，只需站進鬥牛場內，即可力抗萎靡年代的虛假造作美學。沒想到，他的復出被羅美洛搞砸了。羅美洛舉手投足無不順暢、鎮定、優美，貝爾蒙特再盡力也僅能勉強偶一為之。觀眾感受到了，連比亞里茲來的觀光客也能感受，甚至連美國大使也看見了。大使終於親睹貝德羅．羅美洛風采了。貝爾蒙特不肯競爭，因為競爭只會遭牛角捅出大洞，甚或一命嗚呼。貝爾蒙特的身體已大不如前。他在鬥牛場上不再能大顯身手。目前有啥身手可顯，他自己也不太確定。目前的狀況不可同日而語，如今人生僅能以精采的片段拼湊而成。舊日的榮光今天固然閃爍了幾下，卻毫無價值可言，因為他事先驅車前往朋友的蠻牛繁殖場，下車倚著圍牆，精挑細選幾頭乖牛，以策安全，因此今天表現再好，也早被自己的算計打過折扣。他選上的兩隻牛體形偏小，角不中用，好應付。今天，當他忍著如影隨形的病痛，當他預感昔時的榮光即將再冒出小火花時，那份榮光早已打過折扣，早已被出賣了，因此他感受不到好心情。榮光再小也算榮光，但榮光加身的感覺已不再讓他出場鬥得通體舒暢。

貝德羅．羅美洛的表現則是大展榮光。他愛鬥牛，我認為他也愛牛，我認為他也愛布蕾特。這一天下午在場子裡，他盡可能站對位置，表現給布蕾特看。他一次也不曾抬頭看。如此，他鬥牛時更帶勁，表演給布蕾特看，不忘為自己著想。由於他不抬頭問觀眾是否喜歡，他只表演給自己看，因而強化自己的身手，但他卻也為她而表現。然而，他為她表現的同時並未虧待自我，全程的表現因此更形出色。

他的第一次「拖牛走」[77]呈現在我們正下方。一頭牛先攻擊長矛士，隨後三名鬥牛士輪流對付牠。貝爾蒙特率先上場。其次是馬習爾。最後輪到羅美洛。三人站在白馬的左邊。長矛士以帽簷遮眼，長矛以銳角對準蠻牛，以鞋跟的馬刺猛戳馬身不鬆開，左手握韁繩，遛馬走向蠻牛。蠻牛觀望著。乍看之下，牛靜觀白馬動態，其實牠的焦點放在長矛的三角鐵矛頭。觀望中的羅美洛見到蠻牛開始轉頭。牠不想往前衝。羅美洛甩一甩斗篷，以色彩引牛注目。基於反射動作，蠻牛衝過來，往前衝，發現的不是斗篷而是一匹白馬。馬背上的騎士大動作彎腰向前，握緊山核桃木的矛桿進擊，鐵矛頭戳進牛肩隆起的肉塊，隨即以長矛為軸心，勒馬靠向牛身

77 quite，「移除」，西班牙文。

旁，讓矛頭加重傷勢，讓矛頭在牛肩穩穩立足，讓牛為貝爾蒙特淌血。

矛頭下的蠻牛不抗拒。牠其實不太想攻擊白馬。牠轉身，三名鬥牛士分散開來，羅美洛以斗篷支開牠，身手柔和流暢，然後在牛前立定，對牛展現斗篷。牛豎起尾巴衝刺，羅美洛站穩雙腳旋身，雙手揮過牛頭前方。方才以泥濘增重的斗篷宛如船帆遇風飄漲，羅美洛順勢在即將觸牛頭之際來個軸轉，動作一結束，雙方再次面對面。羅美洛淺淺一笑。蠻牛想再來一次，羅美洛又撐起斗篷，這次換邊耍。每一次，他都讓牛擦身而過，乃至於人、牛、迎牛飄漲的斗篷融合為刻劃鮮明的一體，過程遲緩而節制。猶如他搖著蠻牛，哄牛入睡。像這樣，羅美洛使出維諾尼卡法，逗耍牛四回，最後以半套維諾尼卡背對著牛，迎向掌聲，一手叉腰，斗篷搭在手臂上，牛望著他的背影遠去。

羅美洛和自己的牛交手時，表現淋漓盡致。他的第一頭牛眼力不佳。斗篷和牛交鋒的頭兩次，羅美洛已知這隻牛視覺異常。羅美洛順應情勢以對，表現不算高超精湛，僅算是零缺點。觀眾慫恿蠻牛進擊。叫囂聲震天。牛看不清誘餌，觀眾沒好戲可看，奈何總統遲不下令換牛。

「為什麼不換一頭牛上場嘛？」布蕾特問。

「買牛的錢都付了。他們不想賠錢。」

「對羅美洛很不公平。」

「好好看他怎麼應付一頭眼睛不管用的牛。」

「這種事我不喜歡看。」

對當事人稍有關心的人都看不下去。由於牛看不見斗篷上的色彩，也看不見法蘭絨鬥牛布上的血紅，羅美洛不得已，只好迫使牛正視人身。羅美洛必須迫近牛，讓牛看見他的身體，逗牛衝過來，隨即站開，讓牛一頭撞向紅布，以傳統手法結束這場交鋒。比亞里茲來的觀眾看不順眼。他們以為羅美洛怕了，所以見牛進擊才稍微站開，以紅布替換人身。他們比較中意貝爾蒙特模仿貝爾蒙特，比較中意馬習爾模仿貝爾蒙特。我們背後那排有三個這種人，議論紛紛：

「他那麼怕牛幹什麼？那頭牛笨死了，只對著那塊布亂衝一通。」

「這鬥牛士太嫩了。還沒學透。」

「可是，我剛才還覺得他的斗篷耍得不錯。」

「大概是現在他緊張起來了。」

羅美洛在場中隻身佇立著，繼續耍同一招，近到蠻牛能一眼看見他，供出整個人獻給牛，再靠近再獻一次，牛眼悶悶看著，然後羅美洛近到牛自以為能得手了，再獻身，最後準備攻擊了，在牛角迫近的前半秒舉紅布耍牛，動作微妙得肉眼幾乎無法察覺，抽扭的技巧令比亞里茲派鬥牛評論專家大呼亂來。

「他就要屠牛了，」我告訴布蕾特：「牛的力氣還很大。他不想耗盡氣力。」

在場中央，羅美洛在牛前面站定位置，從鬥牛布裡拔劍而出，踮起腳尖，順著刀鋒瞄準標靶。牛進攻的同時，羅美洛也進攻。羅美洛放低左手，讓紅布遮牛頭，矇住牛眼睛，左肩膀順勢進入兩角之間，劍入牛身的瞬間人牛合一，羅美洛大動作彎腰，右手臂伸長，劍沉入牛肩中間只剩柄。隨即，人牛裂解了。羅美洛抽身而退時微微震了一下，隨即站好，一手舉起，正面對著牛，白襯衫被扯出袖子外，隨風飄曳，而紅劍柄牢牢卡在雙肩之間的蠻牛，頭漸漸低垂，四腳漸漸失衡。

「就快了。」比爾說。

羅美洛近到牛能看清他。他一手仍高舉著，對著牛喊話。牛打起精神，然後頭往前伸，慢慢走過去，剎那間四腳朝天。

助手將寶劍交給羅美洛。他劍尖朝下握劍，另一手拿著鬥牛布，走向總統包廂前方，鞠躬，挺直腰桿，走向前排區，遞交寶劍和紅布。

「爛牛。」護劍士說。

「害我滿頭汗。」羅美洛說。他擦擦臉。護劍士遞水壺給他。羅美洛擦一擦嘴唇。拿著水壺喝水會痛。他不抬頭看我們。

馬習爾今天大有作為。羅美洛最後一頭牛進場時，觀眾仍在為馬習爾鼓掌。今早奔牛時，奪群而出、捅死一人的牛正是這一頭。

羅美洛對付第一頭牛時，破相非常顯著，一舉一動，臉傷都逃不過眾人的眼光。為了巧妙應付盲牛，他全神貫注，因此無心遮掩傷勢。和寇恩對打後，他的士氣並未稍減，但臉蛋已被打歪，肉體疼痛不已。現在，他擦臉順便抹淨皮肉之苦。對付這頭牛的一舉一動都能把皮肉之苦抹得更乾淨一些。這是一頭好牛，大蠻牛一隻，長著扎實的牛角，轉身再進擊的動作輕鬆而從容，正是羅美洛求之不得的好牛。

要完紅布、準備奪牛魂的時刻到了，觀眾慫恿他繼續鬥牛。觀眾還不想看他屠牛，不希望表演就此結束。羅美洛繼續鬥。簡直像開班訓練鬥牛士的一門課程。所有交鋒全一氣呵成，全示範完畢，每個動作都做得遲緩流暢。不要把戲，也不製造懸疑。不見唐突簡慢。每次交鋒至一髮千鈞之際，觀眾總看得陡然心疼。觀眾說什麼也不願戲演到這裡戛然結束。

牛站穩腳步，等著受死，羅美洛在我們正下方給牠致命一擊。與上一頭牛不同的是，這次他屠牛並非逼不得已，而是因為他想屠牛。他在牛的前方站對位置，從鬥牛布抽取寶劍，順著刀鋒瞄準牛。牛看著他。羅美洛對牛喊話，一腳踏一踏。牛衝過來，羅美洛等候牠，紅布低垂，舉劍對準牠，穩住立足點。接著，他無需向前邁一步，紅布向下一揮，牛頭跟著來，轉瞬間紅布消失了，羅美洛向左抽身閃避，人牛就此合一，刀鋒高高刺進兩肩中間，結束了。牛想再往前走，腿卻不聽使喚，身體左搖右晃，游疑不決，隨即腿軟下跪，羅美洛的兄長從他身後俯身上前，手持小刀，想刺進牛頸近牛角的部位。第一次，他失手。他再戳，這次牛倒地了，抽搐著，不再動作。羅美洛的兄長一手握牛角，另一手持刀，仰望總統包廂，滿場是舞動中的手帕。總統從包廂俯瞰，也揮舞著手帕。羅美洛兄長割取死牛缺了一角的黑耳朵，帶著牛耳走向羅美洛。牛躺在沙地上，蔚為黑黑的一座小山，舌頭露在牛嘴外。男孩紛紛從觀眾席各處奔向他，圍成小圈圈靠攏，開始圍著死牛跳舞。

羅美洛從兄長手中接下牛耳，對著總統高舉，總統見狀鞠躬致意。羅美洛趕在觀眾歡呼之前走向我們，挨在前排區的圍牆上，致贈牛耳給布蕾特。他點頭微笑著。全場目光集中在他身上。布蕾特按著斗篷。

「看得喜歡嗎？」羅美洛高聲說。

布蕾特沉吟不語。兩人相視微笑著。布蕾特一手捧著牛耳。

「不要被血沾到。」羅美洛說著呲牙笑。觀眾要他。幾名男孩對著布蕾特叫罵。觀眾是男孩，是舞者，是醉漢。羅美洛轉身，想穿越人群而去。大家簇擁著他，想扛舉他，他掙扎著，扭身閃躲，在人群中拔腿就跑，想直奔向出口。他不想被群眾扛著走。奈何，民眾還是抓住他了，抬他起來。他被扛得不舒服，雙腿被岔開，身體非常痠痛。大家抬著他，奔向大門。他一手按在某人肩膀上。他回首望著我們，臉上寫滿歉意。群眾扛著他，從門口跑出去。

我們三人一同回飯店。布蕾特上樓。比爾和我坐在樓下飯廳，分食幾顆硬蛋黃水煮蛋，喝了幾瓶啤酒。貝爾蒙特穿著便服也下樓來，由經紀人和兩名男子陪同，在我們鄰桌坐下用餐。貝爾蒙特吃得非常少。他們想搭七點的火車前往巴塞隆納。貝爾蒙特穿深色西裝和藍條紋襯衫，吃著軟蛋黃水煮蛋。其他人吃大餐。貝爾蒙特不講話。他只回答問題。

看完鬥牛，比爾累了。我也是。雙方對鬥牛都太投入了。我們坐著吃雞蛋，我旁觀鄰桌的貝爾蒙特一行人。隨行人士長得像硬漢，一副公事公辦的模樣。

「我們去咖啡館吧，」比爾說：「我想喝一杯苦艾酒。」

今天是慶典最後一天。天又開始陰了。廣場上一片人海，煙火專家忙著架設今晚施放煙火用的器材，以山毛櫸枝葉覆蓋。男孩圍觀著。我們從竹梗修長的沖天炮旁邊走過。咖啡館外面有一大群人。歌舞正進行中。巨人和侏儒正要通過。

「艾德娜哪裡去了？」我問比爾。

「我不清楚。」

我們看著慶典最後一夜的夜幕降臨。有苦艾酒可喝，一切看得比較順眼。苦艾酒的喝法是滴酒溶糖進杯子才喝，我省略這步驟，苦得痛快。

「我為寇恩感到難過，」比爾說：「這陣子，他日子不好過。」

「哼，管他去死。」我說。

「你認為他去哪裡了？」

「回巴黎。」

「你認為他會怎樣？」

「哼，管他去死。」

「你認為他會怎樣？」

「去找他的老相好吧，大概。」

「誰是他的老相好？」

「一個叫法蘭西絲的人。」

我們再喝一杯苦艾酒。

「你什麼時候回去？」我問。

「明天。」

過了一會兒，比爾又說：「哇，這慶典真不是蓋的。」

「是啊，」我說：「一刻不得閒。」

「別人聽了也不會相信。感覺像一場精采的惡夢。」

「是啊，」我說：「我什麼也不信。包括惡夢在內。」

「怎麼了？情緒低落嗎？」

「低到不像話。」

「再來一杯苦艾酒吧。喂，侍應！再端一杯苦艾酒給這位先生。」

「我心情糟透了。」我說。

「喝吧，」比爾說：「慢慢喝。」

天色逐漸黯淡。慶典持續中。醉意開始蒙上我心頭，但心情不見起色。

「你現在心情怎樣？」

「我心情糟透了。」

「再來一杯吧？」

「再喝也沒好處。」

「試試看吧。誰曉得呢？搞不好這一杯正好能澆愁。喂，侍應！再端一杯苦艾酒給這位先生！」

我一股腦兒摻水進杯裡攪拌，而不是一滴滴慢慢加。比爾加一塊冰。我用湯匙攪動冰塊和混濁而褐黃的混合液。

「滋味怎樣？」

「還好。」

「別像剛才那樣喝太快，不然會反胃。」

我放下酒杯。我不是故意喝太快。

「我覺得醉了。」

「你有這感覺是對的。」

「你剛不就希望這樣嗎？」

「對。喝醉酒。趕走可惡的愁緒。」

「嗯，我是醉了。你不正希望這樣嗎？」

「坐下。」

「我不想坐下，」我說：「我想回飯店。」

我醉茫茫了。印象中，我從沒醉到如此嚴重。回到飯店，我上樓。布蕾特的房門開著。我探頭進門，見麥可坐在床上，拿著酒瓶對我揮一揮。

「杰克，」他說：「進來吧，杰克。」

我入內坐下。整個房間搖搖晃晃，我定睛看某件物品才恢復正常。

「布蕾特她嘛。她跟那個鬥牛小子跑了。」

「不會吧。」

「沒錯。她臨走前去找你，想說聲再見。他們搭七點的火車走了。」

「是嗎？」

「醜事一樁，」麥可說：「她怎麼做得出那種事。」

「嗯。」

「要不要喝一杯？等我搖鈴再叫啤酒吧。」

「我醉了，」我說：「我想回房躺下。」

「你醉茫了嘛？我剛也茫了。」

「是的，」我說：「我茫了。」

「好吧，加油，」麥可說：「去睡個覺吧，老友。」

我回自己房間，躺在床上。整張床啟航了，我在床上坐起身子，瞪著牆壁，下停航令。慶典持續在窗外的廣場上進心中。不代表什麼。後來，比爾和麥可進來，找我一起下樓吃飯。我假裝熟睡不醒。

「他睡著了。最好別吵他吧。」

「他爛醉得一塌糊塗。」麥可說。他們離開房間。

我下床，走上陽台，瞭望廣場中的熱舞。不再天旋地轉了。視野變得十分清晰明亮，邊緣時而模糊不清。我盥洗完畢，梳一梳頭髮。鏡子裡的自己顯得陌生。我下樓進飯廳。

「他來了！」比爾說：「好老兄杰克！我就知道你沒醉昏頭。」

「哈囉，老醉漢。」麥可說。

「我被餓醒了。」

「來幾口濃湯吧。」比爾說。

我們三人坐一桌，感覺像有六人缺席。

第三部

第十九章

翌晨，一切全結束了。慶典劃下句點了。我在九點左右起床，泡個澡，穿好衣服，下樓。廣場上冷清清，路上不見人群。幾名兒童在廣場上撿拾沖天炮梗。咖啡館正要開張，侍應搬出舒適的白藤椅，移到陰涼的拱廊下，圍著大理石桌面的餐桌擺成一圈圈。有人在掃街，拿著水管灑水。

我坐在藤椅上，舒舒服服向後仰。侍應不急著過來。白海報仍貼在拱廊的柱子上，公告著鬻牛出籠日期和加班火車。一名侍應穿著藍圍裙出來，提著一桶水和抹布，著手撕掉海報，一條條撕下來，然後刮洗掉殘留在岩柱上的紙痕。慶典結束了。

我喝一杯咖啡，一會兒後，比爾來了。我看著他從廣場對面走過來。他坐下，點一杯咖啡。

「嗯，」他說：「全結束了。」

「是的，」我說：「你什麼時候走？」

「不知道。我建議我們最好包一輛車。你不打算回巴黎嗎？」

「對。我可以再待一個星期。我考慮去聖塞巴斯提安。」

「我想回去了。」

「麥可想怎樣？」

「他想去聖尚德呂茲[78]。」

「那我們包一輛車，一起坐到巴詠納。你可以從那裡搭今晚的火車回去。」

「好。我們午餐後出發。」

「好。我去找車子。」

我倆吃完午餐，付完錢，蒙托亞遠遠避著我們。一名女僕送帳單過來。包車來了。司機搬行李上車頂疊妥綁緊，有幾件行李擺在副駕駛座上，我們坐上車。車子駛出廣場，走巷子離開市區，通過樹蔭下，下山遠離潘普洛納。感覺上，這趟路不遠。麥可帶來一瓶芬德多。我只喝兩口。車子翻越高山，離開西班牙，碾著白路下山，穿越綠葉過多、潤澤蓊鬱的巴斯克地區，最後進入巴詠納。我們在車站托運比爾的行李，他買一張前往巴黎的車票。他的班車七點十分出發。我們離開車站。包車停靠在車站前。

「包車怎麼辦？」比爾問。

「唉，車子真累贅，」麥可說：「我們乾脆留著好了。」

「好，」比爾說：「我們去哪裡兜兜風？」

「一起去比亞里茲喝一杯。」

「愛揮霍的老麥可。」比爾說。

車子帶我們去比亞里茲，停在一棟特別豪華的大飯店前。我們進酒吧，坐上高腳凳，喝威

78 聖尚德呂茲（Saint Jean de Luz），法國巴斯克區漁村。

士忌蘇打。

「這杯我請客。」麥可說。

「擲骰子決定吧。」

我們對著皮面的大骰碗擲骰，賭撲克骰子。比爾第一手就出局，隨後麥可輸我，交出一張一百法郎的鈔票給酒保。威士忌一杯十二法郎。我們再玩一回合，麥可又輸了。每次他都賞酒保不錯的小費。酒吧外的一廳裡，有個不錯的爵士樂隊演奏著。這酒吧的氣氛宜人。我們再來一回合。我擲出四個K，出局，比爾和麥可再擲，麥可得到四個J，贏第一手，比爾贏第二手。最後一擲，麥可擲出三個K，保留下來。他把骰碗交給比爾。比爾拿起骰子搖一搖，出手，擲出三K、一A和一Q。

「你請客，麥可，」比爾說：「老麥可，王牌賭徒。」

「抱歉了，」麥可說：「我不能再請了。」

「怎麼了？」

「我沒錢了，」麥可說：「一文不名了。我只剩二十法郎。收下吧，就這二十法郎。」

比爾的臉色略變。

「我早上的錢只夠付蒙托亞。錢還夠，算我走狗運。」

「開支票給我，我給你現金。」比爾說。

「你的好意我心領了，可惜我不能開支票。」

「你沒錢怎麼過日子？」

「唉，改天總有一點錢會來。我應該會收到兩週一次的津貼。聖尚德呂茲有個小酒館准我賒帳。」

「那你們的包車怎麼辦？」比爾問我：「你們想繼續包嗎？」

「都可以。繼續包，感覺有點白痴。」

「好了好了，咱們再喝一杯吧。」麥可說。

「好。這杯我請客，」比爾說：「布蕾特有沒有錢？」他轉向麥可。

「不一定有。我付蒙托亞的錢，大多是她給我的。」

「她身上一毛錢也沒有？」我問。

「好像吧。她從來都一毛錢也沒有。她每年領五百英鎊，其中三百五孝敬給猶太人繳利息。」

「猶太人懂得撈錢該往源頭撈。」比爾說。

「沒錯。他們其實不是猶太人。猶太人是我們取的綽號。我相信他們是蘇格蘭人。」

「她身上一毛錢也不帶嗎？」我問。

「應該是。她走前全給我了。」

「這樣的話，」比爾說：「我們乾脆再喝一杯。」

「這主意好極了，」麥可說：「清談錢財又不能解決問題。」

「對，」比爾說。接下來兩回合，換比爾和我擲骰子較勁。比爾輸了，付帳。我們出去坐車。

「麥可，你想去什麼地方？」比爾問。

「我們去兜風吧。搞不好我能找到可以賒帳的地方。我們去到處兜兜風吧。」

「好。我想去海邊看看。我們坐車去昂代[79]。」

「我在海邊可沒帳可賒喔。」

「你不講，別人看不出來。」比爾說。

車子行駛在沿海道路上。沿途看得見岬角上的綠地，有紅頂白別墅，有一叢叢的森林，退潮的海面藍得很，離沙灘很遠的海上才有浪花。車子穿越聖尚德呂茲，再通過幾座沿岸村莊。在我們翻越的綿延丘陵的後方，我們看見從潘普洛納過來時行經的高山。路在前方延伸。比爾看手錶。我們該回去了。他敲敲車窗，請司機調頭。司機倒車進草地迴轉。我們的背後是樹林，下面是一片牧草地，更下面是大海。

來到聖尚德呂茲，車子停在麥可即將投宿的飯店前，他下車。司機為他提行李。麥可站在車子旁邊。

「再見了，兩位，」麥可說：「這場慶典好玩透頂了。」

「再會了，麥可。」比爾說。

「以後見。」我說。

「別擔心車錢，」麥可說：「杰克，車錢你先墊，我改天會把我的部分寄給你。」

「再會了，麥可。」

「再會了，兩位。你們夠義氣。」

大家握握手。我們從車上揮別麥可。他站在路上望著。車子趕在火車離站前停在巴詠納。一位腳夫從寄放室提行李給比爾。我最遠送他到月台門。

「再會了，好傢伙。」比爾說。

「再會了，小子！」

「這幾天真快活。我享受到一段快活的假期。」

「你會待在巴黎嗎？」

「不會，我的船在十七號出海。再會了，好傢伙！」

「再會了，老小子！」

他走進月台門，步向火車。腳夫提著行李，走在他前方。我望著火車離站。比爾坐在一道窗戶裡面。窗戶走了，火車其他部分也走了，鐵軌變得空蕩蕩。我回到包車上。

「車資多少？」我問司機。前往巴詠納的定價是一百五十西幣。

「兩百西幣。」

「你回程如果送我去聖塞巴斯提安，要加多少錢？」

「五十西幣。」

「別開我玩笑。」

「三十五西幣。」

---

79 昂代（Hendaye），法國最西南角的渡假漁村。

「不值得，」我說：「送我去花籃飯店。」

來到飯店，我付車資，附加小費。粉塵遍布全車身。我抹一抹釣竿盒上的塵土。這似乎象徵著西班牙和聖費爾明節跟我的最後一個關聯。司機推排檔桿，駛上馬路。我看著車子轉上前往西班牙的路。我進飯店，櫃檯開給我房間。比爾、寇恩和我在巴詠納時，我住的正是同一間。宛如好遙遠的一段往事。我盥洗，換襯衫，出去逛街。

我在書報攤買一份紐約《前鋒報》，在咖啡館坐下閱讀。重返法國的感覺很奇特。有一種置身郊區的安全感。我後悔自己怎麼不跟比爾一同回巴黎，話說回來，回巴黎只意味著延續慶典氣氛。我暫時不想再慶了。在聖塞巴斯提安能圖個清淨。旺季在八月才開始。我可以住個好飯店，讀讀書，游游泳。聖塞巴斯提安有一座不錯的海灘。岸上的步道兩旁也種了不少好樹。趕在旺季前，許多家長請保姆帶小孩來玩。入夜後，馬林納斯咖啡館對面的樹下有樂隊公開演奏。我可以坐在咖啡館裡聽音樂。

「裡面的餐點如何？」我問侍應。咖啡館裡附設餐廳。

「好。非常好。客人吃得很開心。」

「好。」

我入內，點晚餐。在法國境內而言，這一頓算大餐，但歷經西班牙假期後，這分量顯得中庸。我和一瓶葡萄酒對飲。它名叫馬格酒莊。能細細品酒、能獨自淺酌，感覺好宜人。一瓶葡萄酒是個良伴。餐畢，我喝杯咖啡。侍應推薦一種名叫星辰的巴斯克地方利口酒。他端瓶子過來，斟滿一利口杯。他說星辰酒的素材是庇里牛斯山脈鮮花，是如假包換的山花。這酒看似髮油，氣味像義大利思特雷加花草酒。我請他帶走庇里牛斯山花，改給我一杯法國老渣酒。老渣酒好喝。咖啡喝完，我再來一杯。

我謝絕山花酒，似乎得罪到侍應，因此我多賞他一些小費。他見賞心喜。置身在一個小動作就能讓人開心的國家，感覺真舒暢。在西班牙，你永遠不知道什麼動作才可贏得侍應一聲謝謝。在法國，一切都擺明以金錢為基礎。在法國生活之單純，全世界比不上。別人不會莫名其妙跟你稱兄道弟，進而讓情況複雜化。如果你要人喜歡你，你只需花點小錢。我花了一點小錢，侍應就喜歡我。他懂得欣賞我這一身寶貴的情操。他會很樂意見我再來光顧。有機會，我會再來這一家，他會很高興見到我，會關照我這一桌。由於雙方的互動已有紮實的根基，這種喜歡是誠摯無欺的。我回到法國了。

隔天早上，我在飯店逢人就賞小費，賞得有點過分，為的是多交幾個朋友。然後，我搭早班車前往聖塞巴斯提安。在車站，我不超賞小費給行李工，只因我可能不會再遇到他。我只想在巴詠納交幾個法國好朋友，以便將來重返巴詠納能見到歡迎我的臉孔。我知道，如果他們記得我，他們的友誼勢必忠誠。

火車進伊倫站，乘客必須換車，並檢查護照。我討厭離開法國。在法國過日子多麼單純啊。回西班牙，我覺得自己好蠢。在西班牙，凡事都難說個準。回西班牙很蠢沒錯，但我排隊等著驗護照，打開行李給海關搜，買票進月台，坐上火車，經過四十分鐘和八座隧道後，我來到聖塞巴斯提安。

即使在大熱天，聖塞巴斯提安具有某種清晨的特質。樹上的葉子彷彿永遠也不會全乾。市街彷彿剛灑過水。天氣再熱，有些街道永遠陰涼。我進市區找一間我去過的飯店，櫃檯給我一個附陽台的房間，能俯瞰市區萬家屋頂，更遠處有一片翠綠的山坡地。

我打開行李箱，把我的幾本書放在床頭櫃上，把刮鬍用品擺好，在大壁櫥裡掛幾件衣服，將送洗的衣物紮成一包。接著，我進浴室淋浴，然後下樓吃午餐。西班牙尚未改夏令時間，所以我來得太早。我再調手錶。來聖塞巴斯提安，我賺到一小時。

我一進入飯廳，服務台就請我填寫一份治安表。我簽名，請他給我兩份電報單，其中一份請蒙托亞飯店轉寄我的郵件和電報至此地址。我估算自己將在聖塞巴斯提安逗留幾天，然後發電報給辦公室，請他們保留郵件，今後六天的電報則全數轉來聖塞巴斯提安給我。之後，我進去吃午餐。

午餐後，我上樓回房間，讀一點書，然後午睡。我在四點半醒來，找到泳裝，連同梳子包進毛巾裡，下樓踏上前往孔查海灘的路。退潮一半了，黃沙灘平整而堅實。我進淋浴間，脫衣服，換上泳裝，踏著平坦的沙地走向大海。赤腳下的沙子暖和。水裡和岸上有不少人。海上有兩座岬角圍出一座港灣，在岬角幾乎相接之處有白白一道浪花，更遠處是外海。儘管潮水正在退，仍不乏有幾道小浪湧入，凸出水面如丘陵，凝聚海水的力道，圓滑地拍上溫暖的沙灘。我涉水入海。水好冷。一陣小浪漂來之際，我鑽進水面下潛水，寒意褪進才浮出海面。附近有一艘木筏，我游過去，爬上筏子，躺在發燙的木板上。木筏另一端有一對年輕男女。女孩的泳裝上衣束帶開著，正在曬背。男孩趴在旁邊，對她講話，逗得她哈哈笑，被曬成褐色的背在豔陽下翻動。我躺在木筏上曬太陽，曬到乾為止。然後，我再試幾次潛水。我一度潛得很深，一鼓作氣游到觸底。我睜開眼睛游，水底世界綠綠暗暗。木筏底下形成一道黑影。我在筏子旁邊浮出水面，爬上筏子，再潛水一次，看自己能憋氣潛游多遠，然後上岸。我躺在沙灘上曬乾身體，然後進淋浴間，脫掉泳裝，用淡水沖洗一陣，把身子擦乾。

我走港邊的樹蔭至賭場，然後挑一條涼爽的馬路走向馬林納斯咖啡館。裡面有管弦樂團正在演奏，我坐台座上，享受炎炎夏日的清涼，喝著一杯檸檬汁剉冰，然後是高高一杯威士忌蘇打。我在咖啡館前坐了好久，讀著書，看人，聽音樂。

後來，天色漸漸暗，我繞著港口散步至海景步道，最後才回飯店吃晚餐。一場自行車賽正在進行中，名為環巴斯克自行車賽，騎士今晚在聖塞巴斯提安過一夜。飯廳的一旁坐著一長桌的單車騎士，和教練與經理共餐，全是法國人和比利時人，很注重飲食，但大家吃喝得盡興。桌頭坐著兩名姿色不錯的法國女孩，造型屬於巴黎蒙馬特山的孚柏格路那一區的時尚。我分辨不出她們的另一半是誰。長桌上的眾人全講俚語，不停講外人聽不懂的笑話，桌尾的女孩想聽也不告訴她們。隔天一早五點，賽程最後一段聖塞巴斯提安至畢爾包即將展開。選手們牛飲著葡萄酒，皮膚被曬黑了。他們似乎不把輸贏當作一回事，只彼此較勁而已。他們太常較勁了，誰輸誰贏的差別不大。尤其是在國外。錢可以再商量。

賽程中暫時領先兩分鐘的男選手罹患瘍腫，疼痛難忍，坐時以後腰代替臀部。他的頸子曬得火紅，金髮也被曬得脫色。同夥的騎士拿瘍腫消遣他。他聽了拿叉子敲敲桌。

「聽好，」他說：「明天我鼻子緊緊貼握把，那些個瘍腫只有清風摸得著。」

桌尾的女孩之一瞅著他看，他奸笑一下，霎時面紅耳赤。他們說，西班牙人不懂得怎麼踩單車。

在台座上，我和一家腳踏車大廠商的車隊經理喝咖啡。他說，這次比賽非常順利，若非柏特恰[80]在潘普洛納退出比賽，否則值得一看。一路上的塵土不利賽事，幸好西班牙境內的路況優於法國。自行車公路賽是全球獨一無二的運動，他說。我關注過環法自行車賽嗎？只在報上讀過。環法自行車賽是全世界最大的體壇盛事。由於他關注賽事也安排公路賽程，對法國多了一分了解。很少人了解法國。整個春天，整個夏天，整個秋天，他跟隨自行車選手四處奔波。比賽從一地轉戰另一地，看看目前有多少汽車尾隨騎士就知道多轟動。法國是個富庶的國家，在體壇的活躍程度與年俱增，勢必成為全世界最活躍的體育大國。全是自行車公路賽促成的。足球也有功勞。他懂法國。《法國體育報》。他懂公路賽。我們共飲一瓶干邑酒。只不過，到頭來，能回巴黎也不賴。花都只有一個。全世界找不到第二個花都。巴黎是全世界最注重體育的都市。我知不知道有一家「黑杯」咖啡館？我沒聽過。改天我們會相約在那裡見面。我絕對會去。我們會再共飲一瓶白蘭地蘇打。一言而定。他們大清早五點四十五分啟程。我想不想起床看他們起跑？我絕對會盡量。我想不想讓他打電話叫醒我？我可以考慮。我會請櫃檯叫我起床。他不介意打給我。我不願麻煩他。我通知櫃檯叫我即可。我們互道明早見。

我一早醒來，自行車騎士和隨行車隊已上路三小時。我在床上閱報喝咖啡，然後穿衣服，帶泳裝至海邊。晨間空氣濕涼清新，身穿制服和農衣的保姆陪小孩在樹下散步。西班牙的孩童天生就漂亮。幾名擦鞋匠同坐一棵樹下，與一名軍人交談。軍人缺一條手臂。潮來了，海風徐徐，浪打沙灘。

我進淋浴間換裝，穿越窄窄一道沙水交接區，走進海水裡。我游出去，試圖泳破一道道的捲浪，有時卻被迫潛水。接著，我進入平靜的水域，仰躺著漂浮。漂浮中的我只見天，感受著水面的起起落落。我調頭游回波浪區，臉朝下隨波漫游著，借重一股大浪的衝力前進，然後再調頭游，試圖停留在波谷裡，不讓海浪打在我身上。我在波谷裡游累了，轉身朝著木筏游去。海水浮力大，溫度低。感覺上怎麼游也不會沉。我緩緩游著，感覺像隨著大潮游了好遠，然後我爬上木筏坐著，滴滴答答，木板漸漸被曬熱。我環視海灣、舊城區、賭場、海景步道上的那一行樹、幾家金字招牌的白門廊大飯店。在右邊幾乎能封鎖海口的地方，有一座城堡雄踞綠丘上。木筏隨海波搖擺不定。岬角伸向小海口，對岸的另一岬角地勢較高。我考慮泳渡這海灣，卻唯恐游到一半抽筋，因而打消念頭。

我坐在陽光下，觀看海邊的弄潮民眾。看起來像小不點。看了一陣子後，我站起來，以腳趾踩緊筏子邊緣，筏子不敵重擔而傾斜，我縱身一股腦兒深潛進海裡，然後往上游，水愈淺，壓力愈輕，接著甩掉滿頭鹽水，慢吞吞定速游向岸邊。

穿好衣服，繳清淋浴間使用費之後，我散步回飯店。自行車選手隨地留下數本《汽車》雜誌，我全收拾進閱讀室，帶幾本出去，找一張安樂椅坐著曬太陽，閱讀法國最新體壇動態。這時候，飯店門房朝我走來，手持一藍色信封。

「先生，這裡有一份您的電報。」

---

80 柏特恰（Bottechia），自行車廠商。

我一指戳進折口撐開信封閱讀。這則電報從巴黎轉寄而來。

請來馬德里蒙大納飯店我有大麻煩布蕾特。

我賞小費給門房，再讀電報一遍。人行道上來了一名郵差，嘴上一撇大鬍子，外表雄壯威武，轉進飯店，隨即離去。門房跟在他背後出來。

「又來了一則電報給您，先生。」

「謝謝你。」我說。

我展閱。這一則從潘普洛納轉寄而來。

請來馬德里蒙大納飯店我有大麻煩布蕾特。

門房逗留不走，想必是等著再討賞。

「幾點有火車去馬德里？」

「火車今天早上九點走了。十一點有一班慢車，今晚十點有一班南方特快車。」

「代我訂南方特快車的睡鋪。要我先給你錢嗎？」

「悉聽尊便，」他說：「我也可以記在帳單上。」

「記帳好了。」

哼，這下子，聖塞巴斯提安假期泡湯了。我猜我原本就隱約能預料到這狀況。我看見門房站在門口。

「請拿一張電報單給我。」

電報單送來後，我取出鋼筆，以印刷體大字寫著：

艾敘理夫人馬德里蒙大納飯店明乘南方特快抵達愛妳的杰克。

這樣應該能應付。可以了。把女孩和男人送作堆。再介紹別人給她，她跟新對象跑了。現在再去接她回來。而且在電報上簽「愛」字。的確是這回事沒錯。我進飯店吃午餐。

那一夜在南方特快車上，我睡得不多。早晨，我在餐車用早餐，欣賞亞威拉[81]和埃斯科里亞爾[82]之間的松與岩景觀。窗外是豔陽下的埃斯科里亞爾修道院，灰灰一長條，冷冰冰，我不屑一顧。馬德里在平原上漸漸現蹤跡，只見被烈日烤乾的鄉間有一道房舍密集的白色天際線，座落在一小座峭壁之上。

馬德里的北站是全線終點。所有火車到此為止。進無可進了。車站外有馬車和計程車群，也有一排飯店外勤。感覺像鄉村小鎮。計程車帶我爬坡穿越庭園，路過無人的皇宮，路過峭壁

---

81 亞威拉（Ávila），馬德里西南邊的古城。

82 埃斯科里（Escorial），位於馬德里西南邊，以十六世紀皇家修道院聞名。

上一座未完工的教堂，一直爬升至酷熱的現代城區。計程車順坡下滑，路面平整，行經太陽門廣場，然後穿越車流，進入聖荷洛米諾街。商店全打開遮陽棚，以阻擋暑熱。向陽側的窗簾全闔上。計程車在路邊停下。我看見二樓掛著「蒙大納飯店」招牌。司機提行李入內，擱在電梯旁。任我怎麼按，電梯不動就是不動，我只好爬樓梯。二樓掛著黃銅招牌：蒙大納飯店。我按鈴，無人應門。我再按，門開了，開門的女僕面色陰鬱。

「艾敘理夫人閣下住這裡嗎？」我問。

她悶悶看著我。

「這裡有沒有一位英國婦女？」

她轉頭朝裡面喚人。一名女大胖子走來門口。她頭髮花白，以髮油在臉龐兩邊固定成小浪捲，個子矮，舉止威嚴。

「妳好，」我以西班牙文說：「這裡是不是住了一位英國婦女？我想見這位英國女士。」

「你好。是的，是有一位女性英國人。如果她願意見你，你當然可以見到她。」

「她願意見我。」

「小姐會去問她。」

「天氣好熱。」

「馬德里夏天是非常熱的。」

「而且冬天多冷。」

「是的，冬天是非常冷的。」

我個人想不想投宿蒙大納旅館呢？

我暫時無法決定。我的行李在一樓，擔心被人偷走，如果有人能幫我提上樓來，我會感恩的。蒙大納飯店從來不遭小偷。在其他旅店會。這裡不會。不會。本店工作人員是精選挑剔而來的。我聽了很高興。儘管如此，我期盼行李能向上提升。

女僕進來說，女性英國人想見男性英國人，即刻。

「好，」我說：「看吧，我不是說過嗎？」

「顯然。」

我跟著女僕下樓，進入一條昏暗的長廊。來到盡頭，她敲敲門。

「哈囉，」布蕾特說：「杰克，是你嗎？」

「是我。」

「進來進來。」

我開門入內，女僕為我關門。布蕾特在床上，原本梳著頭髮，現在一手拿著梳子。唯有傭人隨傳隨到的房間才會如此凌亂。

「親愛的！」布蕾特說。

我走過去，雙手環抱她。她吻我，在吻的同時，我意識到她的心飄到別處了。她在我懷中顫抖。她顯得好弱小。

「親愛的！我這幾天好難受啊。」

「快講給我聽聽。」

「沒什麼好講的。他昨天剛走。是我叫他走的。」

「妳為什麼不留他？」

「我不知道。一般人不會吧。我不覺得我傷到他的心。」

「他大概是配不上妳。」

「他不該跟任何人定下來的。我一下子就領悟到這一點。」

「對。」

「唉，討厭！」她說：「別再談這事了。我們絕口不要再提這件事。」

「好。」

「起先，他覺得我丟他臉，我的打擊好大。他有陣子覺得我很丟臉，你知道。」

「不會吧。」

「唉，沒錯。我猜他在咖啡館被人糗了一頓。他要我把頭髮留長。我，留長頭髮。看起來一定像鬼。」

「好好笑。」

「他說頭髮留長一點，比較有女人味。我留長髮一定變醜八怪。」

「結果呢？」

「他嘛，習慣了。不久以後，他就不覺得我丟他臉了。」

「妳不是說遇到麻煩了嗎？」

「我不曉得他肯不肯分手，而我身上連五分錢都沒有，哪能說走就走。告訴你好了，他想給我好多錢。我告訴他，我的錢多得很。他知道我騙人。我不能拿他的錢，你知道。」

「對。」

「唉，不要再談這個了。不過，有幾件事倒是很好笑。給我一支菸嘛。」

我為她點菸。

「他的英文是在直布羅陀當侍應學的。」

「對。」

「他最後想娶我。」

「真的？」

「當然了。我連麥可都不肯嫁。」

「說不定他以為，結婚能掛名艾敘理准男爵。」

「不是。他為的不是爵位。他是真心想娶我。婚一結，我就不能離開他了，他說。他想確定我永遠離不開他身邊。先決條件當然是，我要多一點女人味。」

「妳應該覺得比較踏實了吧。」

「是啊。我又恢復正常了。可惡的寇恩被他趕走了。」

「很好。」

「你知道嗎，要不是我能預見和他一同過日子對他不好，我是跟定他了。我們相處融洽得不得了。」

「撇開妳的外形不談。」

「唉，他早就習慣了。」

她撚熄香菸。

「我都三十四歲了，你知道。我才不想變成那種糟蹋小孩的賤女人。」

「對。」

「我不想變那樣。我現在感覺相當好，你知道。我覺得相當踏實。」

「很好。」

她岔開視線。我認為她想找另一支菸來抽。接著，我竟看見她哭了起來。我能意識到她在哭。抖著身子哭泣。她不願抬起頭來。我擁她入懷中。

「我們就別再提那事了。拜託，千萬別再提那事。」

「親愛的布蕾特。」

「我打算回麥可身邊。」我緊抱著她，能感應到她在哭。「他為人好得不得了，也太差勁了。他是我喜歡的類型。」

她不肯看我。我輕撫她的秀髮。我能感覺她在顫抖。

「我不願意變成那種賤人，」她說：「可是，唉，杰克，拜託，我們別再談了。」

我們離開蒙大納飯店。老闆娘不肯收我的錢。住宿費已經繳清了。

「唉，算了。別計較了，」布蕾特說：「現在無所謂了。」

我們搭計程車前往皇宮飯店，置放行李，安排搭今晚南方特快車，一人一睡鋪，然後進飯店附設酒吧喝雞尾酒。我們坐在吧檯高腳凳上，看酒保拿著大容量的鍍鎳雪克杯，為我們搖甩著馬丁尼。

「說來也好笑，在大型飯店酒吧裡，才有上流人士的好待遇。」我說。

「懂禮貌的人只剩酒保和騎師了。」

「一家飯店不管再怎麼低俗，附設的酒吧一定很理想。」

「怪現象。」

「酒保各個都很和氣。」

「你知道嗎，」布蕾特說：「很有道理。他才十九歲而已。很驚人，不是嗎？」

兩杯並立在吧檯上，我倆推杯子互撞一下。杯身布滿冰冷的水珠。窗簾和窗戶之外是馬德里的暑熱。

「我想在馬丁尼裡加一顆橄欖。」我告訴酒保。

「沒問題，先生。這顆給你。」

「謝謝。」

「我早該問的，你知道。」

酒保在吧檯另一邊，離得夠遠，聽不見我倆的對話。馬丁尼立在木製吧檯上，布蕾特以嘴對著杯子啜飲。然後，她舉杯起來。喝下第一口之後，她的手穩定到能舉杯了。

「很不錯。這酒吧很棒，不是嗎？」

「酒吧全是好地方。」

「你知道嗎，起先我不敢相信。他出生在一九〇五年。那年我已經在巴黎求學了。想想看。」

「妳要我從哪個角度想？」

「少驢了。能麻煩你請淑女喝一杯嗎？」

「我們想再來兩杯馬丁尼。」

「照剛才那樣調嗎，先生？」

「剛才那杯非常好。」布蕾特對他微笑。

「感謝您，夫人。」

「嗯，乾杯。」布蕾特說。

「乾杯！」

「你知道嗎，」布蕾特說：「他以前只交過兩個女人。他除了鬥牛，其他東西一概沒興趣。」

「他往後的日子多的是。」

「大概吧……他覺得是因為我的緣故。不是隨隨便便什麼女人都能引起他興趣。」

「對啊，是妳的緣故。」

「是的。是我。」

「咦，妳剛不是說不想再提了嗎？」

「我怎麼忍得住不提？」

「再提，妳會崩潰。」

「不觸及核心就好。你知道嗎，我感覺棒透了，杰克。」

「是應該的。」

「你知道嗎，決心不做賤人的感覺好暢快。」

「對。」

「對我們而言，這種決心能取代上帝的功能。」

「有些人信上帝啊，」我說：「滿多人的。」

「上帝向來不太配合我。」

「我們再點馬丁尼吧？」

酒保再搖兩份馬丁尼，倒進兩只乾淨的酒杯。

「我們該去哪裡吃午餐？」我問布蕾特。酒吧裡涼爽，隔窗能感受到戶外的暑氣。

「在這裡吃吧？」布蕾特問。

「這家飯店的餐廳很爛。你聽過一家叫做波丁[83]的餐廳嗎？」我問酒保。

「我知道，先生。要不要我為您寫下地址？」

「謝謝你。」

我們在波丁餐廳樓上吃午餐。這家是世界級的高級餐廳。我們享用烤乳豬，飲用「上里奧哈」。布蕾特吃不多。她的食量一向不大。我吃得飽飽一大餐，灌掉三瓶上里奧哈。

「你覺得怎樣，杰克？」布蕾特問：「我的天啊！你吃了這麼多。」

「我覺得還好。妳想不想吃點心？」

---

83 波丁（Sobrino de Botín），一七二五年營業至今。

「天啊，才不要。」

布蕾特抽著菸。

「你喜歡吃東西，對不對？」她說。

「對，」我說：「我喜歡做的事情很多。」

「你喜歡做什麼？」

「我嘛，」我說：「我喜歡做很多東西。妳不想吃點心嗎？」

「你剛問過了。」布蕾特說。

「是的，」我說：「我的確問過。我們不如再來一瓶上里奧哈。」

「非常好喝。」

「妳喝得不多。」我說。

「有啊。是你沒看見。」

「我們再點兩瓶吧。」我說。酒來了。我在自己杯裡倒一點，然後為布蕾特斟一杯，然後再加滿自己這杯。我們互碰杯子。

「乾杯！」布蕾特說。我一飲而盡，再添一杯。布蕾特一手放在我手臂上。

「不要喝醉了，杰克，」她說：「沒必要。」

「妳怎麼知道？」

「不要，」她說：「你不會有事的。」

「我又不想喝醉，」我說：「我只是喝幾口葡萄酒罷了。我喜歡喝葡萄酒。」

「不要喝醉了，」她說：「杰克，不要喝醉。」

「想不想出去兜兜風？」我說：「想不想坐車去逛大街？」

「好，」布蕾特說：「我還沒機會遊覽馬德里。我應該逛逛馬德里。」

「我先喝完。」我說。

下樓後，我們從一樓飯廳出門，侍應為我們叫計程車。外面熱而亮。同一條街不遠處有一座正方形的草地，樹下停著幾輛計程車。一輛駛過來，侍應探頭進去車上。我賞他小費，吩咐司機怎麼走，坐進布蕾特身旁。車子上路了。我靠向椅背輕鬆坐。布蕾特挨近我。我倆相互依偎著。我一手摟她，她舒舒服服依傍著我。外面熱呼呼，亮晃晃，房子雪白得刺眼。車子轉彎，駛進格蘭大道。

「唉，杰克，」布蕾特說：「要是我們能結合該多好。」

前方有一位身穿卡其制服的騎警，正在指揮交通。他舉起警棍。計程車霎然減速，促使布蕾特倒向我。

「對，」我說：「想想不也美好嗎？」

海明威年表

一八九九年　七月二十一日出生於美國伊利諾州芝加哥橡樹園鎮。父親克萊倫斯・愛德蒙・海明威（Clarence Edmonds Hemingway）是一名醫生，母親葛蕾絲・霍爾・海明威（Grace Hall Hemingway）婚前從事音樂工作。海明威為次子，上有一個姊姊，下有四個弟弟妹妹。自小常隨父親狩獵、釣魚、露營。

一九一三年　進入橡樹園溪高中，熱中體育活動。負責編輯校園刊物，也在刊物上發表短篇小說。

一九一七年　從橡樹園溪高中畢業。於《堪薩斯星報》（*Kansas City Star*）擔任記者，遵循報社方針，養成簡潔及正面敘述的寫作風格。記者工作持續半年後即報名上戰場，因視力條件不符，改隨紅十字會赴義大利，擔任救護車司機。

一九一八年　於義大利因傷住院，結識護士艾格妮絲・馮・庫洛斯基（Agnes Hannah von Kurowsky Stanfield），兩人的戀情成為《戰地春夢》的原型。

一九一九年　返回美國。收到艾格妮絲通知另有婚約的分手信。開始為《多倫多星報》（*Toronto Star*）撰稿。

一九二〇年　結識哈德莉・理查遜，通信數個月後決定結婚。作家舍伍德・安德森推薦他們到巴黎旅遊，並為夫妻倆寫介紹信。

一九二一年　與哈德莉婚後前往巴黎。結識詹姆斯·喬伊思、葛楚·史坦等藝文界名人。持續撰寫報導與遊記，刊登於《多倫多星報》。

一九二三年　夫妻倆首次造訪西班牙潘普洛納的聖費爾明奔牛節，再訪多倫多，長子約翰·哈德利·尼卡諾·海明威出生。出版第一本書《三個故事與十首詩》（*Three Stories and Ten Poems*）。

一九二四年　偕哈德莉攜子二度造訪潘普洛納。協助福特·馬多克斯·福特（Ford Madox Ford）編輯當時重要英美文學刊物《跨大西洋評論》。於法國出版《我們的時代》（*in our time*）短篇小說集。

一九二五年　六月三度造訪潘普洛納的聖費爾明慶典，慶典結束後開始撰寫《太陽依舊升起》草稿。十月在美國出版《我們的時代》（*In Our Time*）。

一九二六年　於寶琳·菲佛（Pauline Pfeiffer）的協助下與史克芮納出版社（Charles Scribner's Sons）簽約。十月《太陽依舊升起》正式出版。哈德莉發現了丈夫與寶琳的戀情，提出離婚。

一九二七年　一月與哈德莉離婚，五月與寶琳·菲佛結婚。十月，出版《沒有女人的男人》（*Men Without Women*）。

一九二八年　遷居佛羅里達州基韋斯特。次子派翠克·海明威（Patrick Miller Hemingway）出生。收到父親克萊倫斯自殺的消息。動手創作《戰地春夢》。

一九二九年 《戰地春夢》出版。

一九三一年 三子葛雷哥利·漢考克·海明威（Gregory Hancock Hemingway）出生。

一九三二年 隨筆集《午後之死》（*Death in the Afternoon*）出版。

一九三三年 短篇小說集《勝者一無所獲》（*Winner Take Nothing*）。造訪非洲。

一九三五年 隨筆集《非洲青山》（*Green Hills of Africa*）出版。

一九三七年 撰寫有關西班牙內戰的報導。因反對法西斯、懷疑天主教信仰而導致與寶琳感情生隙。

一九三八年 短篇小說集《第五縱隊與四十九個故事》（*The Fifth Column and the First Forty-Nine Stories*）出版。

一九四〇年 與寶琳離婚。與瑪莎·葛洪（Martha Gellhorn）結婚。出版《戰地鐘聲》。

一九四四年 第二次世界大戰期間，主動加入海軍偵查工作。

一九四五年 與瑪莎離婚。

一九四六年 與瑪莉·威爾許（Mary Welsh）結婚。

一九五〇年 出版《渡河入林》（*Across the River and Into the Trees*）。

一九五二年 出版《老人與海》（*The Old Man and the Sea*）。

一九五三年 獲頒普立茲文學獎。

一九五四年 獲頒諾貝爾文學獎。

一九六一年 歷經多年疾病、酗酒等問題，七月二日於家中舉槍自盡。葬於美國愛達荷州凱徹姆公墓。

一九六四年　散文《流動的饗宴》（*A Moveable Feast*）出版。

一九七二年　短篇小說集《尼克．亞當故事集》出版。

一九八五年　隨筆集《危險夏日》（*The Dangerous Summer*）出版。

一九八六年　小說《伊甸園》（*The Garden of Eden*）出版。

GREAT! 62 **太陽依舊升起**

作者	海明威（Ernest Miller Hemingway）
譯者	宋瑛堂
封面設計	之一設計
排版	張彩梅
責任編輯	徐　凡
總編輯	巫維珍
編輯總監	劉麗真
事業群總經理	謝至平
出版	麥田出版 地址：115台北市南港區昆陽街16號4樓 電話：(02)2500-7696　傳真：(02)2500-1967
發行	英屬蓋曼群島商家庭傳媒股份有限公司城邦分公司 地址：115台北市南港區昆陽街16號8樓 網址：www.cite.com.tw 客服專線：(02)2500-7718｜2500-7719 24小時傳真專線：(02)-2500-1990｜2500-1991 服務時間：週一至週五09:30-12:00｜13:30-17:00 劃撥帳號：19863813　戶名：書虫股份有限公司 讀者服務信箱：service@readingclub.com.tw
香港發行所	城邦（香港）出版集團有限公司 地址：香港九龍九龍城土瓜灣道86號順聯工業大廈6樓A室 電話：+852-2508-6231　傳真：+852-2578-9337
馬新發行所	城邦（馬新）出版集團【Cite(M) Sdn Bhd】 地址：41, Jalan Radin Anum, Bandar Baru Sri Petaling, 57000 Kuala Lumpur, Malaysia. 電話：+603-9057-8822　傳真：+603-9057-6622 電郵：cite@cite.com.my
麥田部落格	http://ryefield.pixnet.net
印刷	前進彩藝有限公司
初版一刷	2024年3月
定價	380元
ISBN	978-626-310-613-0
電子書ISBN	9786263106093（EPUB）

國家圖書館出版品預行編目資料

太陽依舊升起／海明威（Ernest Miller Hemingway）著；宋瑛堂譯. -- 初版. -- 臺北市：麥田出版：家庭傳媒城邦分公司發行, 2024.3
面：　公分. --（Great!；RC7062）
譯自：The Sun Also Rises
ISBN 978-626-310-613-0（平裝）

874.57　　112021315

城邦讀書花園
www.cite.com.tw

Printed in Taiwan.
本書若有缺頁、破損、裝訂錯誤，請寄回更換。